岩波文庫
31-166-2

碧梧桐俳句集

栗田　靖編

岩波書店

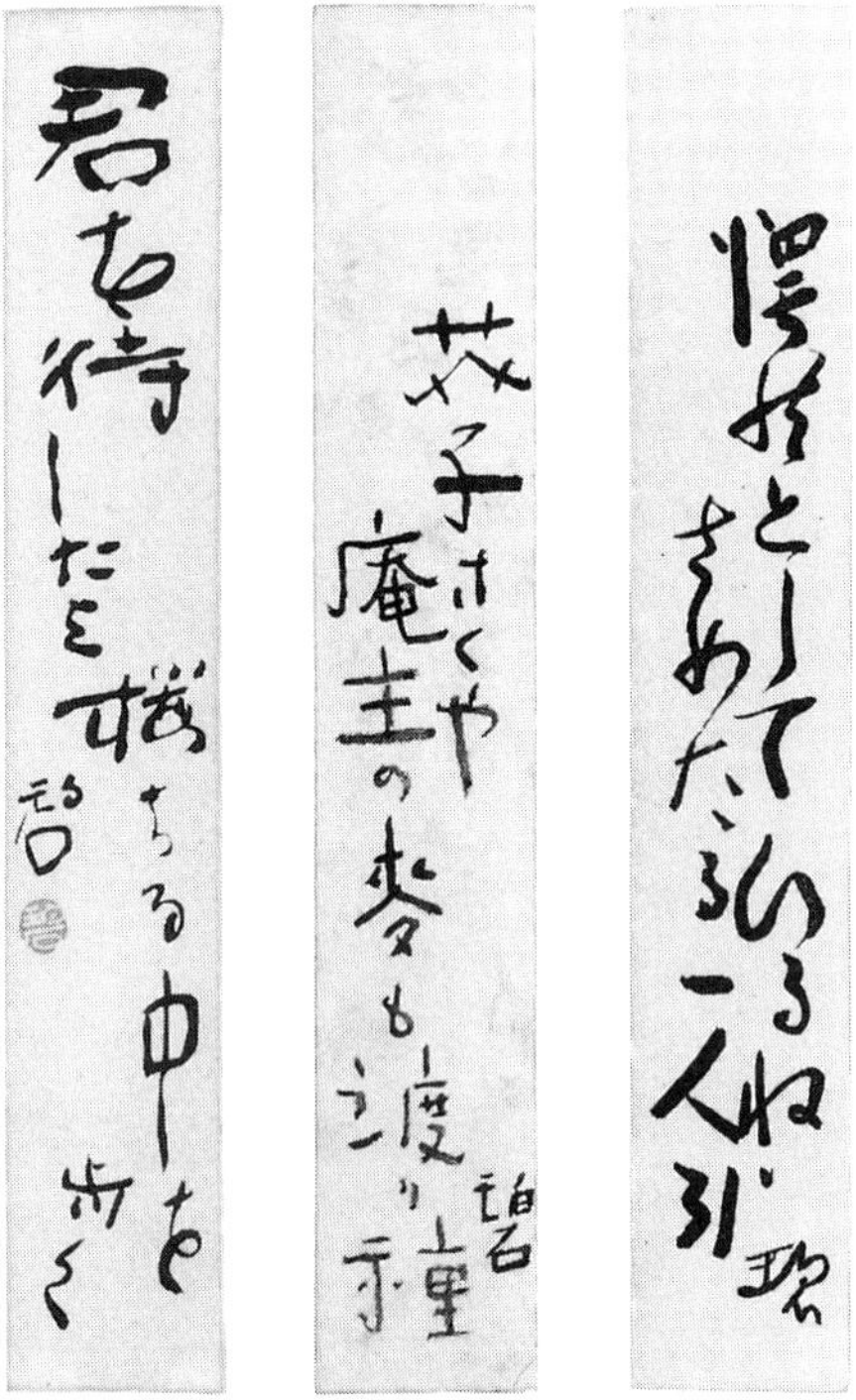

碧梧桐揮毫の短冊

凡　例

一　本書は、河東碧梧桐の俳句から、編者により二〇〇〇句を択び収録するものである。

一　碧梧桐の句風の変遷を知る上で、代表的な句集五冊、俳誌二誌を選び底本とした。『新俳句』(明治三十一年三月刊)、『春夏秋冬』(明治三十四年五月―三十六年一月刊)、『続春夏秋冬』(明治三十九年八月―四十年六月刊)、『新傾向句集』(大正四年一月刊)、『八年間』(大正十二年一月刊)、俳誌『碧』(大正十二年二月―十四年二月刊)、俳誌『三昧』(大正十四年三月―昭和六年十二月刊)である。各底本の詳細は、「解説」を参照されたい。

一　各句集における俳句の配列順は、各句の新聞・雑誌等の発行年月日の順に配列した。

一　明らかな誤記・誤植と思われる箇所は、適宜訂正した。

一　俳句に付された前書を句の前に示した。句集では、複数の句全体にかかる前書がみられるが、今回、採用した句がその中の一部である場合は、前書の中の句の数を変えている。

　山形山寺にて二句 → 山形山寺にて一句（二句の内、一句だけを採用した）

一　編者による振り仮名を、適宜補った。但し、片仮名による振り仮名は、底本にある碧梧桐によるものである。

一　各句に通し番号を付した。

一　編者による注記を、脚注で示した。季語については、季節を「　」に入れて示した。

一　巻末に碧梧桐の「略年譜」、初句索引を付した。

目次

俳　論

新俳句

明治二十四（一八九一）年

1 面《おも》白《しろ》う聞けば蜩《ひぐらし》夕日かな

2 手《て》負《おひ》猪《じし》萩に息つく野《の》分《わけ》かな

明治二十五（一八九二）年

3 白《しら》河《かは》や石きる家の梅の花

1 ○句会稿「暇なき月日」中にあり、子規は「諸君取リ玉ワズ余独リ之ヲ賞ス蓋シ蕉翁ノ余韻アレバナリ」と褒めた。

2 ○初案は〈手負猪萩にいきつぐ秋の雨〉。芭蕉の〈猪もともに吹かるゝ野分かな〉、凡兆の〈炭窯に手負ひの猪の倒れけり〉の影響か。

3 ○白河＝京都の北部鴨川以東、東山との間の地域。

4 蜘《くも》の子や親《おや》の袋《ふくろ》を嚙んで出る

明治二十六(一八九三)年

5 鹿《しか》啼いて麓《ふもと》は奈良のともし哉《かな》

6 牛の背に小坊主細きみぞれ哉

7 ちよろ〳〵と榾《ほだ》火《び》の夢の何もなし

8 ものうくて二《に》食《しょく》になりぬ冬《ふゆ》籠《ごもり》

4 ○蜘の子＝初夏に雌蜘蛛の卵嚢が破れると、蜘蛛の子は一斉に出て四方八方に散る。「松山競吟」(明治二十五年八月五日)中の一句。

5 ○奈良＝虚子とともに宇治・奈良に遊んで詠んだ五句中の一句。初案は〈鹿はなく麓はならのともし哉〉(「壬辰会雑誌」明治二十六年十月十一日)。

6 ○小坊主＝少年を、親しみをこめて言った語。

8 ○冬籠＝神戸の三兄鍛夫婦が松山に帰郷するため留守を預かり十日ほど自炊した。

9 砂の中に海鼠《なまこ》の氷《こほ》る小《ちひ》さゝよ

明治二十七(一八九四)年

10 桃さくや湖《こ》水《すい》のへりの十《じつ》箇《か》村《そん》

11 上《かみ》京《ぎやう》や幽《いう》禅《ぜん》洗ふ春の水

12 小式部の恋にやつるゝ朧《おぼろ》かな

13 春風や道標元禄四年なり

9 ○海鼠＝多く浅海の岩礁下に棲息。芭蕉の〈いきながら一つに氷る海鼠かな〉にヒントを得たものか。［冬］

11 ○上京＝京都北部の御所を中心とする一帯の地。初案は〈下京や〉。碧梧桐は三高生として虚子とともに吉田山麓に下宿していた。

12 ○小式部＝平安中期の歌人、小式部内侍。母は和泉式部。

14 田《た》螺《にし》鳴く二条御門の裏手かな

15 木《き》屋《や》町《まち》や裏を流るゝ春の水

16 苗《なは》代《しろ》と共にそたつる螢かな

17 ふたかゝえ三抱えの桜ばかりなり

18 大《おほ》津《つ》画《ゑ》やかすむ湖水の七《なな》小《こ》町《まち》

19 明月のともし火遠《とほ》し由井が浜

15 ○木屋町＝京都市の二条から五条までの間、高瀬川に沿い南北に通じる街路で、旅館や料亭が並ぶ。

18 ○大津画＝近江国大津の三井寺辺りで売り出された民衆絵画で、元禄のころから鬼の念仏・瓢箪鯰などを画題とした戯画。○七小町＝小野小町を題にした七つの謡曲。

19 ○由井が浜＝神奈川県鎌倉市の海岸で、相模湾に臨む避暑・避寒地。

明治二十八(一八九五)年

20 初日《はつひ》さす朱雀通りの静さよ

21 菜の花に汐《しほ》さし上る小川かな

22 三月を引くとも見えで波のうつ

23 門を出て五六歩ありく春の風

24 秋風や道に這ひ出るいもの蔓《つる》

20 ○朱雀通り＝平城京・平安京の朱雀門から羅城門までの南北に通ずる大路。

21 ○句会稿「第五会六人」(明治二十八年四月五日)中の一句。台町虚桐寓居にて。

23 ○句会稿「第五会六人」中の一句。台町虚桐寓居にて。

25 土手道や酒売る家の冬《ふゆ》木《こ》立《だち》

明治二十九(一八九六)年

26 冬《ふゆ》川《かは》の家《あ》鴨《ひる》よごれて集《つど》ひけり

27 赤い椿白い椿と落ちにけり

28 植木屋の海《かい》棠《だう》咲くや棕《しゆ》梠《ろ》の中

29 蕪村村に処し暁台台に登る春

27 ○子規は「明治二十九年の俳諧」(「日本人」明治二十九年十月)の中で、75の〈乳あらはに…〉の句とともに「印象明瞭」な句とした。新聞「日本」(明治二十九年三月十一日)では〈白い椿赤い椿と落ちにけり〉。

29 ○蕪村=江戸中期の俳人・画家。○暁台=加藤暁台。江戸中期の俳人。別号暮雨巷など。

30 境《きやう》に入つて国の礼《れい》とふ霞《かすみ》かな

31 孑《ぼう》孑《ふら》や天《てん》水《すい》桶《をけ》に魚放つ

32 機械場や石炭滓に葵《あふひ》咲く

33 中空にはやて吹くらん雲の峯

34 山里や蚊《か》帳《や》に飛びつく秋の虫

35 河《かう》骨《ほね》の花に集る目《め》高《だか》かな

36 黒船の動き出しけり雲の峯

31 ○孑々＝蚊の幼虫。〔夏〕 ○天水桶＝防火用として雨水をためておく桶。

35 ○河骨＝浅い沼などに自生し、里芋に似た葉の間から茎を伸ばし鮮黄色の花を上向きに開く。〔夏〕

37 短夜《みじかよ》の大仏を鋳《い》るたくみかな

38 筆《ふで》筒《づつ》に団扇《うちは》さしたる机かな

39 大《おほ》寺《でら》やなゐふつて夏の雨強し

40 五月雨《さみだれ》に学校やすむ小村かな

41 栗の花こぼれて居《ゐ》るや神輿《みこし》部屋《べや》

42 夏《なつ》帽《ぼう》を吹きとばしたる蓮《はす》見《み》かな

43 市中や鴉《からす》人を見る秋の暮

39 ○なゐ＝地震。

42 ○蓮見＝沼、池などの朝早い蓮花を見ようと出かけること。［夏］

43 ○秋の暮＝秋の日暮れのことで「暮の秋」（秋の末）ではない。

44　栴《せん》檀《だん》の実《み》を喰ひこぼす鵯かな

45　据《すゑ》風《ふ》呂《ろ》や湯の漏れて居《ゐ》る萩《はぎ》がもと

46　仁《にん》和《な》寺《じ》の門田に雁のおつる也《なり》

47　据風呂に二人《ふたり》入りこむ夜《よ》寒《さむ》かな

48　春寒し水《みづ》田《た》の上の根なし雲

49　寺による村の会議や五《さ》月《つき》雨《あめ》

50　藪《やぶ》入《いり》のさびしく戻る小《こ》道《みち》かな

44　○栴檀の実＝十月ごろ黄色に熟し、落葉後も長く枝に残る。別名「楝の実」。［秋］

45　○据風呂＝桶の下に竈を作り付け、湯を沸かして入浴するのに用いるもの。五右衛門風呂も据風呂の一種。

46　○仁和寺＝京都市右京区御室にある真言宗御室派の総本山。桜の名所。

47　○夜寒＝晩秋、夜分感じる寒さ。ちなみに「余寒（よかん）」は残る寒さで春。

48　○根なし雲＝水田に浮かぶちぎれ雲のこと。このころ、仙台二高を中退上京し、虚子とともに放蕩生活を続けていた。○句会稿「第五会六人」中の一句。○台町虚桐寓居にて。

50　○藪入＝奉公人の公休日で一月十六日。七月十六日は「後の藪入」という。［新年］

待恋

51 言《こと》づては嬉しかりし夜《よ》の長さかな

別恋

52 送りいで、君か門近く明け易き

53 地《な》震《ゐ》知らぬ春の夕《ゆふべ》の仮《かり》寐《ね》かな

54 人の国に来てぞ似つかぬ更《ころも》衣《がへ》

55 街道に馬《ま》士《ご》の喧嘩や麦の秋

56 水《すい》飯《はん》の水こぼしけり膳の上

57 水飯一椀冷酒半盞に僧を請ず

56 ○水飯＝夏の食欲を促すために干飯を水に浸けたもの。

[夏]

58 すべり落つる薄《すすき》の中の螢かな

59 わが庵は蚊《か》遣《やり》すべく又せざるべく

60 遠《とほ》花《はな》火《び》音《おと》して何もなかりけり

61 塔に上る暗きを出でゝ秋の空

62 頂《いただき》に湖《こ》水《すい》ありといふ秋の山

63 墓と見えて十字架立つる秋の山

64 水害のまだ青い稲を刈つて居る

62 ○秋の山＝榛名山、湖は榛名湖。「伊香保紀行」（新聞「日本」明治二十九年八月十九日）で「この日は空晴れて近山遠山の景前日と異なりいと好し」と記す。

65 日蝕して秋貧しげに陰《おん》陽《みやう》師《し》

66 森の中に出《で》水《みづ》押し行く秋の雲

絶恋

67 老いきわる心に何時か絶えて秋

68 母《ほ》衣《ろ》かけて車に雁を聞く夜哉

69 市中の冬の日早くともしけり

70 追《お》ふて逃げる鴉《からす》かしこき枯《かれ》野《の》哉《かな》

嘯月壇

71 物干に月一痕の夜半かな

65 ○陰陽師＝陰陽五行思想により祈禱や占術を行う神職。

68 ○母衣＝雨・風・日光などを防ぐため車につける覆い。

70 ○句稿「からす十句集」(明治二十九年九月六日)中の一句。

72 白《しろ》足《た》袋《び》にいと薄き紺のゆかりかな

明治三十(一八九七)年

73 元日や寺にはいれば物淋し

74 上《かみ》京《ぎやう》や万歳はいる寺の門

75 乳《ちち》あらはに女房の単衣《ひとへ》襟浅き

76 昼過ぎつ芙《ふ》蓉《よう》の下に鶏すくむ

75 ○単衣＝初夏から初秋にかけて用いる裏のない一重の着物。
［夏］

77 鋸《のこ》鈍く炭挽いて居る石の上

78 石垣に鴨《かも》吹きよせる嵐かな

79 あぢきなく灰のふえたる火鉢かな

80 台町や鶯真砂町にとぶ

81 卓の上《へ》に梅活《い》けてあり夜学の灯《ひ》

82 出《で》代《がはり》にいひかはしたる文もなし

83 大仏を写真に取るや春の山

80 ○台町＝虚子と明治二十八年三月から年末まで本郷台町二番地香山方に下宿していた。○真砂町＝本郷区真砂町に子規らの常盤会寄宿舎があった。

82 ○出代＝使用人が雇用期間を終えて代わること。江戸は三月三日と九月一日を定めとし、これを半期奉公といい、京阪では九月を用いず三月とした。

[春]

84 ひたくと春の潮《しほ》打つ鳥《とり》居《ゐ》哉《かな》

85 春風の吹いて居《ゐ》るなり飴《あめ》細《ざい》工《く》

86 沫《あわ》雪《ゆき》や日のてりがちに西の岡

87 出代の下女あはれなる荷物かな

88 夏《なつ》木《こ》立《だち》深うして見ゆる天《てん》王《わう》寺《じ》

89 短《みじか》夜《よ》や町を砲車の過《す》ぐる音《おと》

90 見て過ぐる四条五条の踊《をどり》かな

85 ○飴細工＝白飴で、人や鳥獣・草花などの形を作ったもの。

86 ○沫雪＝陽気が温かくなってから降る雪。積もっても解けやすい。［春］

91 浅《あさ》茅《ぢ》生《ふ》や小路の中に女郎花《をみなへし》

92 墓多き小《こ》寺《でら》の垣や花《はな》木槿《むくげ》

93 四五本の棒杭残る汐《しほ》干《ひ》かな

94 道《みち》端《ばた》に刈り上げて稲のよごれたる

95 我《が》善《ぜん》坊《ばう》に車引き入れふる霰《あられ》

96 水仙と唐《から》筆《ふで》を売る小《こ》店《だな》かな

97 寒林の貧寺焼けたり僧の留守

91 ○浅茅生＝チガヤのまばらに生えた所。転じて荒れ果てた野原。

95 ○我善坊＝麻布飯倉通りを市兵衛町の方へ入る狭い道。

98 千《ち》鳥《どり》啼て浦の名を問ふ船路かな

99 はな水や看護婦老いて耳うとき

明治三十一(一八九八)年

100 日《にっ》暮《ぽ》里《り》に下宿屋を探り霜柱

春夏秋冬

明治三十(一八九七)年

101 霧こめて恵《ゑ》心《しん》寺《じ》見えぬ朝《あした》かな

102 萩の下葉の汚れたるに蟇《ひき》の這出でつ

103 この願ひ新《しん》酒《しゅ》の升《ます》目《め》寛《ゆる》うせよ

104 抱《だ》き起す萩と吹かるゝ野《の》分《わけ》かな

105 一《ひと》筵《むしろ》唐《たう》辛《がら》子《し》干す戸《と》口《ぐち》かな

101 ○恵心寺＝平安時代中期に恵心僧都源信によって再興された宇治川東岸、朝霧橋のたもとにある古刹。

104 ○野分＝この年は九月八日から九日にかけて激しい暴風が吹き荒れ、子規も〈芒伏し萩折れ野分晴れにけり〉と詠んでいる。

明治三十一(一八九八)年

106 道と見えて人の庭踏む霜柱《しもばしら》

107 生垣や人侘びて庭に霜柱

108 牡蠣《かき》殻《がら》や磯に久しき岩一つ

109 畑《はた》打《うち》の四《し》五《ご》人《にん》よりし昼《ひる》餉《げ》かな

110 虻《あぶ》と蜂の花に日暮る丶別れかな

111 花に酒居《ゐ》つゞけの愚《ぐ》や二日酔

112 畑に雛多く棗《なつめ》の木の芽かな

113 夕暮のほの暗くなりて蚕《かひこ》棚《だな》

114 三味線や桜月夜の小料理屋

115 舞《まひ》殿《どの》や薫《くん》風《ぷう》昼の楽起る

116 麦の風鄙《ひな》の車に乗りにけり

117 愕然として昼寝さめたる一人《ひとり》かな

111 ○句稿「遊郭十句集」(春之部)中の一句。

113 ○蚕棚＝蚕を飼う籠をのせる何層にも重ねた棚。［春］

114 ○明治三十年春、上京した加藤雪腸が初めて子規庵を訪問した折の歓迎句会での作。○桜月夜＝与謝野晶子が「桜月夜」の歌を発表したのは明治三十四年四月の「明星」。

117 ○愕然＝「史記」―留侯世家―に「孺子下取履く、良愕然欲殴之」とある。ひどく驚くさまをいう。

118 雀蛤《すゞめはまぐり》となるべきちぎりもぎりかな

119 赤坂も田舎になりて蜻蛉《とんぼ》かな

120 庭暗し燈《とう》籠《ろう》に物ぞ襲ふ思ひ

121 我笠と我蓑を着せて案《か》山《か》子《し》かな

122 御《おん》下《げ》向《かう》関路の秋の雨に逢へり

123 蚯《み》蚓《みず》鳴いて夜半の月落つ手《て》水《うづ》鉢《ばち》

124 柿はちぎり棗《なつめ》は多く拾ひけり

118 ○雀蛤となる＝九月・寒露の節の第二候。『増山の井』（寛文三年）、『番匠童大全』（元禄四年）以下に「雀蛤となる」とある。［秋］

119 ○赤坂＝「冬の東京」（赤坂区）中の一句。

122 ○下向＝都から地方へ行くこと。

123 ○蚯蚓鳴いて＝地中から響いてくるケラの鳴き声を取り違えて、昔からミミズが鳴くといわれ、俳句の季題としてきた。［秋］

125 円卓や栗飯に呼ぶ弟あり

126 老《おい》と見ゆる鹿が鳴きけりまのあたり

127 泣きやまぬ子に灯《ひ》ともすや秋の暮

128 短《たん》檠《けい》や冬を待つなる夜の蜘《くも》

129 酒を置いて老《おい》の涙の火《ひ》桶《をけ》かな

130 水《みづ》鳥《どり》のばさ〳〵と立つ夜《よ》網《あみ》かな

131 夜《よ》を寒み人語聞えて森の寺

126 ○句稿「秋十句集中」(明治三十年十月)の一句。

128 ○短檠＝室内用の灯火具の一つ。低い柱の上部に受け皿があり、下の台は長方形の箱になっている燭台。

130 ○夜網＝魚を獲るために夜中に舟からおろす網。

131 ○夜を寒み＝夜特に寒さを覚えることで、秋夜の寒さのこと。［秋］

132 草枯に染物を干す朝日かな

133 ほしきもの年も暮れぬる新《しん》世《しょ》帯《たい》

明治三十二(一八九九)年

134 伊豆の海や大島寒く横《よこ》た《た》はる

135 元《がん》日《じつ》の袴《はかま》脱ぎ捨て遊びけり

136 刈跡の葭《よし》原《はら》寒し水溜

137 蓬《ほう》萊《らい》や海《え》老《び》かさ高に歯《し》朶《だ》隠れ

138 ほの暗き忍《しの》ひ姿《すがた》や嫁《よめ》が君《きみ》

139 鞍《くら》とれば寒き姿や馬の尻《しり》

140 流れたる花《はな》屋《や》の水の氷《こほ》りけり

141 火の患《うれひ》水の患も古《ふる》暦《こよみ》

142 脇《わき》僧《そう》の寒げに暗し薪《たきぎ》能《のう》

143 薪能小《こ》面《おもて》映《うつ》る片《かた》明《あか》り

137 ○蓬萊＝不老不死の地とされる蓬萊山の形に作った新年の飾り物。［新年］

138 ○嫁が君＝正月三が日に鼠を呼ぶ忌み名。［新年］

140 ○一月四日、子規を囲んで新年句会(子規庵)での作。

142 ○薪能＝145まで「一題十句」中の四句。虚子は「薪能は十五分許りにて十句に満ちぬ。尚お幾らにても出来そうなりと碧梧桐題を撫で丶得意なり」(「ほと丶ぎす」明治三十二年三月)と記す。

144 薪能の果てるや薪尽きる頃

145 笛《ふえ》方《かた》のかくれ貌《がほ》なり薪能

146 午《ひる》過《すぎ》の火燵《こたつ》塞《ふさ》ぎぬ夫の留守

147 凧《いかのぼり》百間の糸を上りけり

148 初《はつ》雷《らい》やふるふが如き雛の壇

149 初雷のごろ〳〵と二度鳴りしかな

150 矍《くわく》鑠《しやく》たる父も在して蚕《かひこ》時《どき》

146 ○火燵塞ぎぬ＝三月も半ばを過ぎて温かくなると、切火燵を塞いでその上に畳を入れる。［春］

148 ○149とともに「一題十句」中の一句。虚子は「一夜碧梧桐と火鉢一つを隔て丶…歳時記を探り初雷という題を得たるに」（「ほと丶ぎす」明治三十二年三月）と記す。

151 縁日の昼も店出す柳かな

152 旅にして昼《ひる》餉《げ》の酒や桃の花

153 躑《つつ》躅《じ》白き小庭も見えて加茂の家

154 カナリヤの夫婦心や春の風

155 掛《かけ》香《かう》や派手な浴衣の京模様

156 清浄と夏書の一間塵もなし

157 雨乞ひの下賤の顔も祈りけり

155 ○掛香＝調合した香を絹の袋に入れた物。におい袋。

156 ○夏書＝夏安居（げあんご）の期間中、経文を書写すること。

158 薬草を摘み居れば園の孔雀鳴く

159 黒谷の松や蓮さく朝嵐

160 菖《しやう》蒲《ぶ》太刀前髪の露滴《した》たらん

161 蘭《らん》湯《たう》に浴し錦を着たりけり

162 砲車過ぐる巷の塵や日の盛り

163 馬《うま》方《かた》の喧嘩も果《は》てゝ蚊《か》遣《やり》かな

164 乳《ちち》牛《うし》の角《つの》も垂れたり合《ね》歓《む》の花

159 ○黒谷＝比叡山西塔北の谷をいい、延暦寺の別所。青竜寺がある。

160 ○菖蒲太刀＝端午の節句に、ショウブの葉を刀に見立てて男児が腰に差したもの。

161 ○蘭湯＝端午の日、ランの葉を入れた湯に浸ると、邪気を払うという。［夏］

165 此頃の納涼芝居や電気燈

166 薬《やく》玉《ぎよく》やものつたへ来る女《め》の童《わらは》

167 今朝の秋千里の馬を相しけり

168 さきんぜし人を憎むや菌《きのこ》狩《がり》

169 負《まけ》力《りき》士《し》髻《もとどり》土に汚れけり

170 三《み》日《か》月《づき》や此頃萩の咲きこぼれ

166 ○薬玉＝種々の香料を詰めた錦の袋に薬草や造花をつけ、長い五色の糸を垂らした飾り物。端午の節句に、不浄を払い邪気を避ける具として柱などに飾った。

167 ○千里の馬＝一日に千里の道も走れるほどの優れた馬。転じて、優れた才能の人物。

169 ○髻＝「本取り」の意。頭の上に集めた髪。

明治三十三(一九〇〇)年

171 梅折つてかつ散る花や眉の上

172 残る雪鶴郊《かう》外《ぐわい》に下《お》りて居《を》り

173 胼《ひび》の手を恥《はぢ》らう心つくしかな

174 人を見て蟹《かに》逃《にげ》足《あし》の汐《しほ》干《ひ》かな

175 鶴の羽《はね》や白きが上に冴え返る

176 口あいて居れば釣らるゝ蜆《しじみ》かな

177 梅干にすでに日蔭や一《ひと》むしろ

178 あらすごの熊蜂に追はれ逃《にげ》にけり

179 夏羽織一刀腰に医《くす》師《し》かな

180 分《ぶ》限《げん》者《しや》の己が絵像や更《ころもがへ》衣

181 夏断して仏の痩を忍びけり

182 夜《よ》半《は》に著《つ》く船を上るや肌寒み

180 ○分限者＝金持ち。財産家。

181 ○夏断＝夏安居(げあんご)の間、在家の者も酒・肉などを飲食しないこと。

183 漕ぎ出で、月見の船や湖半

184 月の雨静かに雨を聞く夜かな

185 山茶花《さざんくわ》にあるは霙《みぞれ》の降る日かな

186 山茶花の花の田舎や納豆汁

186 ○納豆汁＝納豆をすり鉢でする、汁でのばして野菜や豆腐などと一緒に煮立てた味噌汁。［冬］

明治三十四（一九〇一）年

187 春浅き水《みづ》を渉《わた》るや鷺《さぎ》一つ

188 西門の浅き春なり天《てん》王《わう》寺《じ》

189 馬で来て灸《きう》師《し》だのみや二《ふつ》日《か》灸《きう》

190 両肩の富士と浅間や二日灸

191 春風や西鶴は行く女《によ》護《ご》島《しま》

192 律院の松亭《てい》々《てい》と辛《こ》夷《ぶし》かな

193 鵜つかひや忍《にん》冬《どう》咲いて昼の宿

194 乳鉢に紅《べに》すりつぶすいちごかな

189 ○二日灸＝陰暦二月二日および八月二日に息災を願い灸をすえる習慣。俳句では二月のものをいう。［春］

191 ○女護島＝女性だけが住むという空想上の島。西鶴の「好色一代男」に「是より女護島にわたりて…」とある。

192 ○律院＝戒律を厳守する寺。

194 ○乳鉢＝薬品などを乳棒で摺りつぶして微粉とするのに用いる鉢。

195 闇《あん》中《ちゆう》に山ぞ峙《そばだ》つ鵜《う》川《がは》かな

196 金魚飼ふて能の太《たい》夫《ふ》の奢りかな

197 撫《なでし》子《こ》や海の夜《よ》明《あけ》の草の原

198 この道《みち》の富士になり行く芒《すすき》かな

199 月出で、鬼《おに》もあらはに踊《をど》るかな

200 大根蒔く日より鴉《からす》を憎《にく》みけり

195 ○闇中に＝句碑が岐阜市長良川畔に建っている。

198 ○七月、虚子ら六名で富士山に登り、紀行文「富士の頂上」(「ほとゝぎす」明治三十四年九月)を記す。

続春夏秋冬

明治三十五(一九〇二)年

201 太《たい》祇《ぎ》こゝに住めりとぞいふ忌を修す

202 から松は淋しき木なり赤《あか》蜻蛉《とんぼ》

203 短尺を乞《こ》へり夜《よ》長《なが》にほとりして

204 花《はな》薄《すすき》帰《き》参《さん》かなはぬ相撲かな

205 鞴《ふいご》踏む賑《にぎは》ひ過ぎて秋暮れぬ

201 ○太祇＝炭太祇の忌日は旧八月九日。江戸の人。後、旅を続け京都島原に住んだ。

202 ○北原白秋の詩〈からまつはさびしかりけり〉は大正十年十月に作られた。

204 ○帰参＝一度隙(まひ)を取った親方の部屋に再びもどること。

明治三十六(一九〇三)年

206 売《うり》初《ぞめ》や多分に切つて尺の物

207 屠《と》蘇《そ》鱈《たら》汁《じる》数の子の御例かな

208 蓮枯れて寺の紅葉もなかりけり

209 野《の》施《せ》行《ぎやう》や一本榎野に立てる

210 月の夜の蔀《しとみ》おろして雑《ざ》魚《こ》寝《ね》かな

206 ○尺の物＝長さを測って売る品物。

209 ○野施行＝餌の乏しい寒中に狐狸などの野の獣に小豆飯や油揚げなどを施し与える風習。[冬]

210 ○蔀＝格子を取り付けた板戸。上部に蝶番をつけ、外または内側に水平に吊り上げて開ける。しとみど。

211 北風に糞《ふん》落し行く荷《に》馬《うま》かな

212 寒《かん》月《げつ》に雲飛ぶ赤《あか》城《ぎ》榛《はる》名《な》かな

213 送別の月寒く酒を強ひにけり

214 養生の酒色に出づ宵の春

215 夏近き犬の病もおそろしき

216 干《ほし》梅《うめ》の紅《くれなゐ》見れば旱《ひでり》雲《ぐも》　草庵

217 朝顔の出《で》水《みづ》を渡る鼠かな

212 ○赤城榛名＝妙義山とともに上毛三山の一つ。赤城山は群馬県中東部にあり、最高峰は外輪山の黒檜山、榛名山は群馬県中部にある。最高峰は掃部（かもん）岳。ともに複式火山。

218 夏瘦の文《ふみ》長々と物しけり

219 馬に乗る人を彼方に夏《なつ》野《の》かな

220 抱《だき》籠《かご》や国《こく》事《じ》に忍ぶ京の宿《やど》

221 虫《むし》干《ぼし》や返す人亡き書《しょ》一《いっ》函《かん》

222 蟬涼し朴《ほほ》の広《ひろ》葉《は》に風の吹く

223 同門の葬儀に参る薄《すすき》かな

220 ○抱籠＝竹で編んだ一―一・五メートルほどの円筒形の籠で、寝るときに抱きかかえて涼をとる。［夏］

221 ○返す人亡き＝前年九月十九日に亡くなった子規をさしていったものであろう。

明治三十七（一九〇四）年

余生の訃を聞て

224 返りごとすべき文ある寒さかな

観魚庵商売甚だ振はず

225 釜の銘寒雉といふも寒さかな

226 汐《しほ》落ちて貝掘りそむる春寒き

227 母《ほ》衣《ろ》を引く馬の稽古や春の雪

228 陣営を進めし跡に蝶《てふ》々《てふ》かな

225 ○観魚＝伊藤鉦太郎。一八七一―一九六九。名古屋生。日本派の俳人。書画を愛し、美術品の鑑定に長けていた。

227 ○母衣＝幌（母衣）で覆った馬車。

六花召集せらる

229 僧籍の軍籍の人や梅の花

230 曲すみし笛の余音や春の月

231 五《ご》六《ろっ》騎《き》のゆたりと乗りぬ春の月

232 春月や上《かみ》加《か》茂《も》川《がは》の橋一つ

233 芳《かぐは》しき芝なだらかに踏み辷《すべ》る

234 朝曇隈なく晴れぬ小《こ》鮎《あゆ》釣

235 大風の凪《な》ぎし夜鳴くは帰《き》雁《がん》かな

229 ○六花＝喜谷六花。一八七七―一九六八。日本派の俳人。東京下谷三の輪の「梅林寺」の住職。六花が帰還したのは日露講和がなった十月。

231 ○五六騎の＝蕪村の〈鳥羽殿へ五六騎いそぐ野分哉〉を想起させる。

234 ○朝曇＝夏の朝、空が曇る日は、昼から暑くなる兆し。

［夏］

236 夕《ゆふ》顔《がほ》や柑《かん》子《し》の葉越し白き見ゆ

237 大船の舳《へさき》に魂を呼ぶ燈《とう》籠《ろう》かな

238 公園の月や夜《よ》烏《がらす》かすれ鳴く

239 天下の句見まもりおはす忌日かな

狐狸図

240 月一つあるも怪《あや》しき枯木かな

241 草の戸に辰馬が新酒匂《にほ》ひけり

242 昆《こん》陽《やう》みぞろ茸山戻りたそがるゝ

236 ○柑子＝みかんの一種。黄色で小さい。

238 ○夜烏＝夜鳴く烏。ゴイサギの異称。

239 ○忌日＝子規の忌日(明治三十五年九月十九日)。

241 ○辰馬＝「白鹿」で知られる酒造業。

明治三十八(一九〇五)年

243 樒《しきみ》かとまがふ山路《やまぢ》の馬酔木《あしび》かな

244 高潮の夏めく風に蝶々《てふてふ》かな

245 渡り蚕《こ》の白玉分つ莚《むしろ》かな

246 明き星傾く空や時鳥《ほとゝぎす》

247 高《たか》根《ね》より下《お》りて日高し鮓《すし》の宿《やど》

243 ○樒＝シキミ科の常緑小高木。四月ごろから香のよい淡黄色の小さな花を咲かせる。［夏］

245 ○渡り蚕＝上蔟後のウロツキ蚕。

248 辻《つじ》能《のう》の班《はん》女《ぢよ》が舞《まひ》や夏柳

249 下り二艘上り来ぬ夜の長さかな

250 秋の夜や学《がく》業《げふ》語る親の前

251 この海の供養にともす燈《とう》籠《ろう》かな

252 行《ぎやう》水《ずい》の名残の背や十日月

253 行水の名残の芭《ば》蕉《せう》破れけり

254 貧の鬚伸びて濁《だく》酒《しゆ》を酌みにけり

248 ○辻能＝道ばたなどで野天または小屋掛けして演じる能。○班女＝能の一。世阿弥作の狂女物。

249 ○288まで「日記句抄」(明治三十八年八月十二日—九月二日)中の作。

254 ○濁酒＝粕をこしていない酒。白く濁っている。どぶろく。

[秋]

255 彼《かれ》誰《たれ》の女に逢ふや三日の月

256 三日月に淋しきものや舟よばひ

碧童庵即事

257 月のよきに主《あるじ》は何で籠り居る

258 断食の水恋ふ夜《よ》半《は》や稲《いな》光《びかり》

259 罠なくて狐《きつね》死にをる野分かな

260 ほの明けに花白き木や露の原

261 碁布の島初《はつ》汐《しほ》浪を上《あ》ぐるかな

256 ○舟よばひ＝舟を呼び寄せること。また、その呼び声。

257 ○碧童＝小沢忠兵衛。一八八一―一九四一。東京生。日本派の俳人。碧梧桐外遊中は「日本」俳句欄の代選もした。

261 ○碁布の島＝碁石をならべたように点々と散らばっている島。

262 川上の水《みづ》静かなる花《はな》野《の》かな

263 祭の灯あかきに鹿の遠《とほ》音《ね》かな

264 大風に傷みし樹々や渡り鳥

265 づくくと鳴く小鳥来る梢《こずゑ》かな

266 いぶしたる炉上の燕《つばめ》帰りけり

267 建網の十日の月や鰡《ぼら》の飛ぶ

268 鰡の飛ぶ夕潮の真ツ平かな

262 ○花野＝七草などの名草の花だけでなく、秋の草花が咲き満ちた野。［秋］

266 ○炉上の燕＝炉の上の天井の梁に巣を作っていた燕。○燕帰りけり＝秋も半ば、燕は群れをなして南の国に帰る。帰燕。［秋］

267 ○建網＝沿岸の魚群の通路に設置する定置網。

269 貢せぬ国の淋しき江鮭《あめのうを》

270 句劣る蕪村拾遺や秋の鮎

271 鮎落ちぬ草庵の硯《すずり》凹《くぼ》みけり

272 蜩《ひぐらし》や兵村にある牛牧場

273 残る蚊もはたとなき夜や燭の風

274 末《うら》枯《がれ》の南瓜一つや庵の畑

275 蟷《たう》螂《らう》や我行く道に現はるゝ

269 ○江鮭＝成魚はサクラマスに似て、体長六十センチ。銀白色。琵琶湖およびその流入河川の特産。

270 ○蕪村拾遺＝遺稿と題した写本により水落露石が編んだ蕪村句集の拾遺。

271 ○鮎落ちぬ＝晩夏初秋のころ、成長した鮎は抱卵し、やがて、産卵のため瀬を下る。これを「下り鮎」「落鮎」という。［秋］

276 山囲む帰《き》臥《が》の天地や柿の秋

277 落合のほとりの村や柿紅葉

278 木《もく》犀《せい》に薪積みけり二尊院

279 吾庭や椎の覆へる星《ほし》月《づき》夜《よ》

280 挿しあるを流《る》人《にん》のよみし薄《すすき》かな

281 十哲の像と桔《き》梗《きやう》と薄かな

282 桔梗は画巻の縦に画きけり

276 ○帰臥＝官職を退いて故郷に帰り静かに生活すること。

278 ○二尊院＝京都市右京区にある天台宗の寺。

283 木曾を出《で》て伊《い》吹《ぶき》日和《びより》や曼《まん》珠《じゅ》沙《しゃ》華《げ》

284 法《ほふ》窟《くつ》の大破に泣くや曼珠沙華

285 鳴滝や植木が中の蕃椒《たうがらし》

286 行《ぎやう》徳《とく》の里は蘆《あし》の穂がくれかな
骨立舎

287 鳴きやまぬ虫に句作の遅《ち》速《そく》かな
骨立舎

288 磊落な句と思へども柿の核《たね》

289 城山の蹴落しの谷や夕紅葉

285 ○鳴滝＝京都市右京区の地名。中央を流れる御室川を鳴滝川ともいう。

286 ○行徳＝千葉県市川市南部の地名。

287 ○骨立舎＝碧童の庵。

289 ○315まで「「続一日一信」日記抄」(明治三十八年九月十日―十月四日)中の作。

290 醍醐辺川水を照る紅葉かな

291 ひや〳〵とゐて楽めど妻子《さいし》かな

292 高きに上る怡々《いい》として父老かな

293 櫨《はぜ》寺《でら》の墓にも参るゆかりかな

294 大文字や北山道の草の原

295 猿《さる》酒《ざけ》や炉《ろ》灰《はひ》に埋《うづ》む壺の底《そこ》

296 たはれ女の槌《つち》かくしたる砧《きぬた》かな

290 ○醍醐＝京都市伏見地区の地名。醍醐・朱雀両天皇陵および醍醐寺などがある。

292 ○高きに上る＝重陽に茱萸(みぐ)を詰めた袋をさげて高い所に登り、菊の酒を飲むと齢が延びるという中国の古い言い伝えがある。これを「登高」という。［秋］

295 ○猿酒＝猿が木の実を集めて木の洞にためたのが自然に発酵して酒となったもの。［秋］

297 学問の稚子のすゝみや秋の風

298 幌武者の幌の浅《あさ》黄《ぎ》や秋の空

299 山荘の眺望御記や秋の空

300 誰人か月下に鞠《まり》の遊びかな

301 荒削り羯《かつ》摩《ま》が鬼の十三夜

302 川霧に竜の流るゝ筏《いかだ》かな

303 蓑虫を養ふの記のあるじかな

298 ○幌武者＝保呂（幌）を背負っている騎馬武者。保呂は大きな球形の籠。

304 蓑虫や五倍子《ふし》干す宿の軒端《のきば》より

305 黒木積む家や後ろの柚《ゆず》の高き

306 晴々と萩憐《あはれ》むや天《てん》竜《りゅう》寺《じ》

307 誰が植ゑて雁《がん》来《らい》紅《こう》や籠り堂

308 稲刈て鵜の首見ゆる餌《え》飼《がひ》かな

309 掛稲のつぶれも見えて川原かな

310 青墓の野に庵室の芋畑

304 ○五倍子＝白膠木（ぬるで）の葉に、五倍子虫が寄生して出来る瘤のようなもの。染料・医薬品の原料になる。［秋］

306 ○天竜寺＝京都市右京区嵯峨にある臨済宗天竜寺派の大本山。

307 ○雁来紅＝葉鶏頭。雁が飛来するころ葉が美しく色づくのでいう。

310 ○青墓＝美濃国不破郡垂井と赤坂との間の地名（現、大垣市）。古代の宿駅で、平治の乱に敗れて逃れる源義朝が子の朝長を殺した所と伝える。

311 藁《わら》散てもみづる草の堤かな

312 牧人の日出る方や秋の峯

313 人岩の高きに見ゆる秋の山

314 吐せども酒まだ濁《にご》る瓢《ひさご》かな

315 米をつく舟もすさまし崩《くづ》れ簗《やな》

311 ○もみづる草＝秋になって霜などのために赤や黄に色づいた草。

315 ○崩れ簗＝秋の漁期を過ぎ、崩壊したまま打ち棄てられている簗。

明治三十九(一九〇六)年

316 牡蠣《かき》船《ぶね》に大阪一の艶《えん》話《わ》かな

317 木《こ》枯《がらし》や叺《かます》捨てある新墾田

318 四《よ》ツ手《て》毬《まり》上手にこそはゆりにけれ

319 冬の夜や果樹の園主が論議稿

320 短日に馬休ませて田家かな

321 軒《のき》落ちし雪窮《きゆう》巷《かう》を塞《ふさ》ぎけり

322 後宮の夜半に雪《ゆき》折《をれ》聞えけり

316 ○牡蠣船＝冬季、広島から大阪に来て繋留、牡蠣料理を営む屋形船。［冬］

318 ○四ツ手毬＝四つの手鞠。［新年］

319 ○碧梧桐庵で六花・乙字・碧童・碧梧桐の四名による俳三昧(明治三十八年十二月二十日―三十九年二月五日)。

321 ○窮巷＝行きどまりになっている路地。

323 美《み》豆《つ》の牧一木も見えず冬田かな

324 水鳥や小村も見えて陣の外

325 亡き人の向《むか》ひをるよな火燵《こたつ》かな

326 簀《すのこ》囲ひの魚の潜みや寒の雨

327 野は枯れて蘆《あし》辺《べ》さす鳥低《ひく》きかな

328 赤き実《み》や桜が下の枯《かれ》茨《いばら》

329 蜆《しじみ》かく舟も見えずよ冬の雁

323 ○美豆＝「おくのほそ道」（尿前の関）に「岩手の里に泊る。小黒崎ミつの小嶋を過て」とある「ミつ」は「美豆」か。

俳三昧雑詠一句

330 寒《かん》燈《とう》の下や俳《はい》魔《ま》の影もなし

331 臘《らふ》八《はつ》の日峨《が》々《が》たる声《こわ》音《ね》かな

332 落し子の竜の冷たき斑《まだら》かな

333 束ね藻の冬に雁来る磯田かな

334 野に出れば芥《け》子《し》の散り端や鷺の飛ぶ

335 海鳥の呼ぶ北門の渡りかな

336 蝦《え》夷《ぞ》人《びと》の望む渡りの帆十《じふ》分《ぶん》

330 ○俳三昧＝根岸の自宅（海紅堂）で碧童・乙字・六花らと修した俳句会。○俳魔＝俳句を司る神といった意。

331 ○臘八＝釈迦が苦難に耐え、臘月（陰暦十二月）八日未明に悟りを開いた。これを記念して禅宗の寺では臘八会を修する。［冬］

332 ○落し子の竜＝タツノオトシゴ。

334 ○347まで夏季俳三昧（明治三十九年六月一―三十日）での作。

337 水鶏《くひな》来し夜明けて田《た》水《みづ》満てるかな

338 古家や臼《うす》にかゝれる蛇の衣《かは》

339 幽叢に白く全たき蛇の衣

340 馬独《ひと》り忽《こつ》と戻りぬ飛ぶ螢

341 灯《ひ》あかき紙端に落る螢かな

342 空《クウ》をはさむ蟹《かに》死にをるや雲の峰

343 今頃を代《かへ》馬《うま》戻る夏の月

339 ○幽叢＝奥深く茂った草むら。

344 落ち蟬の砂に羽《はね》搏《う》つ尚《なほ》暑し

345 簀《す》の中のゆるき流れや水馬《あめんばう》

346 大《おほ》利《と》根《ね》の水守る宮や花《はな》樗《あふち》

347 雲晴れて解《げ》夏《げ》の鶯聞えけり

明治四十(一九〇七)年

348 天領の銃《つつ》音《おと》慣れて日永かな

345 ○水馬＝池や小川などの水面に群れていて、長い六本の脚で滑走したり、水面を跳ねたりする。ミズスマシは甲虫のマイマイのこと。[夏]

347 ○解夏＝僧が一定期間一室にこもって修行する夏安居(げあんご)の終わること。また、その最終日(陰暦七月十五日)。

349 白馬に使者にほやかや春の宵

350 横《よこた》へし朝の反《そり》身《み》や鮎《あゆ》三尾

新傾向句集

明治三十九(一九〇六)年

351 海《かい》楼《ろう》の涼しさ終《つ》ひの別れかな

352 行《ぎやう》水《ずい》や童《わらべ》ポカと戻りけり

353 瓜《うり》積んで朝舟著《つ》きぬ流れ山

354 芥《け》子《し》散るや瓜《うり》もむ時の夕風に

355 瓜食うて我も上るや観《くわん》音《のん》寺《じ》

351 〇「三千里」の旅に出発したその第一日目、明治三十九年八月六日の作。355まで下総千葉での作。〇海楼＝稲毛海岸の海気館。〇別れ＝見送ってきた乙字・六花・観魚・碧童の四人がここで別れた。

352 〇355まで八月七日の作。

356 藁《わら》覆ふ藻《も》塚《づか》匂ふや露の中

房州にて子規居士の旧遊を忍ぶ

357 砂糖の木をかむ子昔も居りつらん

358 蜩《ひぐらし》や浦《うら》人《びと》知らぬ崖崩れ

成東入道山

359 松深く萩《はぎ》の径《こみち》の尽きずある

即景

360 静かさや燈台の灯《ひ》と天の川

361 七夕の旅に病むとぞ便《たよ》りせる

362 石を積む風除《よけ》に七夕竹見ゆる

356 ○357と八月十二日、安房千倉での作。

357 ○子規居士の旧遊＝子規は明治二十四年三月二十五日から四月二日まで房州旅行。

358 ○八月十六日、上総勝浦での作。

359 ○八月十九日、上総成東での作。

360 ○八月二十日の作。367まで下総犬吠での作。○即景＝暁鶏館の一番近い離れ座敷にての作。

361 ○367まで八月二十六日の作。○旅に病む＝旅信「一日一信」に「ゆうべから少し発熱してきょう一日寝て暮した」とある。

363 虚《こ》空《くう》より戻りて黍《きび》の蜻《とん》蛉《ぼ》かな

364 雨に泊れば雨は晴れたる蜻蛉かな

365 捨飼ひに牛肥ゆる里の木《む》槿《くげ》かな

366 七浦の祭の木槿咲きにけり

367 貝殻の道と聞き来て木槿かな

368 海《かい》楼《ろう》の松薄霧に残る月

369 霧立つや大沼近き宮《みや》柱《ばしら》

368 ○369と八月二十九日、下総銚子での作。

370 虫の句を案ずる旅の恙《つつが》かな

371 夜ながら盥《たらひ》すゝぎや虫の声

372 点滴と夜《よ》寒《さむ》の釜の鳴る音と

373 町に出ても白《はく》楊《やう》高し盆の月

香墨居一句

374 出水引いて芋も肥えけり裏廻り

香墨居一句

375 鳳《ほう》仙《せん》花《くわ》は小さき娘が植ゑにけり

香墨居一句

376 料理屋に隣れば赤き穂《ほ》蓼《たで》かな

370 ○371と八月三十日、下総八日市場での作。

372 ○九月二日の作。376まで常陸土浦での作。

373 ○376まで九月三日の作。○白楊＝はこやなぎ。

374 ○香墨＝渡辺助治郎。一八六六年生。茨城県。弁護士。双樹庵。

377 思ひの外《ほか》客ある山の夜寒かな

祇園寺

378 秋《しう》風《ふう》秋《しう》思《し》松も唐《から》様《やう》の名残かな

水戸好文亭

379 沓《くつ》の跡芙《ふ》蓉《よう》の下に印すらん

380 遊《いう》女《ぢよ》屋《や》のありて舟つく花芒《すすき》

西山々荘にて

381 月見るも斯《し》君《くん》斯《し》老《らう》の二人かな

382 百《も》舌鳥《ず》鳴くや汐《しほ》さす頃を夕栄す

383 九《コヽ》面《ツラ》は芒の里やむら〳〵と

377 ○九月五日、常陸筑波での作。

378 ○380まで九月八日の作。381まで常陸水戸での作。○祇園寺＝曹洞宗寿昌派の本山。開基・水戸光圀、開山・明の僧心越禅師。

379 ○好文亭＝水戸藩第九代藩主徳川斉昭の別荘。

381 ○九月九日の作。○西山々荘＝水戸光圀の隠居所。

382 ○384まで九月十日、平潟での作。

383 ○九面＝九面の町はずれからしばらく上ると勿来（なこそ）の関跡。

384 勿来関趾《なこそのせき》
松の外女郎花《をみなへし》咲く山にして

385 午後虚栗来る閑談
夜仕舞の店に残れる燈《とう》籠《ろう》かな

386 漁人けふ愛児を亡ふ由聞ゆ
我を恋人といふ人淋し秋の風

387 月見ても泣くまい〳〵が親心

388 足尾梧村居
山に多き笹に植ゑずて芒《すすき》かな

389 秋雨や俵《たはら》編む日の藁《わら》一駄《だ》

390 山潰《つい》えし又の噂《うは》さや秋の雨

384 ○勿来関趾＝古代の奥羽三関の一。いわき市勿来の九面付近とされる。

385 ○九月十四日の作。393まで下野足尾での作。

386 ○388まで九月十五日の作。○虚栗＝高橋喜一。足尾鉱山職員。

388 ○梧村＝坪井専蔵。足尾鉱山係長。

389 ○391まで九月十七日の作。○一駄＝馬一頭に負わすだけの重量。三十六貫(一三五キログラム)。

391 晴を鳴く鷽《うそ》や足尾の秋時雨

392 繭《まゆ》を積む後ろより残る蚊の出る

393 糸瓜《へちま》仏に無《む》樹《じゅ》山中に見《まみ》えけり

394 未だ山を離れず菊を作る里

395 火も置かず独《どく》居《きょ》の人と夜《よ》長《なが》かな

足尾を出で、久蔵川《くざうがは》を溯る

396 むら芒草花のある始めかな

397 草花に大石据わる茶店かな

391 ○足尾＝栃木県上都賀郡足尾の町内に慶長十五年(一六一〇)発見の銅山があり、昭和四十八年(一九七三)採掘中止となった。

392 ○九月十八日の作。

393 ○九月十九日の作。○糸瓜仏＝子規のこと。この日は子規忌(九月十九日)。○無樹山＝禿げ山のこと。

394 ○九月二十五日、下野日光清滝での作。

395 ○九月二十六日の作。398まで日光での作。

396 ○398まで九月二十八日の作。

398 草花や湖の水つく通ひ路

399 一《いつ》宿《しゆく》して雨晴るゝ山ひや〳〵と

400 山を出る日のくれ〴〵に野《の》分《わけ》かな

401 蝕《むしば》める機もあり古き砧《きぬた》かな

402 十《とを》日《か》路《ぢ》の海渡り来ぬ梨の味

403 少年の木の実のホ句に振ひけり

404 遠《とほ》のきし雲夕栄えす秋の山

399
○404まで九月三十日の作。408
まで下野氏家での作。

405 腹げそと背もなき鮎《あゆ》や九《く》月《ぐわつ》尽《じん》

406 旅心定まるや秋の鮎の頃

407 飲み水を運ぶ月夜の漁村かな

408 川越えて海辺の月に寒《さむ》がりぬ

弥五郎坂を越ゆ

409 坂を下りて左右に藪《やぶ》あり栗落つる

桜村を凹孫とする如何

410 本降りになるや首《か》途《どで》の蕎《そ》麦《ば》白き

411 凹《あふ》の字に孫の字に芋を思はしむ

405 ○406と十月一日の作。

407 ○408と十月二日の作。

409 ○411まで十月三日、下野大田原での作。○弥五郎坂＝奥州街道(旧早乙女坂)江戸を出て、初めての本格的坂。

途中吟

412 家処々に百舌鳥《もず》木移りし高鳴きす

413 桜紅葉《もみぢ》なるべし峯に社《やしろ》見ゆ

即事

414 新《しん》蕎《そ》麦《ば》に句に酒に論に責らるゝ

415 渡り鳥安積《あさか》颪《おろし》にしば〱す

416 鰯《いわし》引く外浦に出るや芒《すすき》山《やま》

417 馬を見に行く野の芒野菊かな

418 憂さ晴れてそゞろに行けば野菊哉《かな》

412 ○413と十月五日、磐城白河での作。

414 ○十月六日の作。418まで岩代郡山での作。

415 ○416と十月七日の作。○安積颪＝現、郡山市。旅信「一日一信」に「郊外散歩、某農園を見た。風が寒い」とある。

417 ○418と十月八日の作。

419 ○十月九日、岩代三春での作。

420 ○十月十日、郡山での作。○雲巌寺＝湯沢市郊外にある臨済宗妙心寺派の寺院。○十境＝十景、『曾良随行日記』によれば、雲巌寺十景は海巌閣・竹

419 柿主を脅やかしたる土《ど》賊《ぞく》かな

雲巌寺

420 冷《ひや》やかに十《じつ》境《きやう》三《み》井《ゐ》の名所かな

421 露の草碑埋《うづも》りしこのあたり

安達が原にて

422 宝物の鬼気も蝕《むしば》む秋の風

423 牧場主言訥《とつ》にして新《しん》酒《しゆ》かな

子規居士の旧事を偲ぶ

424 故人こゝに在りし遺《ゐ》物《ぶつ》と新酒かな

425 栗綴《つゞ》る妹見ればあかき行《あん》燈《どん》かな

林・十梅林・竜雲洞・玉几峯・鉢盂峯・水分石・千丈巌・飛雪亭・玲瓏石である。

421 ○十月十二日、岩代二本松での作。

422 ○423と十月十三日、岩代福島での作。○安達が原＝二本松市、阿武隈川畔。謡曲「黒塚」で知られる鬼女の墓（黒塚）がある。旅信「一日一信」に「安達原黒塚の跡を見に行く」「側に観世寺という藁葺の寺がある。宝物というものもいろいろ併べてあった」とある。

424 ○十月十五日、岩代杉田村での作。○子規居士の旧事＝子規は明治二十六年七月二十三日に二本松から黒塚を訪ね〈木下闇あゝら涼しや恐ろしや〉と詠んでいる（「はて知らずの記」）。

425 ○十月十六日、岩代須賀川での作。

須賀川にて田善《でんぜん》の遺物を観る

426 芙《ふ》蓉《よう》咲いて下図成りけり亜《あ》欧《おう》堂《だう》

427 山に木を植うると子規忌とを忘れ得ぬ

428 樽《たる》さげて聟《むこ》が行きやるを鳴る鳴《なる》子《こ》

429 芋煮えて天地静《しづか》に鳴子かな

430 馬遠く鳥高き野の鳴子かな

十框病む平癒祈禱

431 俳魔して夜《よ》寒《さむ》の病魔払《はら》はせん

安積《あさか》中学校運動会五句の中

432 五《い》十《す》鈴《ず》湖《こ》畔の明月といふ遊びかな

426 ○十月十七日の作。435まで郡山での作。○田善＝亜欧堂田善。一七四八―一八二二。須賀川の人。洋画の祖、銅板の創始者。

427 ○435まで十月十八日の作。○子規忌＝旅信「一日一信」に「足尾の糸瓜忌の一巻に句を題せよという」とある。

香墨弁護士になりぬとたよりす

433 蘭《らん》と菊あるじの事をさゝやかん

434 水筋の横瀬に落つやむら芒《すすき》

麻昔《ませき》の為に其の病魔を叱す

435 句《く》徳《どく》無辺大に芋を食ふべし

436 湖《うみ》を見て夜越えになりし夜寒かな

437 磐《ばん》梯《だい》を霧こめて暮色大いなり

438 山中に淹《えん》留《りゅう》し朝を寒うしぬ

439 藁《わら》積めば朝寒き里の冬に似る

433 ○香墨＝注374参照。

435 ○麻昔＝荘原復。一八八〇年生。福岡県医師。

436 ○437と十月二十日の作。439まで岩代東山での作。

438 ○439と十月二十一日の作。○淹留＝長く滞在すること。

440 阿《をん》賀《が》川《がは》も紅葉も下に見ゆるなり

441 コスモスの冬近し人の猿《さる》袴《ばかま》

442 山紅葉県の牧場通りけり

会津熱塩温泉即景

443 遊園に囲《かこ》ひし山の芒かな

444 雲こめし中や雨降る秋の山

445 ぎいと鳴る三《み》つの添《そふ》水《づ》の遅《ち》速《そく》かな

446 最上で上の山の粋な夜《よ》寒《さむ》かな

440 ○441と十月二十三日、岩代耶麻郡山都村での作。○阿賀川＝阿賀野川水系の本流は福島県内では阿賀川と呼ばれる。

441 ○猿袴＝労働用の袴の一種。上部がゆるく下部をつめて縫う。雪袴ともいう。

442 ○443と十月二十五日、岩代喜多方での作。

443 ○熱塩温泉＝旅信「一日一信」に「強度の塩分を含んで居る。昔は岩塩も出たという。沸騰程度のものが出るので、多分の水を混ぜる」とある。

444 ○445と十月二十六日、羽前米沢での作。

446 ○447と十月二十七日、羽前上の山での作。

447 山桑の木高さや菊も作り捨つ
米沢市中即事

448 落葉して湖水の漁に疎《うと》きかな

449 淋し寒し出羽の清水後《のち》の月《つき》

450 水菊の花や慈《じ》覚《かく》の露の降る

宿の主人も一筆を乞ふ即事
451 建て増しの槌《つち》かしましう冬隣る

452 飲みつぎて倒れず戻る十《じふ》三《さん》夜《や》

天長節の句を乞はれて
453 菌《きのこ》干す下に南山と菊を見る

448 ○十月二十八日の作。450まで羽前山形での作。

449 ○十月二十九日の作。○出羽の清水＝旅信「一日一信」に「唐松の観音に立寄る。京都の清水寺を模した台がある」とある。

450 ○十月三十日の作。○慈覚＝円仁。平安初期の天台宗の高僧。○この日、立石寺（開基慈覚大師）に詣で、旅信「一日一信」に「根本中堂から見始まって、天狗岩に終るまで、岩端の処々に思い設けぬ御堂もある」と記す。

451 ○453まで十一月一日、羽前高湯での作。

峨々温泉主人の句を乞ふまゝに

454 菊の日を雪に忘れずの温泉《ゆ》となりぬ

大河原停車場にて偶然種竹《しゆちく》山人と会す

455 山を出でゝ稲を見つ君の詩をも得つ

456 寺大《たい》破《は》炭割る音も聞えけり

457 葉芋高き宿にとまるや晴三日

458 果《はて》知《し》らずの記のあとを来《き》ぬ秋の風

459 短《たん》日《じつ》やさそはれ出しかげ詣り

460 とき朝の花火の音や霜日和

454 ○十一月三日、陸前峨々温泉での作。旅信「一日一信」(十一月三日)に「起きて見ると、満目斑白な光景で、蔵王颪の大吹雪は谷を埋めよと吹き下ろす」と記す。

455 ○456と十一月四日の作。461まで陸前仙台での作。○種竹＝本田種竹。一八六二―一九〇七。漢詩人。国分青厓、森槐南と並んで三詩人と称された。子規とも親交を結んだ。

457 ○十一月五日の作。

458 ○461まで十一月六日の作。○果知らずの記＝明治二十六年七月十九日から八月二十日に及ぶ子規の奥羽旅行記。

461 思はずもヒヨコ生れぬ冬《ふゆ》薔《さう》薇《び》

462 日の出見て山下りし里の小春かな

463 底曇りの雲の動きや冬の海

464 枯るゝ菊みぞるゝ松になりにけり

465 手をかざせば睡《すい》魔《ま》の襲ふ火《ひ》桶《をけ》かな

466 真上より滝見る冬木平《たひら》かな

余生の未亡人に接す

467 我を見て泣く人よ寒し遺《ゐ》子《し》も見て

461 ○思はずも＝大須賀乙字が「俳句界の新傾向」(「アカネ」明治四十一年二月)の中で、穏約法もしくは暗示法の句として例示した句。

462 ○464まで十一月七日、岩代中村での作。

465 ○466と十一月八日、岩代小高での作。

467 ○十一月九日。477まで仙台での作。

468 内浦になだらな島や浮《うき》寝《ね》鳥《どり》

469 小《こ》者《もの》つれて島《しま》長《おさ》ぶりの小春かな

470 要害の城や小春の旧《きう》山《さん》河《が》

芭蕉蓑塚

471 蓑《みの》ぬぎし晴れを思ふや帰り花

筠軒《ゐんけん》先生に対す

472 詩話画論しぐるゝいとまなかりけり

473 糸を繰る音と庇《ひさし》のしぐれかな

474 しぐるゝや香に立つ温泉の洗ひ物

468 ○十一月十日の作。

469 ○471まで十一月十一日の作。

470 ○要害の城＝青葉城趾。旅信「一日一信」に「正宗が隻眼で睨めた山河はこれだなと思う」とある。

471 ○芭蕉蓑塚＝芭蕉の蓑を埋めたと伝えられる蓑塚が伊達政宗の乳母多貴子の位牌寺「妙心院」の境内にある。

472 ○477まで十一月十三日の作。
○筠軒＝大須賀筠軒。一八四一—一九一二。乙字の父。漢詩人にして画家。

寒山居にて

475 百日目横たはる赤き毛《もう》布《ふ》かな

476 雪《ゆき》虫《むし》の飛ぶ廟《べう》前《ぜん》の木立かな

477 左右にある殉《じゅん》死《し》の塚の落葉かな

虚静庵即事

478 畑広し蔵立つあたり散る紅葉

479 裏山のけむれる此方紅葉かな

増田町の荘司某由緒ある霊泉の句を求む

480 霊泉を見ざれども心冴ゆるかな

481 多《た》羅《ら》葉《えふ》の大樹けやけき神の留守

476 ○廟＝瑞鳳山にある正宗、忠宗、綱宗の三廟。

478 ○481まで十一月十四日、塩釜での作。○虚静＝本野栄太郎。生没未詳。仙台市。会社員。

鉄露に対す

482 君に遇ふ牡《を》鹿《しか》の山の眠る下

483 子が号を囲《ゐ》炉《ろ》裏《り》の側に案じけり

484 河《ふ》豚《ぐ》の文天雪降ると物しけり

485 大木戸に似し門ありて冬木かな

486 沼尻の川の流れや柴《しば》漬《づけ》くる

師《し》竹《ちく》居にて

487 炉に寄りて早や石《せき》索《さく》を開きけり

488 霜《しも》凪《なぎ》に濃き紅葉見ゆ向ひ島

482 ○十一月十七日、陸前鮎川での作。

483 ○十一月二十日の作。486まで陸前石巻での作。

484 ○485と十一月二十一日の作。

486 ○十一月二十二日の作。

487 ○十一月二十三日の作。○師竹＝519まで陸前登米での作。○師竹＝菅原賢五郎。一八六三―一九一九。宮城県登米生。日本派の俳人、東北の俳壇で安斎梅磈子と並び称された。○石索＝書の名。六巻。清、馮雲鵬・雲鵷編。

488 ○489と十一月二十四日の作。

489 都曇《つどん》てふ楽器見せけり冬籠《ふゆごもり》

490 宮の大樹伐ると噂の小春《こはる》かな

素茗《そめい》の妹に手料理の礼をいひやる

491 風邪ひかぬまじなひの句を返しかな

492 山越しに窟《いはや》のあるや三十三才《みそさゞい》

493 桑《くは》老木倒れしもあり三十三才

494 船頭の社《やしろ》案内や散る紅葉

495 さかどりの一陣を張る処かな

489 ○都曇＝打楽器の一種。細腰鼓を中国語で都曇鼓と記した。

490 ○494まで十一月二十五日の作。

492 ○三十三才＝ミソサザイ科の非常に小さい小鳥。小川を好み、冬季は人家近くに現れる。[冬]

495 ○497まで十一月二十六日の作。○さかどり＝阪鳥。沼から飛び立つ水鳥を丘または山の上で待ち、網で伏せ捕る猟法。

496 蘆《あし》を鳴る風にさかどり待れけり

497 さかどりも国《くに》替《がへ》の時になくなりぬ

498 冬来るや尚乗り締むる馬五頭

499 出《で》羽《は》人《びと》も知らぬ山見ゆ今《け》朝《さ》の冬

500 金華山志《こころざ》せば冬になる霰《あられ》

501 留《りう》錫《しやく》のお物好みや蕪汁

502 ぶり〳〵に似し長かぶら面白や

498 ○500まで十一月二十七日の作。

501 ○505まで十一月二十八日の作。○留錫＝僧が行脚中に一時、他の寺に滞在すること。ここではその僧。○お物好み＝敬うべき人、ここでは僧の食べ物の嗜好。

502 ○ぶり〳〵＝八角形の槌の頭に似た木製の玩具。

503 鞍《くら》づけの蕪《かぶ》が落ちそな馬が行く

504 蕪作る大百姓や聖《ひじり》村《むら》

505 産の祝ひ又の祝ひやかぶら汁

506 箔《はく》のやうに白き跡見ゆ紙《かみ》子《こ》かな

507 素《す》紙《かみ》子《こ》や商《あきんど》人ながら狂言師

508 素紙子に絵を物しけり千鳥なと

509 すまじてふ峠越えしぬ冬の月

506 ○508まで十一月二十九日の作。○紙子＝厚紙に柿渋を引いた保温用の衣服。

507 ○素紙子＝柿渋を引かずに作った紙子。

509 ○513まで十一月三十日の作。

510 春に焼けし家《いへ》居《ゐ》建ちけり冬の月

511 上の山泊りにせうぞ月寒き

512 寒月や笞《ち》刑《けい》の人の放たれて

513 柝《たく》過ぎて後《あと》犬行くや冬の月

514 風垣をして菊見えず枯る丶頃

515 蚕《さん》桑《さう》も拙《つた》なき里や菊枯る丶

516 この家に木《き》仏《ほとけ》立たすや納豆汁

512 ○笞刑＝罪人の身体を笞(ちむ)で打つ刑。

513 ○柝＝拍子木。

514 ○515と十二月一日の作。

515 ○蚕桑＝養蚕の仕事。

516 ○519まで十二月二日の作。○木仏＝木彫の仏像。

517 積《つみ》藁《わら》の三つある庭や冬牡《ぼ》丹《たん》

518 地に柑《かん》子《し》垂れて牡丹も冬を咲く

読史

519 正統を立たせ給へり冬牡丹

520 冬空や舟行の果に日暮るゝ

521 冬空の下に黄渋の濃き田かな

522 冬空や津《つ》軽《がる》根《ね》見えて南部領

中尊寺

523 苔青き踏むあたりにも霜柱

520 ○525まで十二月三日の作。522まで陸中一関での作。

522 ○南部領＝南部氏の旧領地。青森・岩手・秋田三県にまたがる。

523 ○525まで十二月四日の作。○中尊寺＝平泉にある天台宗の寺。山号は関山。長治二年(一一〇五)、藤原清衡が堀河天皇の勅により再興。基衡・秀衡三代にわたって貴族文化の粋を移植造営。火災により経蔵と金色堂(国宝)のみ残存。

524 歯皓《しろ》き君を火燵《こたつ》に強ふるなり

525 火燵の間去ることもなく用足りぬ

師竹《しちく》に別る

526 秀衡と芭蕉君にも寒さかな

527 人《ひと》首《くび》と書いて何と読む寒さかな

528 火の映る北《きた》上《かみ》氷りそめにけり

529 山の池の緑に薄き氷かな

530 火燵にてあるじがまねの書見かな

526 ○十二月六日、陸中水沢での作。○師竹に別る＝注487参照。十一月二十三日に登米の町に入った日の旅信「一日一信」に「其の瀟洒たる書斎に炭火を山のように盛って予を迎えた」と記し、十二月六日に「師竹と朝袂を分つ」と記す。師竹の送別の句〈見ゆるかと爪立てば冬木がくれかな〉に応えて詠んだ句。

527 ○十二月七日の作。532まで陸中遠野での作。○人首（ひとかべ）＝江刺市の市街地から種山ヶ原に向かう道の途中にある集落。

528 ○531まで十二月八日の作。

531 埋れ木を掘る里人の小春かな

532 北風や磧《かはら》の中の別れ道

533 寺絶えてたゞに尖れり冬の山

534 乗りて来《き》し馬を火燵に見つゝをる

535 戒《かい》律《りつ》の山門外や枯茨

席上某妓に与ふ

536 句を望む君と師走《しはす》のいとまあれ

537 北風に魚塩の便りなかりけり

532 ○十二月九日の作。

533 ○十二月十四日、陸中宮古での作。

534 ○十二月十六日の作。553まで陸中盛岡での作。

535 ○十二月十七日の作。

536 ○十二月十八日の作。

537 ○十二月十九日の作。○魚塩＝海産物の総称。

538 枕辺に積む雪奇しく目覚めけり

539 片富士の片そぎや雪の峯つゞき

540 遠《とほ》野《の》勢夜《よ》半《は》に著《つ》きぬる雪明り

541 門《かど》の雪いつ繋《つな》ぎけん馬のをる

542 一廓《くわく》の灯や渓《たに》の雪発電所

543 水道の氷熊《くま》手《で》掻く旦《あした》かな

544 盗まれし牛の訴訟や冬《ふゆ》籠《ごもり》

538 ○541まで十二月二十日の作。

540 ○遠野＝岩手県南東部遠野盆地の中心。柳田国男の「遠野物語」で知られる。

542 ○545まで十二月二十二日の作。

545 集を見て我句楽しむ冬籠

546 雪《ゆき》除《よけ》をする日水鳥晴れて見ゆ

小岩井雑詠三句

547 ともらぬ夜なき茶屋の灯や浮《う》寝《ね》鳥《どり》

548 茶店とも酒保とも雪の一軒家

549 首綱で犢《こうし》引き来る深《み》雪《ゆき》かな

550 雪チラ〳〵岩手颪《おろし》にならで止む

更に適切に艶なものといふ

551 ひねくるや橋南橋北の雪《ゆき》木《ぼく》履《り》

546 ○547と十二月二十三日の作。

548 ○550まで十二月二十四日の作。○酒保＝酒を売る店。

551 ○553まで十二月二十五日の作。○雪木履＝雪中を歩くために木で作ったはき物。きぐつ。

戯れに秋皎《しうかう》に与ふ

552 念者ぶりの句をさゝやきて炉辺哉《かな》

雲軒は「もつきり」趣味をと迫る

553 椀中の酒火の如し榾《ほた》いきれ

途中即吟二句

554 野ひらけ行く晴雪に風立てり

555 雪晴れの雞《けい》犬《けん》我を怪むる

556 日頃通ふ駄馬米を積む小春かな

557 この道に寄《よ》る外《ほか》はなき枯野哉

558 野は枯れて目にしるき山や噴《ふん》火《くわ》烟《えん》

552 ○秋皎＝内田直。一八六―一九一四。盛岡中学教員。○念者＝男の同性愛で兄分にあたる若者。

554 ○555と十二月二十八日の作。558まで陸奥八戸・鮫港での作。

556 ○558まで十二月二十九日の作。

559 冬川や湯《ユ》田《ダ》の蟹《かに》石《いし》出ずなりぬ

560 大きなる嘴《はし》鳥《どり》をるや冬川原

561 橡《とち》胡《く》桃《るみ》冬川筋の立木かな

562 すたれたる運河も見えつ冬の川

563 冬川や那須の高根のそがひ見ゆ

559 ○563まで十二月三十一日、陸奥上北郡沢田村での作。

563 ○そがひ＝背向。うしろの方。

明治四十(一九〇七)年

564 母人の藁打たす藁《わら》蒲《ふ》団《とん》かな

565 鮭《さけ》鱒《ます》の孵《ふ》化《くわ》のさかりや寒の入

566 煤《すす》掃《はき》の焚火や竹の爆《はじ》く音

567 股凹に燃えべりのして根《ね》榾《ほた》哉

568 鷲《わし》の羽を宿の箒《はうき》や榾埃

564 ○一月一日の作。566まで陸奥上北郡沢田での作。

565 ○一月二日の作。

566 ○一月五日の作。○煤掃＝新年を迎えるために、年末に家屋・調度の塵埃を掃き清める風習で、煤払に使う篠竹を「煤竹」という。[冬]

567 ○一月七日の作。578まで陸奥野辺地での作。

569 若者をどやす榾火のあるじかな

570 物積んで奥ある家や榾明り

571 カラ〳〵な藻《も》草《ぐさ》に溜る霰《あられ》かな

572 帆渡りの島山颪《おろし》霰かな

573 吹きまはす浦《うら》風《て》に霰霙《みぞれ》かな

574 機《はた》仕《し》舞《ま》ふ一間広さや餅《もち》莚《むしろ》

575 梅三分咲く餅搗《つき》の日取かな

571 ○573まで一月八日の作。

573 ○浦風＝海辺を吹く風。

574 ○576まで一月九日の作。○機＝織物を作る手動の機械。

576 翁《をう》を擁して湖南の衆《しゆう》の餅搗《つ》きぬ

577 闃《げき》として砕氷船も横《よこた》はる

578 鼻焦がす炉の火にかけて甲羅《かふら》酒《ざけ》

579 海鼠《なまこ》突き大凡《おおよそ》の数を読みにけり

580 古への冕《べん》の形を海鼠《なまこ》かな

581 望み絶えし吹雪に便りある日かな

582 燈台を見し戻りなる吹雪かな

577 ○578と一月十日の作。○闃として＝ひっそりとして。

579 ○580と一月十一日、馬門温泉での作。

580 ○冕＝かんむり。大夫以上天子までの礼冠。

581 ○585まで一月十二日の作。592まで野辺地での作。

583 休む間にふゞきつのりぬはたと止む

584 何処《いづく》来て里に落ちたる吹雪かな

585 防戦に焼かれし村や蘆《あし》枯るゝ

586 燈台に双《さう》棲《せい》の君や鳴く千鳥

587 いつよりか温石先生といはれけり

588 不覚なる病に寝じと懐《くわい》炉《ろ》かな

589 沼移りしてつどひをる鴨《かも》小鴨

586 ○一月十三日の作。○双棲＝夫婦揃って住むこと。

587 ○589まで一月十四日の作。

杉山氏別業にて庵号を求めらる

590 亭の名を夏季に思ふや火燵《こたつ》にて

591 鮫《さめ》汁《じる》に昆布なめらかな凝《こ》りやう

鶯子《あうし》に座右銘を贈る

592 摂生の俳諧境や蕪《かぶら》汁《じる》

鶯子に対す

593 君淋しと思ふ頃われも寒さかな

594 楯に似し岩めぐり鳴くは千鳥かな

595 防風林風致《ふうち》を添ふる避寒かな

596 針山をかりて夫婦が避寒かな

590 ○592まで一月十五日の作。○旅信「一日一信」(明治四十年一月十五日)では下五「置火燵」。

592 ○鶯子＝山口久太郎。一八九三―一九〇七。青森県。料理店。

593 ○一月十八日の作。610まで陸奥浅虫での作。

594 ○一月十九日の作。

595 ○597まで一月二十七日の作。

596 ○針山＝裁縫用具の一つ。綿・毛髪などを布で包んで作り、それに針をさしておくもの。

597 並松も南下りや返り花

598 春待《まつ》や何書を見ても得る所

599 種揃へしておこすなり春隣

600 春待や宿《しゅく》痾《あ》に堪へて憂ふ事

601 吹《ふい》革《ご》祭《まつり》秀真が鋳《い》型《がた》何ならん

602 浦《うら》人《びと》や鯨の油幾日汲む

603 山梔子《くちなし》に対す

喜《よろこ》ばしき時も淋しや置《おき》火燵《ごたつ》

598 ○600まで二月一日の作。

601 ○二月三日の作。○吹革祭＝旧暦十一月八日に、鍛冶屋・鋳物師など鞴を用いるところで行われる祭事。○秀真＝香取秀次郎。一八七四―一九五四。歌人、鋳金家。根岸短歌会に参加。

602 ○二月四日の作。

603 ○605まで二月十日の作。○山梔子＝岩谷健治。一八八三―一九四四。青森県。日本派の俳人。碧梧桐に師事、句仏・乙字に親しみ、「懸葵」同人となった。会社員。

604 綿入の肩あて尚も鄙《ひな》びたり

605 袖狭きも知らず奥人綿《わた》子《こ》かな

606 徳本に問ふ草のある暮の春

607 棚落ちて立つ庖刀や年の暮

608 蕎《そ》麦《ば》湯《ゆ》する背《う》ろ《し》の音は鼠かな

即事

609 炉の灰の降るに硯《すゞり》をいとひけり

610 牛《うし》吼《ほえ》をする犬のをる雪《ゆき》囲《がこ》ひ

605 ○綿子＝袖のない綿入れ。

606 ○二月十五日の作。○暮の春＝春のまさに果てようとする意。「春の暮」ではない。

607 ○二月十六日の作。

608 ○二月十七日の作。

609 ○二月二十日の作。

610 ○二月二十二日の作。

611 井戸水に蠛《イカラ》みえそめ温《ぬく》みけり

612 貝を生けし笊《ざる》沈めしが水ぬるむ

梅痩居

613 かねて見し不《ふ》折《せつ》の筆《ふで》の梅があり

614 島海苔《のり》を太布のやうに畳みけり

615 燈台の人も岩海苔掻く日かな

616 春の水古《ふる》柴《しば》網にかゝりけり

617 囀《さへづり》や子安地蔵の高い木に

611 ○612と二月二十七日、海上十勝丸船上での作。○蠛＝ぬかか。蚊に似た小虫で、雨の後などに乱れ飛ぶ。

613 ○二月二十八日の作。640まで根室での作。○梅痩＝畑栄太郎。一八六六年生。根室。医師。○不折＝中村鈼太郎。一八六六―一九四三。洋画家、書家。新聞「日本」「ほとゝぎす」に挿絵を掲載、子規の写生説に影響を与え、六朝風の書は碧梧桐に多大の影響を与えた。

614 ○615と三月二日の作。

616 ○三月五日の作。

617 ○618と三月六日の作。

618 裏富士の囀《さへづ》る上に晴にけり

619 雪解《ゆきげ》水《みづ》書《しよ》架《か》の上より流れけり

620 下《した》萌《もえ》や石置いて亭を営むと

621 四《ヨ》蹄《ツ》白の二歳たのもし草萌る

622 上《うは》解《ど》けの氷に藻《も》草《ぐさ》緑なり

623 東《こ》風《ち》吹いて一夜に氷なかりけり

624 雲雀《ひばり》の句野に住む人の所望かな

619 ○三月八日の作。

620 ○621と三月十日の作。

621 ○四蹄白の二歳＝二歳の白馬のこと。

622 ○623と三月十二日の作。

624 ○625と三月十三日の作。

625 埒《らち》越えて飛ぶ馬もあり鳴く雲雀

626 流氷のいつ戻りけん冴返る

627 一番の渡り漁師や雪解風

628 賑やかな町に寺ある柳かな

629 淡雪や氷跡なき湖《うみ》の上

630 淡雪や蚕《こ》神《がみ》祭の幟《のぼり》立つ

631 山焼けば狐《きつね》のすなる飛《とび》火《ひ》かな

625 ○埒＝馬場の周囲の柵。

626 ○三月十五日の作。

627 ○三月十六日の作。

628 ○三月十九日の作。

629 ○630と三月二十四日の作。

631 ○633まで三月二十八日の作。

632 焼野来し川風に乗る渡かな

633 蝦《え》夷《ぞ》に渡る蝦夷山も亦た焼くる夜に

634 船卸《おろ》しせし旗《はた》の上や凧の数

635 牧場の柵に上るも凧場かな

636 雉子塚残りて野人哀れめり

637 難所なる蠑《さ》螺《ざえ》上りや雉の声

638 奇《き》瑞《ずい》なる白雉の年の大《たい》赦《しゃ》かな

633 ○蝦夷＝北海道の古称。

634 ○635と三月二十九日の作。

636 ○638まで三月三十日の作。

637 ○蠑螺上り＝サザエのように螺旋状の坂。

638 ○奇瑞＝めでたいことの前兆として現れた不思議な現象。

639 大なる港に作る霞《かすみ》かな

640 熊の来て牛闘ひし霞かな

641 藪《やぶ》の中の家の花見ゆ春の月

642 虎杖《いたどり》やガンピ林の一部落

643 焼石に虎杖角《つの》を出しけり

644 虎杖や古《ふる》屯《とん》田《でん》の墓《ぼ》所《しょ》構《がまへ》

645 炉畳のはみいづる藁《わら》を侘《わ》びにけり

639 ○640と四月四日の作。

641 ○四月七日の作。644まで釧路での作。

642 ○644まで四月八日の作。○ガンピ＝ジンチョウゲ科の落葉低木。樹皮の繊維は和紙の原料。

644 ○古屯田＝時を経た屯田兵。

645 ○647まで四月十一日の作。653まで旭川。

646 三つの炉の榾《ほた》炉はいつか焚ずなりぬ

647 駅《えき》鈴《れい》をしばきく日なり炉塞ぎぬ

648 門いづこ家ある池や蘆《あし》の角

649 蘆芽ぐみ水満ち漁網新たなる

650 春雨や諸国荷《に》船《ぶね》の苫《とま》の数

651 種《たね》馬《うま》につけにやりけり春の雨

652 春雨や何彫る君の不退転

648 ○649と四月十二日の作。

650 ○652まで四月十三日の作。

652 ○不退転＝志をたかく保持して屈しないこと。

653 洗《せん》足《そく》は雨溜め水か鳴く蛙

654 貸家に厩《うまや》あるなり落椿

655 掛け昆《こ》布《ぶ》や霜の名残の三棹程

656 根ツ子焼く烟《けむし》絶えずよ春の霜

657 春霜や接《つぎ》台《だい》植うる蜜柑山

658 道となく牧車通へり春の山

恬堂庵即事

659 背に近くもたれ心や春の山

653 ○四月十五日の作。○洗足＝汚れた足を湯水で洗うこと。

654 ○四月十七日の作。662まで札幌での作。

655 ○659まで四月十八日の作。

659 ○恬堂＝宇野恬堂。

660 いち遅き船も卸《おろ》しぬ青を踏む

661 黄《こ》金《がね》なす病む蚕《こ》哀れを掌《たなごころ》

662 蚕《こ》糞《ふん》捨てる芍《しゃく》薬《やく》園《えん》や伝習所

663 閘《かふ》門《もん》を藻《も》草《ぐさ》閉ぢけん汐《しほ》干《ひ》かな

664 兵村の歌うたひけり畑《はたけ》打《うち》

665 畑《はた》打《う》つて藤一棚も培《つちか》ひぬ

札幌

666 九《く》条《でう》まで町の木立や飛ぶ燕

660 ○四月二十日の作。

661 ○662と四月二十一日の作。

663 ○四月二十四日、小樽での作。

664 ○665と四月二十七日の作。668まで函館での作。

666 ○667と五月三日の作。

667 噴火口に奇《あや》しと見る岩燕かな

668 幕かへすやうに落《らく》花《くわ》をふるひけり

鶯子を訪ふ

669 花なしとも君病《や》めりとも知らで来《き》し

670 韮《にら》萌《も》ゆる畑見つゝ来れば辛《こ》夷《ぶし》哉

671 夜《よ》半《は》の花鞦《しう》韆《せん》に来る天狗かな

672 永き日の阿音教ふる唖生かな

陸奥今別辺の児童婦女眉目清秀なるが多し

673 美人系の朱線引かばや燕

668 ○五月四日の作。

669 ○670と五月六日、陸奥野辺地での作。○鶯子＝注592参照。

671 ○五月八日の作。678まで陸奥青森での作。○鞦韆＝ぶらんこ。［春］

672 ○五月九日の作。○唖生＝言語を発声できない人。

673 ○675まで五月十日の作。

674 砂川の松こまやかや蜆《しじみ》取《とり》

675 水買うて分つ蜆や隣同士

676 山にある垢《こ》離《り》場《ば》の水やむら躑躅《つゝじ》

677 関守の活《い》けたる赤城つゝじ哉《かな》

678 野に遊ぶ歌に行人唱和かな

留別、期する処を述ぶ

679 少壮の諸兄在るなり時鳥《ほとゝぎす》

砂が森の湾には木材を積む巨船見ゆ

680 海に浸る檜《ひのき》の匂ふ遅《ち》日《じつ》かな

676 ○677と五月十二日の作。○垢離場＝水垢離の行をする場所。

678 ○五月十三日の作。○行人＝旅人。

679 ○五月十六日、陸奥蟹田での作。

680 ○684まで五月十七日、陸奥今別での作。

道山沿ひとなりて足下に平館《たいらだて》海峡を見る

681 風立てば霞《かすみ》の奥も波白し

平館に砲台の跡存す

682 構へたる並松もあり春の水

683 風垣を結ひそふ磯田苗代かな

684 木置場の坪も虎杖《いたどり》林かな

山梔子《くちなし》の買へる番傘《ばんがさ》に書す

685 誰がさすとよう知つて鳴く蛙かな

星陵庵

686 あるべしと期せし牡丹の寐覚かな

687 天領の境に咲くや桐の花

681 ○平館海峡＝下北半島北部西岸と津軽半島北部東岸との間にある海峡。

685 ○五月十九日、津軽・竜飛での作。

686 ○五月二十日、津軽十三での作。○星陵＝松本淳一。弘前市。酒造業。

687 ○688と五月二十二日、陸奥板柳での作。

山梔子帰る

688 驟《しう》雨《う》来る別れの朝の牡丹かな

安田氏一泊

689 寝残れば月にやなりし時鳥《ほとゝぎす》

690 船待て見る月《つき》代《しろ》や時鳥

691 シカタ荒《あ》れし風も名残《なごり》や時鳥

692 端《はし》納涼《すずみ》しをれど明日は別れかな

693 螢来しあとや蟬飛ぶ端納涼

694 丘の町下り果てゝ橋納涼かな

689 ○五月二十三日の作。705まで陸奥弘前での作。

690 ○691と五月二十四日の作。

691 ○シカタ＝東北地方の日本海側、北陸地方などで吹く南西、または西風。

692 ○695まで五月二十五日の作。

695 明日渡る湖《うみ》の眺めや端納涼

696 神事近き作り舞台や楠《くす》若《わか》葉《ば》

697 夕鳥の貝吹く青葉若葉かな

698 飛乗りの駈を打ち過ぐ若葉かな

699 剣《つるぎ》岩《いは》残りて清水無かりけり

700 清水ある坊の一つや中尊寺

701 舟を約す釣を約すや避暑の友

696 ○698まで五月二十六日の作。

699 ○702まで五月二十八日の作。

700 ○中尊寺＝注523参照。

702 雲高く一片かげる清水かな

席上某妓に与ふ

703 卯《う》の花のさかりか雨の紫陽花《あぢさゐ》か

704 官命に伐る檜山《ひやま》あり雲の峰

詩魔留別の句を強ふ

705 奥猿に旅羽抜鳥《はぬけどり》別れけり

706 我ながら茶勝《ちやがち》の縞や更衣《ころもがへ》

707 水神と山鬼と夜を明易うせり

708 帆綱《ほづな》浸《ひた》る舟の艪《ろ》ゆれや風薫る

703 ○五月二十九日の作。

704 ○五月三十日の作。

705 ○六月五日の作。

706 ○六月七日、陸奥板留温泉での作。○茶勝の縞＝茶色の勝った縞柄。

707 ○712まで六月九日、陸奥上北郡休屋での作。

708 ○舟で十和田湖の湖心に出る。

709 閑《かん》古《こ》鳥《どり》の藤の話もとり〴〵に

710 噴火後の温泉《ゆ》に住む家や閑古鳥

711 浮石の不思議もあるや閑古鳥

712 猿《さる》縠《をがせ》も花かと岩の苔の花

713 温《ゆ》泉《け》烟《むり》の田にも見ゆるや五月雨

714 坊に会す約を履《ふ》み来ぬ夏《なつ》木《こ》立《だち》

715 時明りする木の肌や夏木立

709 ○閑古鳥＝ホトトギス科の鳥。カッコウ。［夏］

712 ○猿縠＝猿麻桛。樹枝に付着して懸垂する白緑色の糸状の地衣類。外観はとろろ昆布に似ている。

713 ○六月十二日、陸中大湯での作。

714 ○715と六月十四日、羽後扇田での作。○履み来ぬ＝履行しない。

716 変がへをする早乙女《さをとめ》が憎いやら

717 沓《くつ》ぬぎに家鴨《あひる》も来るや避暑の宿

718 避暑に来て君書を読まず行李《かうり》の書

719 砂を踏む道しばし来しが行々子《ぎやうぎやうし》

720 凪《な》ぐまでを吹く夕風や行々子

721 真白くて出目《でめ》の金魚が一つかな

722 縁ばかりまはる金魚は尾切れ哉《かな》

716 ○六月十五日の作。718まで羽後大館での作。○変がへ＝心変わりすること。

717 ○718と六月十六日の作。

718 ○行李＝竹や柳で編んだ旅行用の荷物入れ。

719 ○720と六月十八日の作。734まで羽後能代での作。

721 ○722と六月十九日の作。

723 待つ船を物見に出るや風薫る

724 我行くと誰知らぬ淵《ふち》の夜《よ》振《ぶり》哉

725 島巡りして戻りなり沖《おき》膾《なます》

726 大沼に小沼も近き青田かな

727 悼三川
さみだるゝ旅《りょ》硯《けん》の側や新俳句

728 精錬所もうしろに見えて麦の秋

729 卯《う》の花の村麦《ばく》秋《しゅう》の野原かな

723 ○724と六月二十三日の作。

724 ○夜振＝夏の夜、たいまつやカンテラをともし、寄ってくる魚をとる漁。夜焚き。［夏］

725 ○六月二十六日の作。○沖膾＝沖でとった魚を、その場で、「たたき」にして、酢味噌や二杯酢にして食べる。［夏］

726 ○六月二十九日の作。

727 ○六月三十日の作。○三川＝三船氏。のち上原良三郎。一八六六―一九〇七。松本市。教職。子規門。直野碧玲瓏と「新俳句」を編集。○旅硯＝旅行に携帯する小さい硯。

728 ○729と七月四日の作。

730 葭《よし》の中に宮《みや》居《ゐ》の道や松落葉

731 蝦《え》夷《ぞ》船《ぶね》に備《そな》へし跡や松落葉

732 実桜も地に印す松落葉かな

733 温泉《ゆ》の里に氷《ひ》室《むろ》の馬を継ぎにけり

734 入らずの森跡はあらねど蕁《ぬなは》かな

735 烏《う》鷺《ろ》に似し客二人あり夏衣

736 山百合を束ね挿す蚊の夕《ゆふべ》かな

730 ○732まで七月六日の作。

733 ○七月七日、羽後荷上場での作。○氷室＝天然氷を夏までたくわえておくために設けたむろ。

734 ○七月九日の作。

735 ○738まで七月十一日の作。740まで羽後鶇川での作。○烏鷺＝カラスとサギ。黒と白。

737 朝風に蚤《のみ》蚊《か》の跡をさましけり

738 樹の籠る裏戸出て畑の百合を見る

739 螢籠樒《しきみ》売る家に吊《つる》しけり

740 葭《よし》村《むら》に落る流れや飛ぶ螢

北涯庵

741 大樹の下児《じ》女《ちよ》鶏《けい》犬《けん》に風薫《かを》る

柳渓庵

742 詩趣に鮓《すし》画趣に湖《うみ》ある庵《いほり》かな

743 滝《たき》澱《どの》や窟《いはや》の神も鎮《しづま》りぬ

739 ○740と七月十三日の作。

741 ○742と七月十五日の作。○北涯747まで羽後五城目での作。‖佐々木久之助。一八六六―一九一八。秋田県鵜川村。日本派の俳人。県会議員。石井露月らと「俳星」創刊。

742 ○柳渓‖田森忠右衛門。一八六八年生。秋田県鵜川村。農業。

743 ○744と七月十六日の作。○滝澱‖滝のほとりに、主として納涼のために立てられた建物。［夏］

744 雲《うん》板《ばん》を掛けし滝殿楣《のき》間《ま》かな

745 田を開き薫《くん》風《ぷう》の亭を営みぬ

746 立寄るやホ句のゆかりの杜《かき》若《つばた》

南五の妻女に一句を送る

747 この家に若《わか》竹《たけ》と君のあるありて

南五庵に在ること数日

748 客恬《てん》淡《たん》主飄《へう》逸《いつ》や簟《たかむしろ》

749 百合涼し右にゆれても左にも

750 萍《うきくさ》の渋色旱《ひで》る日頃かな

745 ○747まで七月十七日の作。

748 ○七月十八日、羽後金川での作。○恬淡＝欲がなく、物事に執着しないこと。○飄逸＝世間のわずらわしさを気にしないで、明るくのんきなさま。○簟＝竹で編んだむしろ。涼を求める夏の敷物として用いられる。［夏］

749 ○七月二十日、羽後土岐での作。

750 ○754まで七月二十二日の作。755まで羽後秋田での作。

751 虫《むし》干《ぼし》の寺に掃《さう》苔《たい》の供《く》養《やう》かな

752 虫つゞる文のさうなく束《たば》ねあり

753 師の病よき頃南瓜《かぼちや》煮たりけり

754 道人著《つく》南瓜問答といふやらん

755 膝と膝に月がさしたる涼《すず》しさよ

756 二人いうて一句全たし百合の花

757 雨《う》鬼《き》風《ふう》鬼《き》祈りの鐘に問答かな

751 ○掃苔＝墓石の苔を掃く意で、墓参り。［秋］

754 ○道人＝世俗のことを捨てた人。ここでは露月。石井祐治。一八七三―一九二八。秋田県。医師。虚子・碧梧桐・紅緑とともに子規門四天王と称された。七月二十一日の旅信「一日一信」に「午後露月山中を出てきた。相会するのも八九年目である。依然として顔は円い。南瓜道人としておる」と記す。

755 ○七月二十三日の作。

756 ○七月二十九日の作。760まで羽後女米鬼での作。

757 ○七月三十日の作。

758 夏菊に墨汁捨てし旅硯《りょけん》かな

759 瓜割《さ》くや主が癖の自賛論

露月居にて

760 居る三日三千年や桃の味

761 百合の山路越え来て合歓《ねむ》の花の里

762 売り値待つ繭の主《あるじ》や秋近き

763 巫女《みこ》頼む家の紫陽花《あぢさゐ》垣間見し

764 紫陽花や旅中の恋を誰知らぬ

758 ○七月三十一日の作。

759 ○760と八月一日の作。

761 ○八月二日の作。764まで羽後本荘での作。

762 ○764まで八月三日の作。

765 錦川庵即事
持《もち》山《やま》の果なし藪《やぶ》や雲の峰

766 某妓に
吾《われ》ならで書く人なしと扇《あふぎ》かな

767 河《かう》骨《ほね》も絵図にかきけり干《かん》満《まん》寺《じ》

768 削《けづり》氷《ひ》や鉾に乗る子にかしづきぬ

769 葉裏白き庭木吹く風蚊の出る

770 蚊《か》柱《ばしら》や鐘《しよう》楼《ろう》の方に草深し

771 貝掘りの戻る濡身や三日の月

765 ○八月四日、羽後象潟での作。○錦川＝佐々木孝一郎。生没年未詳。秋田県西目村。農業。

766 ○八月五日の作。767と本荘での作。

767 ○八月六日の作。○干満寺＝象潟の蚶満寺。曹洞宗、本尊は釈迦如来。「おくのほそ道」で芭蕉も「干満球寺」と記す。

768 ○八月七日、羽後老方での作。○削氷＝かき氷。［夏］

769 ○770と八月八日の作。778まで羽後西馬音内での作。

771 ○776まで八月九日の作。

772 糧を載せてひそかなる舟や三日の月

773 佐渡の句の三日月の絵にかゝれけり

774 蜩《ひぐらし》や人住まはせし荒蕪《くわうぶ》の地

775 草刈れば木槿《むくげ》花さく草場かな

776 寺あれば池ある里や花木槿

777 小藩分立由利一郡の案山子《かかし》かな

778 鬼灯《ほゝづき》や女学問はやりけり

774 ○荒蕪の地＝荒れ果てて雑草が生い茂っている土地。

777 ○八月十日の作。

778 ○八月十二日の作。

779 待つ人に裾野にあへり夕蜻蛉《とんぼ》

即事

780 十分に酔へる時稲妻《いなづま》の雨

781 雨に出《いで》しが行手の晴れて稲の花

782 蚊《か》帳《や》の果妻亡き君に思ひ走す

783 薬やめしも蚊帳の別れの二三日

784 民の訴訟届かぬを去《い》ぬ燕《つばめ》かな

785 足《あし》下《もと》にヒヨコ来《き》鳴《な》くや霧の中

779 ○八月十四日、羽後能代での作。

780 ○八月十六日、羽後秋田での作。

781 ○八月十七日の作。786まで西馬音内での作。

782 ○783と八月十八日の作。

784 ○八月十九日の作。

785 ○786と八月二十日の作。

786 神業の晴れずの霧や山の湖《うみ》

787 大橋に何の人出や朝寒き

鳥海山頂、本社の宮司某氏一句を乞ふ

788 雲霧や風は神よばひしてや鳴る

789 葉白く変る草あり百《も》舌《ず》鳥の贄《にへ》

790 片目開いて人噛む百舌鳥の囮《をとり》かな

791 宿乞ひし寺や芭蕉に目覚めけり

792 不《ふ》即《そく》不《ふ》離《り》の処《ところ》に庵の芭蕉かな

787 ○八月二十四日、羽後横手での作。

788 ○八月二十七日の作。793まで羽後矢島での作。○鳥海山＝秋田県南西部、山形県との境に位置する鳥海火山帯の主峰。標高二二三〇メートル。秋田富士・出羽富士などの称もある秀峰。

789 ○792まで八月二十八日の作。

793 領境《りやうさかひ》牧場も置かず花野かな

794 まだ据ゑぬ庭石のある月草に

795 露に来て絵天井見る小寺かな

796 魔《ま》がさすといふ野日高しちゝろ虫

797 虫鳴くや庵の樹と見ゆ寺の杉

798 芒《すすき》四方に高し渋とる家の空

799 猿に似るモンペ穿《は》きけり渋《しぶ》を搗《つ》く

793 ○八月二十九日の作。

794 ○八月三十一日、羽後横手での作。

795 ○797まで九月一日、羽後増田での作。

798 ○799と九月三日、羽後三梨での作。

799 ○モンペ＝野良着の短着の下衣で、袴の形をして足首くくれている。○渋を搗く＝柿を臼に入れて細かく搗く。渋柿から渋を取る作業。［秋］

800 駒《こま》躍《ぜ》りの物のきほひや渡り鳥

801 山入口朴《ほほ》の葉風や渡り鳥

802 啄《き》木《つゝ》鳥《き》や行者の道の岩伝ひ

803 寺の床人の踏むよに添《そふ》水《づ》かな

804 温泉《ゆ》の里の捨《すて》湯《ゆ》も落て添水かな

805 山中に句境開けて芋高し

806 三菊の名ある県の一長者

800 ○801と九月四日の作。812まで羽後横手での作。

802 ○九月五日の作。

803 ○804と九月六日の作。○添水＝別名「鹿威（ししおどし）」。田畑を荒らしにくる鳥獣を追うため、谷川に仕掛け、搗き杵や竹筒を利用して音を出す装置。［秋］

805 ○九月七日の作。

806 ○807と九月八日の作。

807 僧の招き我を致せし菊見かな

808 馬市に祭控へて残暑《ざんしよ》かな

809 送別の爆竹鳴るや秋晴れて

810 灯ともすや野《の》分《わけ》止む頃戻る猫

811 寺のある川隈銀杏《いちやう》黄《き》ばみ見ゆ

812 会《ゑ》下《げ》の友想《おも》へば銀杏黄《くわう》落《らく》す

813 豪家なるジヨンバの砧《きぬた》また聞かん

808 ○九月十一日の作。

809 ○810と九月十二日の作。

811 ○812と九月十三日の作。

812 ○会下の友＝禅宗などで共に参禅した友の意であるが、ここでは共に学んだ友の意。

813 ○九月十四日の作。815まで羽後大曲での作。

814 取りも入れず五倍子《ふし》干す宿の柚味噌《ゆみそ》哉《かな》

815 啄木鳥《きつゝき》や山下り勝の庵《いほ》の主

鞠水館《きくすいくわん》即事

816 寂然《せきぜん》とをれど艶なる夜寒かな

817 見えぬ高根そなたぞと思ふ秋の雲

818 隔《へだ》て住む心《こころ》言ひやりぬ秋の雲

819 偈《げ》に似たる詩を与《あた》へけり冷やかに

820 秋風や去勢せし馬といふを見る

814 ○815と九月十五日の作。○五倍子＝注304参照。

816 ○818まで九月十七日の作。820まで羽後横手での作。

817 ○そなた＝妻茂枝。旅先で留守を守る妻を思って詠んだ。

819 ○820と九月十九日の作。

百花羞に対す
821 死後の知己《ちき》を生前に秋晴るゝなり
822 裸湯の人猿が見る秋晴れて
823 ことし掻けば枯るゝ漆《うるし》や初嵐《はつあらし》
824 牧原の隅通ひ路や栗拾ひ
種竹山人の訃に接す
825 ことし亦《ま》た山を出て稲を見たれども
826 海を隔てゝ見し方に来ぬ花芒《はなすすき》
827 君等我等机定めつ蚊帳《かや》の果《はて》

821 ○九月二十日の作。824まで羽前肘折温泉での作。○百花羞＝戸沢盛治。一八七三―一九二三。秋田県横手町。医師。
822 ○823と九月二十四日の作。
824 ○九月二十九日の作。
825 ○十月二日の作。828まで羽前山形での作。○種竹＝注455参照。
826 ○十月三日の作。
827 ○十月五日の作。

桐児に与ふ

828 三つ栗の其落栗の一つかや

829 稲《いな》村《むら》に番雁人を寄せぬなり

尾《を》花《ばな》沢《ざは》

830 尾花沢沢潟沢の後の名か

尾花沢念通寺は清風の建立なり

831 俳諧の功《く》徳《どく》も一分《ぶ》寺の秋

832 うそ寒み車売らるゝ途中かな

833 春来んと言ひしをうたゝ夜《よ》寒《さむ》かな

清川上陸

834 遽《には》か雨も冬の近さや西風も

828 ○十月六日の作。

829 ○十月九日の作。830と羽前大石田での作。○番雁＝雌雄そろった雁。

830 ○十月十日の作。○尾花沢＝旅信「一日一信」(明治四十年十月十日)に「尾花沢には、万葉の歌にも詠まれた沢潟沢という古名所がある」と記す。

831 ○838まで十月十二日の作。858まで羽後酒田での作。○清風＝俳諧作者。元禄二年には「おくのほそ道」旅中の芭蕉・曾良を迎え「涼しさを」五吟歌仙、「おきふしの」四吟歌仙を興行した。

此処には湖江の舟多く繋れり

835 三日泊りせしを上るや秋の空

最上川仙人沢

836 檜山と峙《ぢ》して満山紅葉かな

本合海《もとあひかい》即景

837 鍬《くは》形《がた》の流れに星座紅葉かな

古口といふ子規子がむさき宿と記せし所なり

838 宿帳に大字落々と記《しる》す秋

839 諸爪のよに掻き捨てし漆《うるし》かな

伊藤氏別墅即景

840 鳥海を肩ぬぎし雲や渡り鳥

841 境木の築《つい》地《ぢ》になりぬ末枯れて

835 ○此処＝最上川河口の酒田港。

838 ○古口＝子規は「はて知らずの記」(明治二十六年九月二日)に「日暮れなんとして古口に着く」「乗合四人皆旅店に投ず。むさくろしき家なり」と記している。

839 ○841まで十月十三日の作。

842 鹿《しか》穽《あな》も雪早き年の刈田かな

843 猟況を里より三度報知かな

844 麦萌えて猟期の芒《すすき》刈らずあり

845 初猟や威《おど》しの銃と知る山辺

846 こたび下ればまた上らぬや後《のち》の月《つき》

847 主振り茶も設けゝり後の月

848 川口の塞がる冬も隣りけり

842 ○十月十四日の作。○鹿穽＝鹿を捕らえるための穴。

843 ○845まで十月十五日の作。

846 ○847と十月十七日の作。

848 ○十月十八日の作。

849 出でゝ伏水船まだあるや後の月

850 隠《いん》栖《せい》は成りしかど短命や後の月

851 仮橋の都四条や後の月

852 この道の三つ渡る川や蘆《あし》の花

酒田本間氏別墅

853 木もなくてしぐるゝをかし外廓

854 穂蘆出て寒風山を背《うし》ろにす

楚子、後槻《こうき》布子を贈る

855 句を作る夜長に妻等縫ひにけん

849 ○851まで十月十九日の作。

850 ○隠栖＝世俗をのがれて閑居すること。

852 ○855まで十月二十一日の作。

853 ○本間氏＝酒田の豪商本間家。農地解放まで日本最大の地主であった。

856 蕎《そ》麦《ば》うつや月彷彿と靄《もや》の中

857 新蕎麦や植林の山中の酒

858 山《さん》寨《さい》の道到り難し里の百舌鳥《もず》

859 菊を一《いっ》廓《くわく》にして厩《うまや》あり散る柳

860 咲き絶えし薔薇寄せあるに散る柳

861 臥牛山の麓の高野枯れにけり

羽黒山南谷にて

862 朴《ほほ》落《おち》葉《ば》俳諧の一《いっ》舎《しゃ》残らまし

856 ○857と十月二十二日の作。

858 ○十月二十三日の作。○山寨＝山中に構えた砦。

859 ○860と十月二十七日の作。862まで羽前鶴岡での作。

861 ○862と十月二十八日の作。○臥牛山＝月山を地元では臥牛山ともいう。

862 ○俳諧の一舎＝羽黒山西側中腹、南谷にある別院玄陽院跡。旅信「一日一信」(明治四十年十月二十八日)に「「南谷の別院に舎して云々有難や雪をかほらす南谷」と詠んで芭蕉が幽寂の情を尽したのはこゝだなと思う」と記す。

大山は酒所なり

863 奥の灘は紅葉散りしく門辺《かどべ》かな

864 霧晴るゝ向つ峯画す大河かな

865 芒《すすき》添へて豆の木掛けぬ風構

866 里にかけし板木《バンギ》の下や秋の水

867 関跡に地蔵《ぢざう》据ゑけり菊の秋

868 立岩の裏も神ある落葉かな

869 工場も建つや水田《みづた》の冬の駅

863 ○十月三十日、羽前湯の浜での作。

864 ○865と十月三十一日、羽前温海温泉での作。

866 ○867と十一月三日の作。869まで越後新潟での作。○板木＝寺院などで、集会の合図などに叩き鳴らす板。

868 ○十一月五日の作。

869 ○十一月六日の作。

870 蒲団《ふとん》二つ敷けば大佐渡小佐渡かな

871 千里距《へだた》る別れに敷きし布団かな

872 春と秋はいつも来てこの蒲団かな

873 舟で立つときめての夜《よ》話《わ》や浦千鳥

874 千鳥来るや岬ともなき牛牧場

875 離れ家離れ岩あり飛ぶ千鳥

876 山茶花《さゞんくわ》や謫《たつ》居《きよ》の跡の寺一宇

870 ○872まで十一月十日、佐渡相川での作。

873 ○875まで十一月十四日、佐渡夷での作。

876 ○十一月十七日、佐渡河原田での作。○謫居の跡＝承久の乱に破れ佐渡に流された順徳天皇の住居のあった真輪寺跡。

877 雁《かり》鳴くや海見ゆる窓を閉《とざ》しゐて

878 日和《ひより》見《み》の漁長が家や帰り花

879 佐渡でいふ国中平小春かな

880 風呂欲しう思ひつゝ宿の火燵《こたつ》かな

881 鶚《みさご》の巣見えて河豚《ふぐ》釣る岩間かな

882 臘八《らふはつ》の門に汝の到りけり

883 角《つの》鳴《なり》て闘ふ牛や今朝の霜

877 ○十一月十八日、佐渡新穂での作。

878 ○十一月二十一日、佐渡小木での作。

879 ○十一月二十七日、越後水原での作。

880 ○十一月二十八日の作。894まで越後長岡での作。

881 ○十一月二十九日の作。○鶚＝タカ科の鳥。大きさはほぼトビに同じ。海浜にすみ魚類を捕らえる。［冬］

882 ○十一月三十日の作。○臘八＝釈迦が成道を果たした臘月(陰暦十二月)を記念して修する法会。

883 ○884と十二月一日の作。

884 積《つみ》藁《わら》の枯木の霜に雀かな

885 白磁さへ渡りと見えて水仙花

886 佐渡振りを賑ふ臼や寒の内

887 牛を吼えて犬狂ひけん寒さかな

888 能の残る寒き国なり佐渡が島

889 海府便り絶えしよにいふ眠る山

自然火

890 山《やま》姥《うば》の雪籠りせし灯なるべし

885 ○十二月二日の作。

886 ○十二月三日の作。

887 ○888と十二月五日の作。

889 ○十二月六日の作。○眠る山＝「臥遊碌」の「冬山惨淡として眠るが如し」からきた語。「山眠る」。[冬]

890 ○十二月七日の作。○自然火＝天然ガス、明治四十年十二月七日の旅信「一日一信」に「この辺どこに井戸を掘っても水がでないで瓦斯が出る」と記す。

某妓の三絃の筥《はこ》に題す

891 蓋《ふた》はすれど通ふ千鳥の音あらん

892 茶の匂ふ枕も出来て師走《しはす》かな

893 築き替へし竈《かまど》二つまで師走かな

894 橋開きありて師走の花火かな

明治四十二(一九〇九)年

895 岩を割く樹もある宮居躑《つつ》躅《じ》かな

891 ○十二月八日の作。

892 ○894まで十二月十日の作。

895 ○896と四月二十五日、甲斐昇仙峡での作。

昇仙橋即詠の内一句

896 滝《たき》に景は尽《つ》きたれど躑躅奥ありて

897 筏《いかだ》組む日を山吹に猿の出て

898 長閑《のどか》なる水暮れて湖中灯《ひ》ともれる

899 土竜《もぐら》穴納《な》屋《や》に明きしも長閑《のどか》なり

900 殊に一樹覆《おほ》ふ森の池や柳《やなぎ》鮠《はえ》

901 家《あ》鴨《ひる》遊ぶ湖落口や柳鮠

902 諏訪人と蚕の句作れり吾振ふ

896 ○昇仙橋＝第二次の全国遍歴の旅(続三千里)は明治四十二年四月二十四日、昇仙峡を始めとし、九州・沖縄・四国・中国・近畿・東海・関東と続けて明治四十四年七月十三日東京着をもって終わっている。

897 ○四月二十七日の作。901まで信濃上諏訪での作。

898 ○901まで四月二十八日の作。○湖＝諏訪湖。

900 ○柳鮠＝春さき柳の萌えるころの小さなウグイやオイカワの類で、柳のような形をしているからいう。[春]

902 ○五月一日、信濃下諏訪での作。

途上即吟

903 またと言はず蚕棚洗ふ日煤《すす》も掃く

904 花《はな》漬《づけ》を買ふや遅《ち》日《じつ》に枕して

905 夕《ゆ》立《だち》雲《ぐも》立つ山や花漬の宿

906 奇行聞いて訪ふに徳者や桐の花

琅々木曾記念に檜笠を持てるに題す

907 山吹の色を大まかに染めなまし

908 雨の若葉梁《はり》にや映る山家かな

909 明易き物嵩川岸の人声に

903 ○五月三日、信濃赤穂での作。

904 ○905と五月八日、信濃福島での作。○花漬＝八重桜の半開きの花や蕾を塩漬けにしたもの。子規は「かけはしの記」(明治二十五年六月一日)に、須原で「名物なればと強いられて花漬二箱を購う」と記す。[春]

906 ○五月十一日の作。912まで信濃松本での作。

907 ○908と五月十二日の作。○琅々＝玉越藤四郎。生没年未詳。岐阜市。肥料商。

909 ○五月十四日の作。

910 流れ藻《も》も風濁りして行《ぎやう》々《ぎやう》子《し》

911 新亭を営みて牡丹移しけり

912 芝平ら湖に住む家の百合燃えて

913 舟に請じて水利も説きつ行々子

914 葭《よし》切《きり》や飼屋近くに墓所選び

915 裏に導けば栴《せん》檀《だん》の風や行々子

916 葭切に臥竜の松の茶店かな

910 ○912まで五月十五日の作。○行々子＝ウグイス科の鳥。五月南方から渡来。葭原に群生しギョッ、ギョギョシと鳴く。葭切。葭雀。［夏］

913 ○916まで五月十七日、信濃長野での作。

917 森林帯沮《しょ》洳《じょ》に咲く花夕立ちて

918 森の楼薫風に立つ鷺も見て

919 賈《こ》人《じん》我を賈《こ》となす夏《なつ》野《の》連れ立ちて

920 下《し》モの渡し下向順路や夏柳

921 茨の香やなど墾《ひら》かずと訪《と》ふ心

922 人何処に酔を買ひ来し夏野かな

923 蟹《かに》とれば蝦《えび》も手に飛ぶ涼しさよ

917 ○918と五月二十一日の作。920まで信濃松本での作。○沮洳＝湿気の多い土地。

919 ○920と五月二十二日の作。○賈人＝商人。

921 ○五月二十六日の作。922と信濃長野での作。

922 ○五月二十七日の作。

923 ○924と五月二十九日、信濃柏原での作。

戸隠奥社即事

924 飯《いい》綱《づな》より雲飛ぶ橡《とち》の若葉かな

925 湖は一握の水夏三山の天

926 花茨や里なづむ頃灰降りて

927 砲も過ぎしと教ふ夏野の車道哉《かな》

928 下山して蚊《か》帳《や》吊る夜も田《た》植《うゑ》寒《さ》む

929 牛を診る暑さに堪へて惜《をし》む乳

930 闘《たたか》ひし牛とりこめぬ栗の花

924 ○戸隠奥社＝戸隠神社は、戸隠山腹にあり、奥社・中社・宝光社などに分立し、奥社の祭神は天手力雄命（あめのたぢからおのみこと）。○飯綱＝長野県北部にある火山。標高一九一七メートル。頂上にある飯綱神社は修験道と関係深い。

925 ○五月三十日、信濃下高井郡科野での作。○湖＝野尻湖。○三山＝妙高、黒姫、飯綱。

926 ○六月四日の作。930まで越後高田での作。

927 ○六月五日の作。

928 ○六月六日の作。

929 ○930と六月七日の作。

瘦仏居

931 富守れば父祖の蔵書も風薫る

932 山寺へ上す籠雞や風薫る

933 畳み持てば君に柄《え》長《なが》な日傘かな

934 浦辺来れば裏峰尖りや夏の月

935 肱《ひぢ》かけて蚊帳に凭《もた》る魔の丑《うし》満《み》つる

936 厨丁の折る花のあり夏木立

937 海濁る津に上る旅や麦の秋

931 ○932と六月十一日、越後国賀での作。

933 ○六月十二日の作。935まで越後柏崎での作。

934 ○935と六月十三日の作。

935 ○丑満つる＝「丑三つ」時となる。およそ今の午前二時から二時半。

936 ○937と六月十五日、越後北条での作。

938 隈濁りして雨晴るゝ蓴《ぬなは》かな

939 又た水を搏《う》つ大鳥や蓴舟

940 蚋《ぶゆ》の毒温泉《ゆ》にも消ぬげに口一つ

941 棋に寄ると君を囲むと蚊《か》遣《やり》して

942 観音まで上れば雨や納涼《すずみ》舟《ぶね》

943 藤棚も蘆《あし》そよげばや梅雨明り

944 何贈るとわづらふに粽《ちまき》乞はれけり

938 ○939と六月二十一日の作。941 ○蓴＝古い池沼に生じるスイレン科の多年生水草。蓴菜（じゅんさい）。［夏］

940 ○六月二十二日の作。○蚋＝蠅に似て小さく、刺されると、腫れて痒い。［夏］

941 ○六月二十三日の作。

942 ○六月二十六日、越後小千谷での作。

943 ○六月二十八日、越後直江津での作。

944 ○六月二十九日、越後高田での作。

ヤラシヤレ踊を賛す

945 撫子《なでしこ》も港景色に彩《いろど》らん

946 蝙蝠《かうもり》や水車の精米《シラゲ》上げに出て

947 雞《とり》叫《さけ》びも蓬《よもぎ》高さや蛇の衣《きぬ》

948 子を叱るさまでもと思ふ瓜の宿

949 分水起工水量《はか》る頃や夏柳

950 葉柳に書肆《しょし》あり客も飲む辻井

951 水を買ふ頃や日毎の午《ひる》寝《ね》覚《さ》む

945 ○六月三十日、越後直江津での作。

946 ○七月二日、越後糸魚川での作。

947 ○七月八日の作。948と信濃松本での作。

948 ○七月十日の作。

949 ○950と七月十七日、飛驒高山での作。

950 ○書肆＝書店。

951 ○952と七月二十一日の作。954まで越中高岡での作。

952 宿は橋を見下ろす景や午寝起

953 木調べの匠《たくみ》が手記や蚊の夕

954 鳶《とび》の栖《す》みし木枯れを草の茂るなり

955 千々の条朱を引く鮓の石あり

956 一行皆草《くさ》苞《つつみ》置きぬ心太《ところてん》

957 七十二峰半ば涼雲棚引ける

立山頂上

958 雪を渡りて又《また》薫風の草《くさ》花《ばな》蹈《ふ》む

953 ○七月二十二日の作。

954 ○七月二十四日の作。

955 ○956と七月二十六日、越中八尾での作。

957 ○958と七月三十一日、越中立山温泉での作。○七十二峰＝北アルプスの立山連峰の主峰雄山(二九九二メートル)の頂上よりの眺望。明治四十二年七月三十一日の旅信「一日一信」に「薄い靄さえかゝらぬ眺望は東南西に開けて、第一に富士が見える」「少し右に寄った目の前には傀儡箱を覆えしたように、峰々の頭が折り重なって見える」と記す。

浪化上人の真蹟を拝して

959 御筆の御年の程も涼しけれ

960 汗を干《ほ》す馬や二《に》の茶屋雲下りて

961 楯《たて》囲《かこ》ひして灯あるなり蛾の影も

962 虹のごと山夜《よ》明《あか》りす旱《ひでり》年《どし》

963 講中詣で夏痩の法師見参らす

964 北そよと吹けば有磯の荒るゝ秋

965 燕去んで蘆《ろ》葦《ゐ》雁《がん》影《えい》に静かなる

959 ○960と八月五日、越中伏木での作。○浪化上人＝晴寛。一六七一―一七〇三。江戸中期の俳人。越中井波瑞泉寺十一代住職。句集「有磯海・となみ山」(浪化集)がある。

961 ○八月七日の作。963まで越中氷見での作。

962 ○八月八日の作。

963 ○八月九日の作。

964 ○八月十二日、能登和倉での作。

965 ○967まで八月十九日の作。971まで加賀金沢での作。

966 渋鮎や石払ひしに出《で》水《みづ》して

967 舟遊ぶ飛驒古川や夕《ゆふ》蜻蛉《とんぼ》

968 海門を出れば稲《いな》妻《づま》左右よりす

969 稲妻や芝滑らかに牧場雨

970 焼跡も夜《よ》寒《さむ》の橋の出《で》商《あきな》ひ

971 夜を寒み伽《とぎ》すれば乞ふに読む書あり

白山頂上、室堂の一夜

972 雲霧山を奪へば山《さん》鬼《き》火を呪《のろ》ふ

966 ○渋鮎＝初秋、産卵するために川を下ってくる鮎。落鮎。[秋]

968 ○969と八月二十五日の作。

970 ○971と八月二十七日の作。

972 ○973と八月三十一日の作。

白山にて

973 灰降りし雪掻きぬ小草《をぐさ》秋萌《も》えて

白山温泉

974 山咎《とが》めせし膝《ひざ》皿《ざら》や露しとゞ

975 黄《わう》蓍《ぎ》削る老に茯《ふく》苓《りやう》問はゞやな

976 雨彼岸過ぎし物《もの》日《び》の雞頭かな

977 素読後の手習や芋の煮ゆる頃

978 冷やかやや今の身故に御目ざと

979 悲しみを泣きに出《い》づ絃《げん》声《せい》も夜長かな

973 ○灰降りし＝「続一日一信」（明治四十二年八月三十一日）では「灰や降りし」。

974 ○975と九月一日、加賀白山一の瀬温泉での作。

975 ○黄蓍＝ナイモウオウギともよばれ、漢方薬として利尿、強壮、止汗などに用いる。○茯苓＝松の根に寄生するきのこの類。松塊（まつほど）の古称。薬用にする。

976 ○977と九月五日の作。○物日＝祭日、祝日など特別な事の行われる日。

978 ○九月六日の作。986まで加賀山代温泉での作。

979 ○九月九日の作。○絃声＝琴や三味線の音。

980 果樹の主に鉱山よりの霧臭ふ朝

981 硯《すずり》得しに君待て扇《あふぎ》置く心

982 飛驒人の天領顔や飛ぶ蜻蛉《とんぼ》

983 田鼠の鳴く音も螽《いなご》静まれば

984 螽とる老を見ぬ日のつもりけり

常陸西山々荘

985 木《もく》犀《せい》や隠《いん》栖《せい》に国事聞ゆ時

汪洋館即事

986 滝を下に間伐りせし谷紅葉かな

980 ○九月十三日の作。

981 ○九月十五日の作。

982 ○九月十七日の作。

983 ○984と九月二十日の作。

985 ○九月二十二日の作。○常陸西山々荘＝水戸藩二代目藩主徳川光圀公が、藩主を退いた後、晩年を過ごした隠居所(現、茨城県常陸太田市)。

986 ○九月二十七日の作。

987 柿の村城遠巻の藪《やぶ》も見ゆ

988 山房の夕露や楡《にれ》の沙《すな》明り

989 稲《は》架《ざ》立てしに雪早し猪《ゐ》威《をど》し銃

990 岬めぐりして知るや鳥の渡り筋

991 露降らす鳥居筋鹿を点出す

992 旅に裁《た》つ衣に妻女と夜長かな

天橋眺望

993 露晴る、松毎に又た波毎に

987 ○十月七日の作。988と越前福井での作。

988 ○十月八日の作。

989 ○十月二十三日の作。990と丹後舞鶴での作。

990 ○十月二十四日の作。○岬＝若狭の岬。

991 ○992と十月二十九日、丹波綾部での作。

993 ○994と十一月一日、丹後宮津での作。○天橋眺望＝明治四十二年十一月一日の旅信「続一日一信」で「景として観る松島は寧ろとりとめがない。天橋は寧ろまとまり過ぎておる」と記す。

天橋眺望

994 桜山の雪成《なり》相《あひ》の雨を欲す

995 柳散るや馬と異なる牛の痩《やせ》

996 橋畔旗亭岩も掃く日の落葉かな

997 山茶花《さゞんくわ》や先づ舂《うすづ》ける陶土見る

998 山茶花や授《じゆ》戒《かい》会《ゑ》名残《なごり》斎《とき》に来て

999 妻難を文す寒さや君にのみ

1000 濃《のう》艶《えん》の地に狂風の時雨かな

995 ○十一月四日、丹後間人での作。

996 ○十一月八日の作。1023まで但馬城崎温泉での作。

997 ○998と十一月九日の作。

998 ○授戒会＝仏門に入るものに戒律を授ける法会。

999 ○1000と十一月十日の作。

1001 途中三湖を見る遑《ひま》ありて降る霰

1002 炭市の日を待て絹も売らまくす

1003 一度降りし雪忘れ菜や冬山家

1004 模《も》様《やう》彫《ぼり》罠《わな》木《き》にも見ゆ冬山家

1005 絶えて紀行なき蕪村思ふ眠る山

1006 流れあさる舟皆下りつ浮寝鳥

1007 道の霜拾へるを近江聖人へ

1001 ○1002と十一月十八日の作。○三湖＝青木湖・中綱湖・木崎湖の仁科三湖。明治四十二年七月四日の旅信「続一日一信」で「青木湖を半周して、次いで木崎湖に出た」と記す。

1003 ○1005まで十一月二十一日の作。

1005 ○蕪村＝与謝蕪村。一七一六―一七八三。俳人・画人。忌日は陰暦十二月二十五日。

1006 ○十一月二十二日の作。

1007 ○十一月二十三日の作。○近江聖人＝近江国出身の江戸時代初期の陽明学者・中江藤樹。近江聖人と称えられた。

1008 産《さん》を破るに至らず柳《やなぎ》枯れて覚《さ》む

1009 蔭に女性あり延び〳〵のこと枯柳《かれやなぎ》

1010 我を待て譲《ゆづ》られし遺書と避寒せり

香住応挙寺《かすみおうきよじ》

1011 かくて住みし応挙ぞと知る寺冬木

1012 学校の冬木に雉《きじ》の棲《す》める朝

1013 地すべりの時の瀦《ちよ》水《すい》や冬木立

1014 木《もつ》香《かう》まじなふ飯櫃に柚《ゆ》子《ず》と干菜かな

1008 ○1009と十一月二十四日の作。

1010 ○十一月二十五日の作。

1011 ○1013まで十二月一日の作。○香住応挙寺＝兵庫県・香住にある大乗寺。江戸中期の画家円山応挙やその一門の描いた襖絵などが多数ある。

1013 ○瀦水＝たまり水。

1014 ○十二月三日の作。○木香＝キク科の多年草を乾かした生薬。芳香と著しい苦味がある。

読史

1015 大戦に死所を得ず哀れ野は枯れて

1016 地に下りし鳶《とび》に引《ひ》かる、枯野かな

1017 凩《こがらし》や白樺の魔火さそふ森

1018 冬薔薇月山《ぐわつさん》鍛《か》冶《ぢ》の下りて居り

1019 嘴《つる》鍬《はし》を土に鴉《からす》の冬日かな

1020 雲を叱る神あらん冬日夕磨ぎに

1021 冬日落つまこと梢の鴉島

1015 ○1016と十二月四日の作。○大戦＝一九〇四―〇五年、日本と帝政ロシアとが満州・朝鮮の制覇を争った戦争。

1017 ○十二月五日の作。

1018 ○十二月七日の作。○月山鍛冶＝平安時代から月山のふもとで栄えた刀鍛冶、またその集団をいう。

1019 ○1021まで十二月八日の作。

1022 陣《ぢん》の跡《あと》地《ち》を走る風の落葉かな

1023 北風に比良のそゝればぱ魞《えり》のなき

1024 炭積めばなど狂ふ馬となりにけん

1025 隧道の飯場石焚く雪籠り

1026 蕪《かぶ》赤き里隣る砂利を上ぐる村

1027 寒月や雪束の間の罠獲物

1028 鰊《にしん》走りして間なき海の氷る日や

1022 ○十二月九日の作。

1023 ○十二月十日の作。○比良＝大津市の一地区。西に比良山地、東に琵琶湖が開ける。○魞＝魞漁のことで、琵琶湖で盛んな定置漁具の一つ。魚の通路に竹簀を立てて魚を捕らえる。

1024 ○十二月十七日の作。1025と因幡鳥取での作。

1025 ○十二月十九日の作。

1026 ○十二月二十二日、伯耆東郷温泉での作。

1027 ○1028と十二月二十四日の作。1042まで出雲赤江での作。

1028 ○鰊走り＝産卵のため接岸する鰊。「走り鰊」。[春]

1029 目しゐ人火燵《こたつ》によれば思ふ歌

1030 望む松凍《い》てつく星や鴨《かも》の鳴く

1031 湖南夜話湖東に次ぐや鴨の声

1032 紆《う》余《よ》曲《きょく》折《せつ》蒲《ふ》団《とん》思案を君もごそと

1033 藪《やぶ》の音と月明り蒲団展《の》ぶる時

1034 蒲団干す屋根に懐《ふところ》の書落ちて

出雲清水にて

1035 雪明りしてこの隈や四季桜

1029 ○十二月二十五日の作。

1030 ○1031と十二月二十六日の作。

1032 ○1034まで十二月二十七日の作。
○紆余曲折＝事情がこみ入っていろいろ変化のあること。

1035 ○1037まで十二月二十八日の作。
○出雲清水＝明治四十二年十二月二十八日の旅信「続一日一信」に「清水寺は大同二年御草創で、当時の建物も本堂が其の儘に残っておる出雲第一の名刹である」と記す。

1036 蘆《あし》風の己れと折れて枯れ尽きぬ

1037 雲樹寺の蘆の枯れけめ四脚門に

1038 皮財布手ずれ小春の博《ばく》労《らう》が

1039 馬売れて牛に別れや牧小春

1040 煤《すす》じまひ沼夕栄の蔵の戸に

明治四十三(一九一〇)年

1038 ○1039と十二月二十九日の作。○博労＝馬を売買・斡旋する人。

1040 ○十二月三十日の作。○煤じまひ＝年末に部屋の煤や埃を払って大掃除をすること。「煤払」。[冬]

1041 古《こ》碑《ひ》の里にうつくし妻が宿《やど》榾《ほた》や

1042 草枯の長づゝみ蜜柑山のあり

1043 旗手山の松寒し裸山の中

1044 避難港にかゝる旗《き》亭《てい》や返り花

1045 原本氏邸即事
薺《なづな》打ちし俎《まな》板《いた》に据ゑん盆栽も

1046 しぐるゝや余談に当時秘めしこと

1047 櫃《ひつ》の見る目甕《かめ》のいふ口冴ゆるなり

1041 ○1042と一月二日の作。○宿榾＝榾は囲炉裏で焚く燃料用の木片。ここでは宿の榾火の意。［冬］

1043 ○一月三日、出雲安木での作。

1044 ○一月四日の作。1046まで赤江での作。

1045 ○一月七日の作。○薺打ち＝正月七日に食べる薺粥に入れる七草を俎板の上で包丁の背などで大きな音を立ててたたくこと。［新年］

1046 ○一月八日の作。

1047 ○一月十五日、出雲持田での作。

1048 旅《たび》瘦《やせ》の髭《ひげ》温泉《ゆ》に剃りぬ雪明り

1049 紐《ひも》足《た》袋《び》も義足の主の褄《つま》ずれや

1050 冬川と水塚や処一の宮

1051 軍《ぐん》容《よう》を鳴る瀬大河や冬の月

1052 砂明りせし垣さし出菊枯れて

1053 菊枯れて庭にも一つ藁《わら》塚《づか》を

1054 庫《く》裏《り》の煙漲るに運ぶ蒲《ふ》団《とん》かな

1048 ○一月十八日、出雲髭温泉での作。

1049 ○一月二十日の作。1056まで出雲三刀屋での作。○紐足袋＝鞐（こはぜ）のない足袋。甲の前の縫い目部分が分けられており、そこに二本の紐が取り付けられていた。［冬］ ○褄＝長着の裾の左右両端の部分。

1050 ○一月二十一日の作。

1051 ○一月二十四日の作。○軍容＝軍隊のいでたち。武装。

1052 ○1053と一月二十五日の作。

1054 ○一月二十八日の作。

1055　映紫楼が檜笠《ひがさ》に
汐《しほ》烟《けむり》に解けし雪《ゆき》汁《じる》染みにけん

1056　映紫楼の桃観瓶に題す
瓶《へい》の酒尽きざらん春隣《とな》ればや

1057　春寒き賜《し》杯《はい》の祝《いは》ひ舟を泛《うか》ぶ

1058　某妓の三絃に題す
散り布《し》きし桃の上に雨の音あらん

1059　里平方先づ画す井田雪解かな

1060　再《ふたた》びせぬこの渡り凧《たこ》も鳴る空や

1061　涅《ね》槃《はん》像をあらは天草民家かな

1055　○1056と二月一日の作。○映紫楼＝竹内栄四郎。一八八一―?。島根県生。農業。

1056　○桃観瓶＝映紫楼が雪の桃観峠まで「迎俳聖」と莫蓙に大書し碧梧桐を迎えた折、荒縄で肩から掛けてきた一升徳利。

1057　○二月十八日の作。1060まで長門下関での作。

1058　○二月二十二日の作。

1059　○二月二十三日の作。

1060　○二月二十五日の作。

1061　○二月二十八日、筑前八幡での作。

1062 灸《きふ》にかへて持薬に戻る春浅き

1063 磯《いそ》岩《いは》に飛び岩の鵜《う》も余寒かな

1064 酔うて書きしも文意透徹春寒し

1065 雉《きじ》鳴くや八ツ晴れ機の山秩父

1066 雪も処々樺の枝《えだ》鳴《な》りを立つ雉か

1067 橋柳と見るに塚木や札の立つ

1068 道中雛右富士の松むら立てる

1062 ○三月二日、筑前小竹での作。

1063 ○1064と三月六日の作。1070まで筑前博多での作。

1065 ○1066と三月七日の作。

1067 ○三月八日の作。

1068 ○1069と三月十日の作。

1069 紙《かみ》礫《つぶて》打たれん雛が下座にゐて

1070 わしが城と川舟唄もうら、かに

1071 借り主の分取り犢《こうし》や水温む

1072 春山処々の岩あらは音もなき流れ

1073 三名城の一に人馬を飛ぶ燕

1074 岩燕鳴く靄《もや》晴れの虹見えて

松陰伝を読む

1075 汝獄卒と憐む旅や雉の声

1070 ○三月十一日の作。

1071 ○三月十二日、筑前芥屋での作。○犢＝子牛。

1072 ○三月十七日、肥前佐賀での作。

1073 ○1074と三月二十日の作。1077まで肥前長崎での作。○三名城＝名古屋・大坂・熊本。時代や定義によって諸説がある。

1075 ○1076と三月二十六日の作。○獄卒＝義理・人情を解さない人をののしっていう語。

1076 雉《きじ》鳴くや双《さう》棲《せい》の教化日記にす

1077 礎に門と見る大樹春日かな

1078 菜の花を画かばや酒銘ふさはしき

1079 菜の花や和蘭《おらんだ》屋敷城山に

1080 情事話《わ》頭《とう》に兵《へい》塵《ぢん》想《おも》ふこの柳

1081 この印《いん》綬《じゆ》父老知らずよ草霞む

1082 鶯や峡の戸なりし飛岩に

1076 ○双棲＝雌雄・夫婦がそろって住むこと。

1077 ○三月二十七日の作。

1078 ○1079と三月二十九日、肥前佐賀での作。

1080 ○四月三日、肥前佐世保での作。○兵塵＝戦争、日露戦争であろう。

1081 ○四月五日の作。1085まで肥前長崎での作。○印綬＝古代中国で、官吏が身分や位階をあらわす印およびそれを身につけるための組紐をいう。ここでは、栗田石癖から貰った漢隷で「碧梧桐」と彫った径四寸大の印携。

1082 ○四月六日の作。

1083 麦やせをおろそかに畑薊《あざみ》かな

1084 餅《もち》蓬《よもぎ》も雪交り摘みし首途《かどで》かな

1085 酒ざゝんざ金比羅雨の凧《たこ》潰れ

1086 岬宮の芽芝青きを汐《しほ》干《ひ》きし

翠島庵

1087 魚活《い》けて我待てばけふもく東《こ》風《ち》

1088 舟行百里と碑林の記にも春の水

1089 潜水夫の喞《しよく》筒《とう》の音にや月《つき》朧《おぼろ》

1083 ○四月七日の作。

1084 ○四月八日の作。

1085 ○四月十日の作。

1086 ○四月十六日の作。1088まで肥前宇久島神の浦での作。

1087 ○1088と四月十七日の作。

1088 ○碑林＝中国西安の孔子廟に集められた漢唐の石碑。

1089 ○四月二十二日、肥前島原有家での作。

肥前肥後

1090 火の国も海の前後や風光る

1091 汐干るや温泉《ウンゼン》女雲阿蘇男雲

1092 いつものこと汐干雨空灰の降る

島原城跡

1093 一《いつ》揆《き》潰《つぶ》れ思ふ汐干の山多し

1094 夏近き試《し》錐《すい》も海辺櫓かな

1095 夏近し峰晴れを後ろ塗る雲に

1096 馬斃《たふ》れし跡掃《は》く水や火蛾の飛ぶ

1090 ○四月二十五日の作。1095まで肥後熊本での作。

1091 ○1093まで四月二十八日の作。

1093 ○島原城跡＝松倉重政によって十七世紀初めに築城。島原の乱の舞台。現在は、三層の櫓、五層の天守、翼の櫓が復元されている。

1094 ○1095と四月二十九日の作。○試錐＝地質調査のために、地中に錐で孔をうがつこと。

1096 ○五月二十一日の作。1099まで薩摩鹿児島での作。○火蛾＝夏の夜、灯火に狂う蛾のこと。

1097 ○1099まで五月二十七日の作。○阿蘇＝熊本県北東部、外輪山と数個の中央火口丘からなる活火山。

1099 ○絹蚊帳＝木綿・麻の蚊帳に比して高価な蚊帳。○旅費＝

阿蘇は何処

1097 外輪山に立つ峰雲や阿蘇あらぬ

1098 乗馬隊漁区見分や雲の峰

1099 絹《きぬ》蚊《が》帳《や》のこと記して旅費を疑《うたが》はる

1100 草茂る吉野は昔土蜘蛛の

1101 橋名残葉《は》慈姑《くわゐ》あるを草茂る

1102 書庫あさりし目に醜草《しこぐさ》と茂る庭

1103 模範農園に入る川や草茂る道

明治三十九年二月二十七日の大谷句仏宛て書翰で碧梧桐は旅行の計画を伝える中で「旅費留守宅費用合計七十五円とすれば御補助を仰ぐは四十乃至五十円位」と記し、句仏より「御出発の期定り次第御助勢申候事を御確答申候」との返書を得ていた。

1100 ○1103まで六月二十三日、日向宮崎での作。○土蜘蛛＝神話伝説で、大和朝廷に服従しなかったという辺境の民の蔑称。「日本書紀」に高尾張邑（たかおわりむら）に、土蜘蛛有り。皇軍、葛の綱を結ひて掩襲（そお）ひ殺す」とある。

1101 ○葉慈姑＝慈姑の葉。オモダカ科の水生多年草。八十―九十センチもある錨かやじりのような鋭く強い葉。

1102 ○醜草＝みにくい草。雑草。

1104 門限に時のあり晩涼の橋

1105 若《わか》楓《かへで》大木戸に茶店ある芝居

1106 若楓駟《し》馬《ば》の秣《まぐさ》の食《は》みこぼし

1107 若楓隣芭蕉葉羽打つ風

1108 間取り図に庭木覚えや若楓

1109 失《しっ》隻《せき》脚談画話より転ず蚊《か》遣《やり》哉

1110 鵜飼三年見ず此地俳風の変

1104 ○六月二十四日、海上宮崎丸での作。

1105 ○七月八日の作。1108まで豊後別府での作。

1106 ○1108まで七月九日の作。○駟馬＝一両の車をひく四頭の馬。

1109 ○七月十六日、豊前門司での作。○失隻脚談＝とりとめもない雑談の意。碧梧桐の造語。

1110 ○七月二十九日、伊予松山での作。

1111 蕗《ふき》刷りのすさびも文庫守りをりて

1112 泥《ガ》炭《シ》舟も沼田処の祭の灯

1113 篝《かがり》焚く二タ峰も漁村祭り哉《かな》

1114 竜《タツ》飛《ビ》戻りの平《へい》沙《さ》や雲の峰圧す

1115 馴るれども天水湯浴雲の峰

1116 首《しゅ》里《り》城や酒家の巷の雲の峰

1117 蘆《あし》間なる飢鳥鳴くや雲の峰

1111 ○八月三日の作。1118まで伊予荏原での作。○蕗刷り＝乾燥した蕗の葉や茎を型紙にして、色紙や風呂敷などに摺り染めた染色法の一つ。

1112 ○1113と八月四日の作。

1114 ○1117まで八月六日の作。

1116 ○首里城＝沖縄首里にある旧琉球王朝の城。碧梧桐は五月十二日の鹿児島より平壌丸で沖縄に向かい。十四日に那覇に入り、十九日まで滞在した。

1118 牧人や清水に牛の瘡《カサ》落ちて

1119 鹿を呼ぶ頃の汐《しほ》照《て》り神《かみ》凪《な》ぎに

1120 この瀬埋めて彼の山開く渡り鳥

悼露皎

1121 遅かりしも悟る涼しさに満足か

悼木外

1122 諏訪の水ハタと落ちたり秋立って

1123 宮城野の大根に萩の貝塚や

1124 萩の丘を裏下りつ君が家の森

1118 ○八月七日の作。

1119 ○八月十四の作。1122まで伊予高浜での作。

1120 ○八月十九日の作。

1121 ○1122と八月二十一日の作。○露皎＝根本露皎。秋田県大館市。明治四十三年八月二十一日の旅信「続一日一信」に「露皎はまだ三十に満多ぬ青年であった」「今春来突如として一題百二百句を寄せるようになった。久しく句作を廃しておった人の作とは思われぬ程引締まっていた」と記す。

1122 ○木外＝不詳。明治四十三年八月二十一日の旅信で「この人を失うたのは、信州の為めに又一つの悲しみを加えた」と記す。

1123 ○1124と九月十四日の作。1125まで伊予卯ノ町での作。○宮城野＝仙台市の東部にある平野。

1125 裸《はだか》火《び》に大衆名残や刈《かり》田《た》踏む

1126 行くべかりし舟遊思ふ秋の晴

1127 天下知る蔵書見に来ぬ秋晴れて

伊予宇和島天赦園即事

1128 藤二棚末《うら》枯《が》れて木の実散るしきり

1129 扇置けば芝生柳葉黄を点ず

1130 秋霖《りん》雨《う》鉱滓何を彩りて

1131 牽き晴る、闘牛や栗を干す里に

1125 ○九月十五日の作。

1126 ○1127と九月十六日の作。1129まで伊予宇和島での作。

1128 ○九月十七日の作。○天赦園＝幕末、七代藩主伊達宗紀が慶応三年に築園した日本庭園。

1129 ○九月十八日の作。

1130 ○九月二十二日の作。1131と土佐高知での作。○鉱滓＝溶鉱炉で鉱石を溶錬する際に生ずる非金属性の滓(かす)。

1131 ○九月二十三日の作。

1132 日記にすたまさかの叙景冷やかに

1133 門裸な家となり雁下りる沼

1134 雁見れば鑿《さく》井《せい》のことも浦《うら》日和《ひより》

1135 峯渡りの足溜り一寺紅葉かな

妓の乞ふまゝに

1136 活《い》けし見れば真白に菊を投挿しに

1137 城石垣一片移す庭芙《ふ》蓉《よう》

1138 玉砕を芙蓉に思ひ三省す

1132 ○1134まで十月三日、阿波徳島での作。

1134 ○鑿井＝井戸を掘ること。

1135 ○十月六日の作。1140まで讃岐高松での作。

1136 ○十月七日の作。

1137 ○1138と十月八日の作。

1139 病む側に曼《まん》珠《じゆ》沙《しゃ》華《げ》折りて遊ぶ子よ

1140 牧牛の群れ来れば水鳥も輪に

1141 末《うら》枯《がれ》に古碑も見んさはれ酌むよけん

1142 門祓ひ疫絶えし後の秋の空

1143 燕去んで部屋〳〵ともす夜となり

1144 古銭新銭雁燕去来の人心

1145 二期と聞く炭田試《し》錐《すい》去ぬ燕

1139 ○十月十四日の作。

1140 ○十月十六日の作。

1141 ○十月十九日の作。1150まで讃岐丸亀での作。

1142 ○1145まで十月二十日の作。

1145 ○試錐＝地質調査のために、地中に錐で孔をうがつこと。

1146 竿昆布に秋夕《ゆふ》浪《なみ》のしぶきなき

1147 秋夕何婆娑と棕《しゆ》梠《ろ》に又藪《やぶ》に

1148 相撲《すまふ》乗せし便《びん》船《せん》のなど時《し》化《け》となり

1149 銀真白牛売りし夜の野《の》分《わけ》して

1150 燭足りし頃を御堂の野分き初む

1151 海までの水路に偽砲浮寝鳥

1152 旅全からぬ師を次ぐ弟子や眠る山

1146 ○1147と十月二十一日の作。

1148 ○十月二十二日の作。○など時化となり＝どうして時化になったのだろうの意。

1149 ○1150と十月二十三日の作。

1151 ○十一月十五日、安芸竹原での作。

1152 ○十一月十八日、備後尾道での作。

1153 教徒外足袋屋《たびや》主を賛す我

1154 予讃見聞広島牡蠣《かき》の背低桝

1155 返り咲くや闘牛王の動く年

1156 独居の意張る獅子吼《ししく》なす己れ寒む

1157 墓石得しに書斎の煤日《すすひ》後れたり

1158 開門匆々《そうそう》の放れ馬なり煤旦

1159 葱汁《ねぎじる》の主にも執拗の徳

1153 ○十一月二十一日の作。1165まで備中玉島沙美での作。

1154 ○十一月二十五日の作。

1155 ○十一月二十七日の作。

1156 ○十一月二十八日の作。○獅子吼なす＝大いに熱弁をふるうこと。

1157 ○1158と十一月二十九日の作。

1158 ○煤旦＝新年を迎えるために、屋内の煤や埃を払い浄める日の朝。

1159 ○1160と十二月二日の作。

1160 修忌の蕪参らする葱も一束ね

1161 弊政のことを偽銀や冴ゆる灯に

1162 芒《すすき》枯れし池に出づ工場さかる音を

1163 俵装検印の日の霙《みぞ》れしが雪となり

1164 霙れをるに室移る保養院の松

和露荘即事

1165 網《あ》代《じろ》持てば鴨《かも》も時折拾ひ来て

1166 水仙の間を選ぶ奴婢も三四あり

1161 ○十二月三日の作。○弊政＝弊害の多い政治。悪政。○偽銀＝偽装された貨幣。

1162 ○十二月五日の作。

1163 ○1164と十二月六日の作。○俵装検印＝年貢米の輸送に不可欠な俵に規格を設け、そのチェックに合格を示す印。

1165 ○十二月七日の作。

1166 ○十二月二十二日の作。1167と播磨兵庫での作。○和露＝川西徳三郎。一八七五―一九四五。碧門の俳人。句集「和露句集」。○奴婢＝下男と下女。

1167 有馬去りし口なれの卵酒《たまござけ》もせず

明治四十四(一九一一)年

1168 宮冬木砂持の通ふ道となり

1169 首洗井の森や春田を落つる水

紀伊道成寺

1170 縁ありく鳩にも落花思ひ見る

1171 四隣より掘り捨つる藪《やぶ》や梅見えて

1167 ○十二月二十四日の作。

1168 ○一月二日、摂津宝塚での作。○砂持＝建築や工事で土砂を運ぶこと。また、その人。社寺の造営には多数の氏子・信徒が砂を運んだ。

1169 ○二月四日の作。1178まで山城京都での作。

1170 ○二月六日の作。○紀伊道成寺＝和歌山県川辺町にある天台宗の寺。安珍と清姫の伝説で有名。

1171 ○二月八日の作。

1172 売主言ひし馬病《ナイラ》に毛刈る暖き

1173 山霞む山にも運河記念林

1174 墓所《ぼしょ》に下りし鳶《とび》見る日凧《たこ》も遠き空

1175 枸杞《くこ》の芽を摘む恋や村の教師過ぐ

1176 城中の雨意島原や春の海

1177 砂利とるは冬つぎ業に白魚簗《やな》

1178 男山に祈ること梅に靄晴れて

1172 ○二月九日の作。○馬病＝内羅（ないら）と書き、馬の内臓の病。

1173 ○二月十日の作。

1174 ○二月十二日の作。

1175 ○二月十三日の作。○枸杞の芽＝ナス科の落葉低木。若葉は枸杞飯・枸杞茶に、実は枸杞酒、根は解熱剤となる。[春]

1176 ○二月十五日の作。

1177 ○二月二十日の作。

1178 ○二月二十二日の作。

1179 梨棚を結ふ里や塚の梅白し

高野山途中所見

1180 藪《やぶ》の梅なりしにや畑の二三本

南方氏宅即事

1181 木《もく》蓮《れん》が蘇《そ》鉄《てつ》の側《そば》に咲くところ

熊野途中所見

1182 道は鹿《しし》垣《がき》の上を行く真《ま》盛《さか》りの梅に

1183 瀞《どろ》を来て名残爐に干魚焼く泊り

熊野川即事一句

1184 二タ瀬落ちて花仰ぐ三ツ瀬曲るなり

1185 過ぐる舟と言かはす炭山の花

1179 ○二月二十七日、大和奈良での作。

1180 ○三月二日、紀伊高野山での作。

1181 ○三月十二日、紀伊田辺での作。○南方氏宅＝紀伊田辺の博物学者南方熊楠の家。碧梧桐は初対面の印象を明治四十四年三月十二日の旅信「続一日一信」に「西郷隆盛の銅像然とした大入道」と記している。

1182 ○三月十四日、紀伊峰湯での作。

1183 ○1185まで三月十六日の作。1186まで紀伊新宮での作。○瀞＝和歌山・奈良・三重の三県境付近にある峡谷。

1186 杉苗《すぎなへ》を積む舟ばかり春の雨

伊勢音頭を観る

1187 花吹雪といはんより木瓜の散る如し

1188 囀《さへずり》や椰の熊野に桃李園

1189 春の風九里峡二十里奥のあり

1190 蕨《わらび》食うて兎《うさぎ》毛変りしたりけり

山室山即事

1191 伊勢大観宣《のり》長《なが》山《やま》や鳴く雲雀《ひばり》

月ノ瀬梅林にて

1192 蟹《かに》の食みし山葵《わさび》と見する梅の宿

1186 ○三月十七日の作。

1187 ○1188と三月二十五日の作。1190まで伊勢古市での作。

1189 ○1190と三月二十六日の作。

1191 ○三月二十八日、伊勢松阪での作。○山室山＝山頂に宣長の奥墓があり、墓側から裏の丘に出ると伊勢湾を見下ろす眺望が開ける。

1192 ○三月三十日、大和月の瀬での作。○月ノ瀬梅林＝奈良県添上郡の村。名張川に沿う梅花の名所。

谷汲観音

1193 門前の走り水花桐に来て

1194 花高かりし藪の道蜆《しゞみ》蝶《てふ》群れて

1195 蝶《てふ》そゝくさと飛ぶ田《た》あり森は祭《まつり》にや

1196 渡台記念の紅竹や蝶も針したり

鶊平居

1197 狐《こ》狸《り》を徳とす藪《やぶ》主《ぬし》に草《くさ》餅《もち》日《び》あり

即事

1198 草餅や地多酒と此地青年と

1199 衣冠思へば皆春風の熊野落

1193 ○四月五日の作。1211まで美濃江崎での作。○谷汲観音＝谷汲山華厳寺の本尊十一面観世音菩薩。西国三十三番満願霊場。

1194 ○1196まで四月六日の作。

1197 ○1198と四月八日の作。○鶊平＝塩谷鶊平（えんやうへい）。塩谷熊蔵。一八七一―一九四〇。岐阜市。別号華園、芋坪。「鶊川」「俳藪」を創刊。鶊平は「続三千里」の旅中の碧梧桐を自邸の中庭に書斎を新築して迎えた。○狐狸を徳とす＝旅信「続一日一信」（明治四十四年四月七日）に鶊平の話として、狐は蛇を食べて村人を喜ばせ、狸は悪さをしたことがないと記す。○藪主＝大藪に囲まれた鶊平庵を村人は「ヤブ」と親しんだ。

1199 ○1200と四月九日の作。

1200 かゝる住居も傾斜果園や梅のあり

1201 瀬《せ》全《まった》き水となり伊《い》吹《ぶき》落つ燕

1202 入り口は日永大和を山河内

1203 藤樹書院は宮境内か水温む

1204 五島戻れば港奥ある夕柳

1205 造船所柳や官舎花まだき

1206 鳴く雲雀《ひばり》宮を三巻の縄綯《な》へり

1201 ○四月十日の作。

1202 ○四月十五日の作。

1203 ○四月二十日の作。○藤樹書院＝日本陽明学の祖・中江藤樹が開設した近世最古の私塾(現、滋賀県高島市)。

1204 ○1205と四月二十一日の作。

1206 ○四月二十二日の作。

1207 庭杉菜刈る遅し巣立ち巣替へ鳥

1208 松緑しるき頃出水漁ありて

藤樹書院

1209 絹なりし遺衣そゞろ春尽の情

1210 鮎《あゆ》追ふと綴る羽真黒照る見居る

1211 跣《はだし》足にて下り立てり鍬を昼寝覚め

1212 衣更へて藪《やぶ》を出づ藪主に尾す

1213 紫陽花《あぢさゐ》に逗留の計や誤《あやま》てる

1207 ○四月二十四日の作。

1208 ○四月二十五日の作。

1209 ○五月四日の作。

1210 ○五月八日の作。

1211 ○五月十日の作。

1212 ○五月十九日の作。1214まで尾張西成での作。

1213 ○1214と五月二十日の作。

1214 庭の蘆《あし》も藪はなれ紫陽花のある

1215 漁《れふ》小《ご》屋《や》に竹生えつ居鳴く葭《よし》切《きり》か

1216 ヒトデ似し湖広き処夕立雲

1217 富士晴れぬ桑つみ乙《をと》女《め》舟《ふね》で来《き》しか

1218 島渡り明日はと望む山夏野

1219 笹の中を植林の道を山夏野

1215 ○六月四日、遠江浜松での作。

1216 ○六月十二日、甲斐舟津での作。○湖＝河口湖。

1217 ○六月十三日、甲斐精進湖での作。

1218 ○六月二十四日、駿河沼津での作。

1219 ○七月十日、相模姥子温泉での作。

明治四十五・大正元(一九一二)年

1220 孵《ふ》化《くわ》三年魚気澄む汀笹鳴きぬ

1221 間切る帆を見る我と影を冬の月

大正二(一九一三)年

1222 唐崎の吹きさらし畑の柳枯る

1221 ○間切る＝帆船が風を斜めに受けて進むこと。

1222 ○唐崎＝滋賀県大津市、琵琶湖南西岸にある景勝地。

1223 雛《ひな》市《いち》に紛《まぎ》れ入る著船《ちやくせん》の笛を空

1224 獲物下ろしつ射手の銃栄え里木の芽

1225 藪《やぶ》越しをする燕門田分れして

1226 六甲下りしを夜蒸れ花菜に漁火惜しぞ

1227 花菜上りせしお山杉に裏落ちす

1228 第一日は試足雲雀《ひばり》に驟雨《しうう》来て

1229 谷三郷山畑つゝじ蚕に燃えて

1224 ○射手＝弓を射る人。ここでは猟師。

1230 垢離場《こりば》石花桐の風ほてりして

1231 誰が日傘忘れある蜂屋音のして

1232 山ぬけの水さゞら若葉逆木なる

1233 焼山がくれすちよぼと若葉の螺峰《にしみね》のみ

1234 雷落ちし跡と見る蟻の道ついて

1235 紫陽花《あぢさゐ》の雨褪《あ》せや芝に蟬落ちて

1236 水惜《おし》む宿の四葩《よひら》に蘆《あし》立ちて

1230 ○垢離場＝神仏への祈願などの際、冷水を浴び身を清める場。

1236 ○四葩＝紫陽花の別名。［夏］

1237 堤《つつみ》隔つ家並の蚊遣《かやり》草暮れて

1238 石に熬《い》りつく鮎《あゆ》じゝと蠅のとまり据う

1239 毛《け》虫《むし》焼きし夕覚め雨の蚊火うつり

1240 木《き》苺《いちご》の色染むに病葉の白

1241 故《こ》人《じん》評論さもこそと蚊遣置きかふる

1242 江《え》差《さし》までの追手こそ峰蹴上げ月

1243 子をあやす登山人花《はな》野《の》泊りしたき

1237 ○蚊遣＝蚊を追い払うために松・杉・榧の葉や蓬などを焚いていぶすこと。［夏］

1241 ○さもこそと＝もっともだと(思う)の意。

1242 ○江差＝北海道渡島半島の日本海側にある港町。

1243 ○花野＝八、九月の秋の草花の咲き満ちた野。

1244 洪水《ミヅ》の跡岩立ちの紅葉遅うしぬ

1245 豆を干す蕎麦《そば》を干す赤子よろ〳〵と

1246 工事残務百舌鳥《もず》晴れに住みつくがごと

1247 砂ざれに堪ふ松や冬日江を蹙《ちぢ》む

1248 海静かなるに石切る音や霰《あられ》降る

1246 ○百舌鳥＝モズ科の鳥、鵙。［秋］

大正三(一九一四)年

1249 煤《すす》流る、水と草原冬の月

1250 朝から酒の炉辺の二人捨て、置け

1251 山に伐りしずり竹の水に梅散りし

1252 どの家にも人顔を音戸鳴く雲雀《ひばり》

1253 磧《かはら》雲雀に砂とれば水にじむ程

1254 母屋役目に守る神と一族に囀《さへづ》れる

1255 蝶の触れ行く礎《いしずゑ》沓《くつ》に匂ふ草

1256 この流れ町に入る櫨《はぜ》に立つ柳

1257 雲雀鳴くにやと目覚めたり君と床中語

1258 川口賑ひ見たさ燕が堀筋を

1259 五《ふ》倍子《し》飛木に笹山の緑立つ松や

1260 遠く高き木夏近き立てり畳む屋根に

1259 ○緑立つ＝黒松・赤松などの花が咲くのをいう。

1261 実《み》桑《くわ》所望螢見に来し午の雨に

1262 麦腐つを余処に雨糸見ても飽く心

1263 蚊《か》帳《や》干して築《つい》地《ぢ》石削《けづ》る火走れり

1264 町なす程に汽車道も潜る蟬の木々

十二日行

明治四十五年六月七日中津出発。木曾川を渡りて、城阪峠を上る。峠の駅を苗木《ナヘギ》といふ。

1265 雪の下の花の駅大《たい》廈《か》普《ふ》請《しん》して

飛騨高原の余勢を形づくる平野を行く。

1266 水晶山の岩あらは夏野夏山に

付知《ツケチ》川に沿うて溯る道となる。

1267 御嶽裏道筍藪の岩真白

1268 卯つ木野良花岩杜鵑花《サツキ》奇工過ぎし咲く

付知町所見

1269 田つゞきに鯉飼へり燕子花《かきつばた》畔植ゑに

1265 ○1265から1350までは、十二日行（明治四十五年六月七―十八日）の句。○雪の下の花＝山野の岩や石垣などの湿地に生える常緑多年草で、花は花茎から多数の五弁花を開く。○大廈＝大きい建物。

1267 ○御嶽＝長野・岐阜県にまたがる活火山。北アルプスの南端に位置し、標高三〇六七メートル。古来、修験道で屈指の霊峰。

1270 飼ひ鷽《うそ》にや裸置く宿午睡して

舞《ブ》台《タイ》峠は美濃飛驒の国境。

1271 国境の笹平ら鉄気水煮えて

加《カ》子《シ》母《モ》にて車を替ふ。

1272 新聞を買ふ宿に桑の捨《すて》値《ね》聞く

途中所見。

1273 綿抜きす瘤の女や髪を厭ひ掻く

小《ヲ》川《ガハ》にて飛驒川に会す。帯雲橋を見る。

1274 蚊《か》柱《ばしら》を飛ぶ虫甲《よろ》ふ炊《すい》煙《えん》裏《り》

1275 磧《かはら》広う白まさる梅雨《つゆ》入り雲焼けて

下《ゲ》呂《ロ》一泊。

1276 温《デ》泉《ユ》涸れは古き事アマゴ鮎《あゆ》料理

1270 ○鷽＝アトリ科の鳥。雀よりやや大きく、春、口笛を吹くような柔らかい声で囀る。［春］

1273 ○綿抜きす＝綿入れの綿を抜いて袷に縫い直すこと。

1274 ○飛驒川＝乗鞍南麓を水源として西流し、岐阜県久々野町より南流、美濃加茂市の東方で木曾川に合流する一級河川。

1276 ○下呂＝下呂温泉。岐阜県中部、飛驒川の上流に位置する。

1277 螢飛ぶ庭流れ益田《マシダ》乙女恋ふ
翌日萩原《ハギハラ》にて郡長、警察分署長、郡視学等の諸子と会す。

1278 高桑に葉柳や裸学校ある

1279 木流しの冬思ふ葉桜の風
中呂《チウロ》、上呂《ジヤウロ》を過ぐ。

1280 下呂は阪町上呂は橋の夏柳
橡《とち》が洞には老樹の橡の木多し。

1281 奥峰そゝるに岩尖る朴《ほほ》の咲く数に

1282 一弁散り一弁朴《ほほ》のほぐれ行く
島尻《シマシリ》附近。

1283 熔岩の二見岩橡の花降りて

1277 ○益田＝益田郡下呂町は平成十六年の合併により下呂市。鮎釣り、渓流釣りで有名な益田川が流れる。

1284 何煙らす葉柳に鯉を待つ昼餉

小《コ》阪《サカ》昼飯。

1285 位山《くらゐやま》より夕立つ雲ヒタ押しに押す

宮《ミヤ》峠所見。

1286 棚田平ら草山の祭名残る宮

一ノ宮社前の茶屋に高山同人と会す。

1287 酒の香を飛ぶ蠅や待ちし多時と見ゆ

高山著。

1288 雨晴れ雲四《し》顧《こ》に揺《えう》曳《えい》す田植歌

九日高山滞在。雨。

1289 川水の濁る見る鴉《からす》桐の花に

十日同滞在。

1290 蟬早し厭や〱晴れをいや照りす

1284 ○小阪＝高山と下呂の中間点、御嶽山の裾にある温泉郷。

1285 ○位山＝全山イチイの林で覆われている。標高一五二九メートル。

1287 ○一ノ宮社＝飛騨の一宮。水無神社。

1288 ○高山＝天正十三年、初代高山城主が町造りに当り、城下町・商家町として栄え、飛騨の小京都と呼ばれている。

十一日高山出発。高山同人共に歩して三日町に至る。医師水口氏に少憩す。即事。

1291 盆栽に袖触れて桑の実も摘まん

留別。

1292 小白木の白きさへ白日の夏

小《コ》鳥《ドリ》峠。

1293 朴に雄木のあるにや橅《ブナ》と茂り合へる

1294 飛び〱の山耕地蕨《わらび》二タ節芽

夏厩《ナツマヤ》の小学校に一休す。

1295 不就学の例を聞く田植休みなり

上小鳥《カミコドリ》を過ぐ。

1296 梅に似ると桑を見る燕子花《かきつばた》苗代に

松木峠。

1297 我に迫る山倒れ木や藤名残

六厩《ムマヤ》一泊。

1298 白樺を山しるし田植鳴く雉子《きぎす》

1299 厩《マヤ》の名の二タ平ら稗に引く田水

白川特有の俗謡ワジマ、コダイジンを聞く。

1300 男三味線いづれ早百合女一節を

1301 明日は田植三味の名残を母家にも

十二日六厩出発。

1302 母家普《ふ》請《しん》をことほぎぬ躑躅《つつじ》茨に咲く

軽《カル》岡《ワカ》峠。

1303 始めて植林の山を行く百合の招き揺れ

黒《クロ》谷《ダニ》昼飯。

1304 寺のする宿は小夏屋吊り葱《ねぎ》

1298 ○六厩＝江戸時代初期、金山の町として栄えた。清冽な六厩川が流れる。

1303 ○軽岡峠＝高山から荘白川方面へと向かう三つの峠の一つで、荘白川に一番近い峠。

1305 葱の坊主に榾《ほた》積めりよべの雨をいふ

1306 滝に摘みし岩《いは》蕗《ふき》もシヨデの名も知らず

牧戸《マキド》を過ぐ。岐阜に通ふ道開けたり。

1307 車道岐る郡《グ》上《ジヤウ》への橋の高茂り

途上所見。

1308 蜂の立つ羽光りや朴《ほほ》の蕊の黄に

1309 苺《いちご》摘んで臭さ虫の香を又たけふも

中野《ナカノ》照蓮寺。

1310 鼓楼離れ立つ豌《えん》豆《どう》の脚柴に

1311 田移りの早乙女が唄を森隔つ

1306 ○岩蕗＝雪の下。山野の岩や石垣などの湿地に生えるユキノシタ科の常緑多年草。○シヨデ＝シオデ。山に自生する独活《ドウ》に似た山菜。

1307 ○郡上＝岐阜県のほぼ中央に位置する市。郡上踊りで有名。

1310 ○中野照蓮寺＝真宗大谷派の寺院。当時、飛騨国白川郷中野にあったが、昭和三十六年、御母衣ダムに水没のため、高山市堀川に移転されている。

1312 鱒《ます》突きの夕立晴れ磧《かはら》広ロなるに

福島《フクシマ》ボキを過ぐ。

1313 宿せぬをいふ芍《しやく》薬《やく》の香暗らきに

日暮れて御母衣《ミボロ》に著く。

1314 蚕守る灯も見えなくに榾《ほた》の火もさゝで

1315 座敷開きの日なりしよ蕗の甘き味

平瀬《ヒラセ》一泊。越中同人と会す。

1316 鉾杉は稲《は》架《ざ》小屋に田畔芍薬が

御母衣遠山家を訪ふ。

1317 大家族の遺す家ウリの木の茂り

1318 橡《とち》餅《もち》の冬想ふ粽《ちまき》臼《うす》搗《つ》かん

1316 ○遠山家＝四階建て・平入の大合掌造りの旧家。数十名の大家族住宅であった。

1317 ○ウリの木＝瓜の木。山地に生え、高さ約三メートル。葉は大形。五―六月、葉のわきに白色の五弁花を下向きに数個開く。

1319 白川大郷の祭の日七日隔つてふ

白川にては家長の外公の夫婦なしと。

1320 繭上りなど語るまこと女《め》夫《ふ》らし

屋根葺く藁は、芒に似し小萱《かや》なり。芒は土人大萱といふ由。

1321 滝見道萱茂る山を越すしるき

野谷《ノダニ》附近、海藻の化石出づといふ谷あり、石を檜葉石といふ。思ふに石に附著せし苔の化石か。

1322 石滝に峰《ネ》颪《おろ》しの風を堪ふ涼し

1323 苔の花も石と化《ばけ》る藍の色美妙

荻《オギ》町《マチ》所見。

1324 生《な》り年の栗咲きぬ鐘楼ずり藁《わら》に

1319 ○白川大郷の祭＝平家落人の隠れ里、白川郷の秋の豊作を祝うどぶろく祭。

1324 ○荻町＝合掌造り集落。○鐘楼＝茅葺きの鐘楼門は飛騨匠の作と伝えられている。

鳩《ハト》ガ谷《ヤ》一泊。

1325 梨に似るドロの夏木と捨桑と

1326 奥白川田の藻に梅雨《つゆ》を過すなり

十四日夙起《しゆくき》、十二里の行程を期して出発す。

1327 蚕に起きし靄《もや》の月まざと梟《ふくろふ》鳴く

飯島《イヒジマ》村は近き頃大火に罹りて焦土と化す。

1328 明易き火焚きをり葉枯れ木の下に

行くこと約二里、内《ウチ》ケ戸《ト》に靄晴る。射水上流の景既に奇絶。

1329 鱒《ます》の淵も岩は鏡を若楓《かへで》

1330 鮎《あゆ》上らずの奇勝筍峰無れども

1331 翠微画図裡鉾杉に立つ藁屋活きて

1325 ○ドロ＝ヤナギ科の落葉高木。白楊（どろのき）。

1327 ○夙起＝早く起きること。早起き。

1330 ○奇勝筍峰＝素晴らしい景色や山。

1331 ○翠微画図裡＝緑色の靄のかかった山を描いた画面の中にの意。

1332 筧《かけひ》浚《さら》ふ人も卯の花露明り
椿原《ツバキハラ》に一休す。
小白川《コシラカハ》を過ぐ。

1333 飛驒名残と見る百合畑の山平ら
五里余を歩して赤尾《アカヲ》に著く。既に越中なり。
早き昼餉を認む。

1334 主僧料理イワナ膾《なます》を夏季とこそ

1335 榧《かや》の木を折り見する苺大枝も
川の名庄川と変ず。

1336 奇勝いつまで岩赭《あか》う百合も見まさりて
皆葎《カイムグラ》の吊橋を渡る。

1337 目くるめき橋を来つ峰《ネ》雲越し方に
上梨《カミナシ》を過ぐ。

1338 筧《かけひ》跨《また》ぎ行く里の金《きん》蓮《れん》花《くわ》など

1339 人真午実の惜し桑を裸にす

下梨《シモナシ》は此五箇山中の都なり。旧知中山昼参此地の登記所に在りとて来り会す。

1340 餅屋無きかそは無し何の夏茸を

1341 白川藁屋の名残や町を清水走す

杉尾《スギヲ》の籠渡しに出でんとして、屢〻《しばしば》道を失す。

1342 下闇なれど川音も馬の背越し道

祖山《ソヤマ》に一休す。既に十一里余を歩す。

1343 蛇《へび》苺《いちご》の夕明り謫《たく》所《しよ》なりし聞く

尚一里余を歩して、大牧温泉に著く。温泉主は同行者猿骨なり。

1344 葉《は》山葵《わさび》を洗ふ清水豆腐石に見ゆ

1340 ○五箇山＝富山県南西部、庄川沿いに佇む山峡の地。三つの村（平村・上平村・利賀村）の総称。白川郷とともに合掌造りの郷。日本有数の豪雪地帯。

1342 ○馬の背越し＝山の尾根づたいに設けられた極めて狭い路。

1343 ○謫所＝罪を得た人が流された土地。配所。

1344 ○大牧温泉＝平家の落ち武者が源氏の追撃を逃れる際に発見したといわれている温泉。

1345 鱒《ます》網の主富山ぶり鱒鮓を

1346 磧《かはら》温泉《ゆ》に下り連るゝ清水あらぬ方へ

十五日井波《ナミ》に出で、次で城端《ジヤウハナ》満花城庵に泊す。夜北野《キタノ》の螢を見る。

1347 螢見の二タ川や櫓《やぐら》高き里

十六日高岡の俳句大会に列す。

1348 蓮浮葉を見る濠や大衆の座に堪へて

十七日一番にて高岡出発。金沢に下車して紫人未央と昼餐を共にす。次で岐阜に行き、鵜平洗浪と会す。

1349 旅労《つか》れと病ひやつれに蚊遣《かやり》して

十八日夜帰京。

1350 カラ梅雨の旅し来ぬこの蚊雷《ぶんらい》や

1347 ○井波＝富山県の西南部に位置し、真宗大谷派井波別院瑞泉寺の門前町。

1349 ○紫人＝松下英男。一八八一―一九五〇。金沢市。陸軍法務官。○未央＝桂井栄太郎。一八六八―？。金沢市。菓子舗。○鵜平＝注1197参照。○洗浪＝林宗太郎。一九〇四―？。岐阜県。農業。別号豚鳴庵。

1350 ○蚊雷＝多く集まった蚊の声を雷に喩えていったもの。蚊鳴り。

八年間

大正四(一九一五)年

1351 干《ほし》足《た》袋《び》の夜《よ》のまゝ日のまゝとなれり

1352 座定まればをりしごと野に冴《さ》ゆるなり

1353 水すれ〳〵の糸や凧《たこ》なき夕曇り

1354 砂丘大いなる立ちはだかつて凧場かな

1355 沫《あわ》雪《ゆき》のしづと降る干潟画す段

1351 ○夜のまゝ日のまゝ＝夜もそのまま、昼もそのままの意。○となれり＝「海紅」(大正四年三月)では「となり」。

1353 ○凧なき＝「夕曇り」のため凧が見えないの意。

1355 ○沫雪＝解けやすく、降るそばから消えて積もることがない雪。春の雪。○段＝くぎり。

1356 水の下萌雪をへがして漂へる

1357 いよゝの峠にて一《いち》木《ぼく》なき春の雨

1358 寒明きの雨の中梅煽《あふ》る風

1359 交《さ》かる中に土筆《つくし》に下りてをる雀

1360 赭《あか》土《つち》を積む雨や樫の中の花

1361 槻《つき》の芽のわき立つて地を掃《は》ける花

1362 折りさいなみし花枯萱《かや》の風の中

1356 ○水の下萌＝水中の藻草の芽吹き。○へがして＝剝がして。

1357 ○いよゝ＝「いよいよ」の音変化。とうとう。ついに。

1359 ○交かる＝交尾する。

1360 ○赭土＝鉄分を含み、赤く黄ばんだ粘土。○樫＝ブナ科コナラ属の常緑高木の一群の総称。果実は「どんぐり」。

1361 ○槻＝ケヤキの古名。

1363 縄飛びに交りゐつ巣燕の鳴く音哉《かな》

1364 巣燕の尖る顔つと飛び去りぬ

1365 実《み》桑《くわ》なる実に木荒れして時鳥《ほとゝぎす》

1366 草掃く風足洗ひ立つて時鳥

1367 楪《ゆずりは》の樫埋れするを行く螢

1368 雨《あま》泊《やど》りして雨忘れ窓の螢哉

1369 幟《のぼり》の影莚《むしろ》敷き足れば鶏の来る

1365 ○実桑＝桑の実は七―八月に赤色から紫黒色に変じて熟す。

1367 ○楪＝ユズリハ科の常緑高木。葉は大型で、厚質で、光沢のある新緑色。

1370 遠目にも樺若葉つゝじの中となり

1371 麦の毛のとが〳〵し宿の蚊帳《かや》じめり

1372 山に覚めて朝の蚊帳に坐り尽しぬ

1373 掃《は》く方へ〳〵蟻向ひ来る

1374 芥子《けし》咲く家に山下りがての潴水《ちょすい》見る

1375 よき凪《なぎ》を乗りかゝる山よりの夕立

1376 旅せし単衣《ひとへ》袖よれのまゝ掛てあり

1374 ○潴水＝水たまり。

1376 ○単衣＝裏のない一重の着物。初夏から初秋にかけて用いる。

1377 根去りし砂いきれ松葉こぼれたり

七月十三日、明科《あかしな》駅下車、明科館昼飯。

1378 水湛へあるに群れの搏《う》ち合ふ蠅の昼

鹿島川の橋を渡る

1379 橋板に羽鳴らす蟬ならん飛ぶ

奥蛇沢昼飯

1380 飯の蟻掃く水の滝と落ちつゝ

白沢のドーにて

1381 イワナ一尾《いちび》々々包む虎杖《いたどり》の葉重ねて

大沢野営二句

1382 草瑞《みづ》々《みづ》し刈り残す隈もあらなくに

1383 早や火焚く草虫の目つぶしに飛ぶ

1378 ○明科駅＝長野県安曇野市、篠ノ井線の駅。○1395まで「北アルプス句稿」中の作品。長谷川如是閑・一戸直蔵とともに針木岳から槍ヶ岳までの間の国境線上を縦走(七月十四―二十一日)。この縦走は登山史上ほとんど処女経路であった。

1379 ○鹿島川＝鹿島槍ヶ岳を水源とし、大野市内を流れる清流。

1381 ○イワナ＝サケ科の淡水魚。川釣りの対象にされる。岩魚。

[夏]

1383 ○目つぶしに飛ぶ＝多くの虫が激しく顔にぶつかってくる。

雪田を踏む二句

1384 海なす雪根ゆるぎの波立てるなり

1385 石に命ある雪田の露頭かな

蓮華嶽の一峯野営

1386 雷鳥の雛《ひな》掌《て》にすうと〳〵と眠るかな

七月十六日蓮華嶽野営出発二句

1387 火に寄りし朝風の石楠花《しやくなげ》にいざりつゝ

1388 菫《すみれ》ばら〳〵に摘みとりし我手おのゝける

蓮華嶽頂上眺望二句

1389 高瀬河原狭《さ》霧《ぎり》晴れ行く縞作る

1390 立《た》山《やま》は手届く爪《つめ》殺《そ》ぎの雪

1387 ○蓮華嶽＝北アルプス北部、富山県と長野県にまたがる山。標高二七九九メートル。

1390 ○立山＝飛騨山脈（北アルプス）北部に位置する標高三〇一五メートルの山。立山連峰の主峰。

蓮華嶽南尾根を下る

1391 駒《こま》草《くさ》に石なだれ山匂ひ立つ

葛倉のキレト

1392 砂滝の殺ぎなす刃《やいば》夏木滴れり

七倉嶽中腹昼飯

1393 棚雪の根掻いて道づくる水よ

同行如是閑病む夜叉沢野営二句

1394 一木伐りし空明りこの砥《と》雪《ゆき》かな

1395 雪を盛り据ゑし火中の鍋となりぬ

1396 かまつかの根倒れし我に背《そむ》く哉《かな》

1397 かまつかの青さびの下葉倒れ見ゆ

1391 ○蓮華嶽南尾根を下る＝『日本アルプス縦断記』(大正六年七月、大鐙閣刊)に「北アルプス中での最暗黒の未開地に属する処」と記す。

1392 ○葛倉のキレト＝北葛・七倉の間にあるヤセ尾根をいった。

1394 ○如是閑＝長谷川万次郎。一八七五―一九六九。東京生。評論家。大阪朝日新聞記者を経て、大山郁夫らと雑誌「我等」を創刊。○砥雪＝たいらかできめの細かい雪。

1396 ○かまつか＝茎は太く直立して二メートルにもなる。晩夏から初秋に、枝先の葉が黄・紅・赤などに着色する。

1398 秋蚊帳《かや》張るまゝに螻蛄《けら》打つて来る

1399 石出づるに敷く籾《もみ》莚《むしろ》秋の晴

1400 山茶花《さゞんくわ》に栴檀《せんだん》は高き実ふるへり

1401 町に沿ふ山にて山茶花に低《ひく》まれり

1402 山茶花が散る冬の地湿りの晴れ

1403 山寒し霜消ゆ頃の山かげり

1404 霜朝の鳥窓下に消えし

1398 ○螻蛄＝ケラ科の昆虫。夜になると地上に出て飛翔する。
［夏］

1405 海月《くらげ》打ちつけし桟橋《さんばし》の師走《しはす》の灯

1406 高楼の師走の灯枯枝のゆらぎ

1407 鼻づらを曳く馬の師走の灯の中に

1408 煤《すす》捨てし芥《あくた》と別に流るゝよ

1409 ほろ〳〵土に笹鳴ける藪《やぶ》厚き也

1409 ○笹鳴ける＝鶯の幼鳥を笹子といい、チャッと舌打ちするような地鳴きをするのをいう。［冬］

大正五(一九一六)年

1410 雪卸ろせし磊《らい》塊《くわい》に人影もなき

1411 雪踏《ふみ》のふり返る枯木中《なか》となりぬ

1412 水仙の地にへばる花の伸び端なれ

1413 冬《ふゆ》田《た》空《ぞら》工場の入日となれり

1414 草枯に立つ垣の山に展《の》びたれ

1410 ○磊塊＝石のかたまり。○1411と蕪村忌俳句会(十二月十九日於子規旧廬)での作。

1415 草枯の蕨《わらび》に雨の落ち来る

1416 氷砕く黒塀の迫る也《なり》

1417 池氷る町よりの風《かぜ》埃《ほこり》立つ

1418 蒲《ふ》団《とん》綿《わた》の紙包みなる鏡の前

1419 山に圧さる、町尻の冬日の谺《こだま》

1420 冬日さす年寄りを妻との客に

1421 手の跡の二つまで寒明きの塀《へい》に

1421 ○寒明き＝小寒・大寒と続いた三十日が終わると立春になる。その寒の明けること。二月の四日か五日。[春]

1422 寒明きの大根の青首の折れ

1423 水鳥群る、石山の大津の烟《けむり》

1424 梢の花日全くかげる梅

1425 猫柳に塵取をはたき彳《たたず》める

1426 冴返り降る雨の芝は刈りたり

1427 沙田の橋渡り行き遠浅の曲り

1428 陽炎《かぎろ》へる雪滑め草の昼泊り

1423 ○水鳥＝秋から冬にかけて渡ってくる鳥が多く、生活の大部分を水上で送る鳥の総称。［冬］

1429 鶯の鳴き初めし昼は鴉《からす》の木

1430 草餅の一ならべ蓋合せたり

1431 豌《あん》豆《どう》盛り車離されし牛

1432 豆の花吹き靡く川口の水

1433 雨さめ〴〵と裏がへるげんげ名残咲て

1434 石畳這ふ水に明易き土こぼれ

1435 摘《つみ》草《くさ》の膝にこぼるゝ袂《たもと》いとほし

1432 ○豆の花＝豆類の花を総称していう。多くは春咲きの豌豆と蚕豆の花をさす。［春］

1436 隙間洩る春日のゆら〱と影

1437 春日の杉菜蟹《かに》の爪かけし

1438 木《こ》の間の水春日さすまゝのゆらぎ

1439 汐《しほ》照《て》れる春日中釣竿立てし

1440 草場膨らみ雪田一角の照り

1441 重き戸に手かけし春霞の晴れ

1442 種を蒔く夫に馬引き寄りぬ

1441 ○日本橋坂本公園聯娯軒(三月二十二日)での作。

1443 種を蒔く夕はろ〴〵に畑人よ

1444 金園の花選りの若き女房等

1445 鮎《あゆ》飛ぶ音の足もとに水づく

1446 学校休む子山吹に坐《すわ》り尽しぬ

1447 山吹咲く工女が窓々の長屋

1448 坑《かう》夫《ふ》の妻子を作る山吹がさく

1449 この山吹見し人の行方《ゆくへ》知らぬ

1446 ○子＝養女御矢子。妻茂枝の兄青木月斗の三女。明治四十一年、四歳の冬に碧梧桐夫婦の養女となり、大正九年(一九二〇)五月十四日に数え年十六歳で、芦屋で病死。

1450 熊蜂巣作るに灯さす窓

1451 巣の蜂怒らせし竿を捨てたり

1452 藤棚大きさ父子の暮しになりぬ

1453 木《こ》挽《びき》裸が鋸《おが》屑《くづ》の中に藤名残

1454 葭《よし》切《きり》の水運河に泡の行きつゝ

1455 一眠りせし吹かれをる行《ぎやう》々《ぎやう》子《し》

1456 工女の払ふ綿ぼこり日ざかれり

1453 ○木挽＝木材を大鋸(おが)で挽く人。

1454 ○葭切＝ウグイス科の夏鳥。蘆原に巣を作り、ギョギョシギョギョシと鳴くので行々子ともいう。

1457 葉柳動き仏像の綿とりし

1458 五月の水の飯粒の流れ

1459 峰づくる雲明方の低し

1460 雲の峰稲《いな》穂《ほ》のはしり

1461 清水ある道の人声の蕗《ふき》

1462 楊《やなぎ》川筋の白樺湧く水

1463 麦《むぎ》稈《わら》嵩に締め合せある障子

1458 ○本牧三溪園待春軒(六月二十一日)での作。

1462 ○楊＝ヤナギ科の落葉低木。川べりに生じ、綿のように種子が飛ぶ。ねこやなぎ。

1463 ○麦稈＝麦の穂を落としたあとの茎。[夏]

1464 蚊の腹白き眉《まゆ》近く過ぐる

1465 扇握りゐたる指を開けり

1466 水汲みし石垣の日ざかり迫る

1467 泳ぎたうなりし筆は擱《お》きたり

1468 泳ぎ上りし滴り高き脊よ

1469 蟻地獄に遠しつぶらなる蟻

1470 土用稽古半ば過ぎたる顔並べ

1469 ○蟻地獄＝薄翅蜉蝣（うすばかげろう）の幼虫。縁の下など乾いた砂の中に、すり鉢状の穴を掘り、滑り込む蟻などを捕らえて食べる。［夏］

1471 土用果てたる門の戸濡れをり

1472 土用過ぎ行くはづさゞりし障子

1473 すずみし裸の袖とほす衣

1474 すずむ雨落つベンチを立ちし

1475 すずみに出でし風あたる銀杏《いちやう》

1476 妻に腹立たしダリヤに立てり

1477 ダリヤ伸び〳〵茂れる早き

1473 ○すずみ＝夏に涼を得るために水辺や木陰など涼しい場所を求めること。納涼（すずみ）。［夏］

1476 ○妻＝碧梧桐の妻。青木月斗の妹。お嬢さん育ちで、和裁が特に堪能であったという。

1478 頭上鳴く蟬鳴かずまだをる

1479 壁にペタと蝙蝠《かうもり》の音の螢火

1480 退学の夜《よ》の袂《そで》にしたる栗

1481 赤土よごれ墓おほけなく

1482 本堂よりまはりて参る墓

1483 父の墓の前そろへる兄弟

1484 釣れそめし沙《は》魚《ぜ》我が二タ竿よ

1480 ○退学＝碧梧桐が小説家を志し、虚子とともに仙台二高を退学し、上京したのは明治二十七年十一月。数えで二十二歳。

1481 ○おほけなく＝恐れ多い。失礼な状態で申し訳ない。

1483 ○父＝碧梧桐の父静渓は朱子学派の学者。謹厳篤学でありながらも剛毅果敢な人であったという。明治二十七年(一八九四)四月二十四日没。菩提寺は朝美町在宝塔寺。戒名・静渓院敬簡自適居士。

1485 蜜柑園垣結ぶ海色づけり

1486 蜜柑すずず熟《な》りの老木の十年

1487 飯《めし》櫃《びつ》空らな返り花挿しあり

1488 返りさく麓一帯の芒《すすき》よ

1489 中庭の棕《しゅ》梠《ろ》竹《ちく》よ火鉢の用意

1490 大根嚙《かじ》りて女と言ひつのれり

1491 外套著《き》しま、妻との夜中

1487 ○飯櫃＝飯を入れる木製の器。めしばち。いいびつ。

1489 ○棕梠竹＝ヤシ科の常緑低木。高さ二メートル。葉はシュロに似るが、小形で柔らかい。観葉植物として栽培。

1492 炭《すみ》つかむ片手よごれたるまゝ

1493 布団のび〳〵畳流れたり

1494 水仙の葉の珠《たま》割《さ》く青よ

1495 鴨《かも》の青首のやはらかに静かなるよ

1496 鴨網の話する其の手の太し

1497 鴨むしる肌あらはるゝ

1498 しぐれてあるく磧《かはら》足跡よ

1496 ○鴨網＝鴨の生態を利用した伝統的な猟法で、投げ網を使う。

1499 水ほしき硯《すずり》膝頭凍《い》てし

1500 炭挽《ひ》く手袋の手して母よ

1501 人坐りてありし座布団重ねられ

1502 二階に上りし日のさす日南《ひなた》ぼこ

1503 白《しろ》足《た》袋《び》裾《すそ》ずれこの用もあの用も

1504 菜二タ株縄からげたる汚れ

1505 原稿一篇は書上り手の白ロ冴ゆ

1500 ○母＝碧梧桐の母せい。静渓の後妻。松山藩竹村氏の出で、悠揚迫らぬ慎み深い人であったという。明治四十一年(一九〇八)四月二十六日に七十歳で没。戒名・従容院妙清日調大姉。

1503 ○白足袋裾ずれ＝和服の裾が白足袋に触れるかすかな音。

1506 この二階は隣が近い雪除けの松

大正六(一九一七)年

1507 酔うてをれば大通りまで連立つ寒さ

1508 公園に休み日南《ひなた》の犬の芒《すすき》枯れ

1509 牡蠣《かき》飯《めし》冷えたりいつもの細君

1510 牡蠣船の障子手にふれ袖にふれ

1507 ○根岸蕪村忌(十二月十七日)子規旧廬での作。

1510 ○牡蠣船＝河岸に船をつなぎ、牡蠣料理を食べさせる屋形船。道頓堀のものが有名。

1511 酢《す》牡蠣の皿の母国なるかな

1512 馬車の居眠りさめしすれ〳〵冬木

1513 風邪ひき添へし硝子戸の星空

1514 荷車のそばに雪空仰ぐ子

1515 雪搔《かき》立てかけし二人にて育ち

1516 障子あけて雪を見る女真《ま》顔《がほ》よ

1517 緋《ひ》蕪《かぶら》の漬かり納屋にての父

1511 ○酢牡蠣＝牡蠣のむきみを酢にひたした料理。［冬］

1517 ○緋蕪＝アブラナ科のカブで、「伊予緋カブ」。根の表面と茎が紅いのが特徴。松山の代表的な味。

1518 火燵《こたつ》のかげに物がくれなる汝《な》れ

1519 子供に火燵してやれさうゐふな

1520 火燵の上の履歴書の四五通

1521 火燵出て膝つくろへる去る

1522 牛繋《つな》ぎし鼻づらよ火燵の我

1523 火燵にあたりて思ひ遠き印《いな》幡《ば》沼《ぬま》

1524 火燵にての酒選稿愚《おろ》かしく

1523 ○印幡沼＝印旛沼（いんばぬま）。利根川下流の低地、千葉県中北部にある沼。

1524 ○選稿＝ここでは投句稿を選ぶこと。

1525 雀葱《ねぎ》畑《はたけ》かけずりくるはし

1526 雀が交《さか》るぬかるみをふみ

1527 駅亭の女黒《くろ》襟《えり》の日《ひ》脚《あし》伸び

1528 嫂《あによめ》との半日土筆《つくし》煮る鍋

1529 寄居虫《やどかり》海につぶてしして戻りけり

1530 蜷《にな》に寄居虫交る父は笑はず

1531 虎杖《いたどり》芽立ちカンヂキまだ解かず

1527 ○駅亭＝宿場の宿。旅館。

1530 ○蜷＝カワニナ科の巻貝。
［春］

1531 ○カンヂキ＝雪の中に足を踏み込まないために靴の下にはく、木の蔓などを輪にしたもの。
［冬］

1532 雲雀《ひばり》水のむ草青々しかりけり

1533 凧《たこ》の尾縄の手ずれこの朝

1534 凧糸もつれ解く野風に立てりけり

1535 蒜《ひる》掘て来て父の酒淋しからん

1536 小供勉強しすぎる鶯夕暮を鳴き

1537 母と子と電車待つ雛《ひな》市《いち》の灯

1538 雛の前にかしこまる菓子包貰ひ

1535 ○蒜＝ユリ科の多年草で、田の畦・土手などに群生。春の代表的な食用野草の一つ。野蒜。［春］

1539 雛市通り昆布などを買ひ

1540 彼岸の牡丹餅《ぼたもち》の木皿を重ね

1541 吃《ども》る末子が梅に来る鳥の話する

1542 学校の窓ガラス畔青々光れり

1543 白魚のかゝる見る人の桜にもたれ

1544 白魚並ぶ中の砕けてゐたり

1545 土筆《つくし》ほうけて行くいつもの女の笑顔

1543 ○白魚＝シラウオ科の回遊魚。体長十センチ。産卵期に四つ手網や刺し網で獲る。

1546 村へ戻らぬ誰彼れよ土筆《つくし》

1547 赤羽根の篠藪の土筆時過ぎけり

1548 板の間に打ち開けた土筆あるじが坐る

1549 子守があるく芽ふく楢林《ならばやし》

1550 二人が引越す家の図かき上野の桜

1551 試験勉強の机壁に押しつけ

1552 ゆうべねむれず子に朝の桜見せ

1553 疲れてゐるからの早起火のない長火鉢《ながひばち》

1554 君を待たしたよ桜ちる中をあるく

1555 入学した子の能弁をきいてをり

1556 お前が見るやうな都会生活のあさり汁

1557 さもしい次男が土筆の袴とるを見

1558 座蒲団積み上げたのにもたれてものうし

1559 日の透《すけ》る舞台の橋がゝりに立ち

1553 ○長火鉢＝居間・茶の間などにおく、長方形の箱火鉢。引き出し・銅壺などがついている。

1560 博物館へはいる人々のからげた裾をおろし

1561 二人で物足らぬ三人になつて白魚

1562 お前と酒を飲む卒業の子の話

1563 雨戸あけたので目がさめ木瓜《ぼけ》咲き

1564 静かな隅の間なれどシビ臭いガラクタが見え

1565 つゝじの白ありたけの金をはらひぬ

1566 葉桜の灯の遠い浅草の灯に立ち

1567 父は梅売《うめうり》をはや三人呼び

1568 母が亡《な》き父の話する梅干のいざこざ

四方太をくやみに行きて

1569 石楠木《しゃくなげ》が咲く庭の草とりありたり

1570 青い実が出来た苺《いちご》の葉傷《いた》み

1571 子に高々と祭の飾り花を挿し

1572 てもなく写生してしまひし石竹《せきちく》がそこにあり

1573 毛虫が落ちてひまな煙草屋《たばこや》

1569 ○四方太＝坂本四方太《よもた》。一八七三―一九一七。鳥取県生。俳人。東大国文卒。子規に師事。東大助教授。

1572 ○石竹＝ナデシコ科の多年草。中国原産。初夏、茎頂に分枝して、紅、薄赤・薄紫の花を開く。［夏］

1574 女が平気でゐる浴衣《ゆかた》地とりちらし

1575 まひ〳〵が舞ひ蓮の莟《つぼみ》は空に

1576 子規庵のユスラの実《み》お前達も貰《もろ》うて来た

1577 大通りを真直ぐに帰り簾《すだれ》屋が起きてゐるなり

1578 枝立つた無花果《いちじく》が葉になりつぼむやと仰ぎ

1579 酒の中毒のもろ肌になる哉《かな》

1580 昼寝してゐたときに来た母の知らぬ君

1575 ○まひ〳〵＝ミズスマシ科の甲虫の総称。一センチぐらいの紡錘形で、黒く光沢があり、夏の沼や池、川の水面をくるくる回っている。[夏]

1576 ○ユスラの実＝バラ科の落葉低木。実は六月ごろ熟し、直径一センチぐらいの球形で甘い。[夏]

1581 短尺腹立たしく書いて蠅《はへ》叩を持ち

1582 読み了つたイブセンに朝の蚊帳《かや》垂れてある也

1583 道に迷はず来た不思議な日の夾《けふ》竹《ちく》桃《たう》

1584 女なれば浴衣の膝づくる皺《しわ》

1585 葭《よし》戸《と》にして叱らねばならぬ妻也

1586 下女より妻を叱る瓜がころがり

1587 真白い岩にかこはれてゐる小さき裸

1582 ○イブセン＝ノルウェーの劇作家。近代劇の祖と称される。「人形の家」「民衆の敵」など。

1585 ○葭戸＝葭簀をはめこんだ戸、または障子。[夏]

1587 ○1591まで石鎚登山句碌中の一句。虎杖橋での作。

常住

1588 二七日山籠る若者の黒帯よ

常住

1589 親子連れが下りて来る雲に打たれたる顔

頂上二句

1590 一人々々石のかげに詞《ことば》をかはし

1591 湧きあがる雲吹き払ふ風に立ち

1592 夾《けふ》竹《ちく》桃《たう》赤いものを振り捨てんとす

1593 手《て》拭《ぬぐひ》を頭にいつもあちらむきをる舎監

1594 九段一杯な夕日小鳥の声落ち来る

1593 ○舎監＝寄宿舎の監督者。

1594 ○九段＝東京都千代田区西部。九段坂近辺一帯の称。靖国神社がある。○子規忌(九月十六日)子規旧廬での作。

1595 雀が鶏頭につかまつてとびのこされ

1596 お前を叱つて草臥《くさぶし》を覚え卒然と立ち

1597 三里夜道した暁けの箒木《はうきぎ》

1598 屋根が反つてゐる窮屈《きゆうくつ》な銀杏《いちやう》

1599 芭蕉の葉を折つた子供を捕へてゐたり

1600 足ふんだ男が我を見る菊の夜の灯

1601 父はわかつてゐた黙つてゐた庭芒《にはすすき》

1596 ○草臥＝鹿などが草の上に寝ること。ここでは草の上に寝転ぶこと。

1598 ○1601まで大阪城趾での作。

1602 月斗長女逝く
バサ〳〵汐音がする虫の音《ね》紛《まぎ》れず

1603 肘折温泉
枝豆を買ふ毎朝の山なぞへ見る

1604 一天の稲《いな》妻《づま》の強雨の明かり

1605 子規居士母堂が屋根の剝げたのを指ざし日が漏れ

1606 椎の実沢山拾うて来た息をはづませ

1607 父の思ひは病める母の秋夜の枕元

1608 動物園にも連れて行く日なく夕空あきつ

1603 ○肘折温泉＝出羽三山の主峰、月山の麓、銅山川沿いにある温泉。

1605 ○子規居士母堂＝名は八重。松山藩の儒者・大原観山（有恒）の長女。

1609 二人が一人づゝになつて遊ぶ梨がころげ

1610 秋日子供ら遊び足りて母ら子守ら

1611 芙《ふ》蓉《よう》見て立つうしろ灯《とも》るや

1612 我に近く遊んでゐた子よカンナに立ち交り

1613 人のふみ荒した桜落葉暗し

1614 さら綿出して膝をくねつて女

1615 ことしの菊の玉《ぎょく》砕《さい》の部屋中

1616 芝居茶屋を出てマントを正す口に唄出る

1617 冬夜子供の寝息我息合ふや

1618 編み手袋のほぐるればほぐす

1619 奈良に行きたく行くまじとする冬の夜更け

1620 葱《ねぎ》を洗ひ上げて夕日のお前ら

1621 交《さ》かりがさめた犬のショボ〲の眼の霜

1622 綿入を著《き》て膝正すことの勘定日

1622 ○勘定日＝商家や顧客が掛代金などの支払をする日。支払日。

1623 火燵《こたつ》が焦げてもう言ってしまつた

1624 その辺であきらめて母なれば炭ひく

1625 藁《わら》塚《づか》の旭《あさひ》の躍つたる牛

みや子を大阪に返すとてつれ立ちぬ(二句)

1626 ストーブを離れ革椅子に身を埋めて君等

1627 牡蠣《かき》船の屋根に鴉《からす》が下りたのを見て黙りたり

1626 ○みや子＝注1446参照。

大正七(一九一八)年

1628 肉かつぐ肉のゆらぎの霜《しも》朝《あさ》

1629 曼《まん》陀《だ》羅《ら》をとり出して掛け股《もも》引《ひき》まだはかず

1630 硯《すずり》を重ねつめたくも凝る心なる哉《かな》

1631 猿《さるとり》茨《いばら》の落ち残ツた葉の水が流るゝ

1632 草《く》臥《たび》れの炭火を灰で覆うた

1629 ○曼陀羅＝諸尊の悟りの世界を象徴するものとして、仏・菩薩および神々を網羅して描いた図。

1631 ○猿茨＝ユリ科で、刺の多い落葉つる性の草本。山野に自生し、秋は赤い実がなる。山帰来。

1633 蕎《そ》麦《ば》屋《や》を出て来た女のフリーショール

1634 強い文句が書けて我なれば師《し》走《はす》

1635 外套の手深く迷へるを言ひつゝまず

1636 冬の生きた鯛を食ひ俗友にも堪《た》ふる

1637 親を離れた君を無造作に迎へて火鉢

1638 水《みず》洟《ばな》を落した歩廊裾ずり

1639 紙入を敷寝する布団に嘲《あざけ》られをり

1640 マントの下の紙包み兄との無言

1641 林檎《りんご》をつまみ云ひ尽してもくりかへさねばならぬ

1642 屑蜜柑も出払ひし莚《むしろ》畳まれ

1643 子供のマントの事で業《ごふ》を煮やし妻ら

1644 酔うことの許されて我正しき火鉢

1645 君の絵から離れて寄るストーブあり

1646 君の絵の裸木の奥通りたり

1640 ○マント＝ゆったりとした外套。日本では特に袖なしのものをいう。

1646 ○君＝水木伸一。一八九二―一九七八。松山生。画家。碧梧桐・一碧楼の俳誌「海紅」の挿絵をかく。裸木を描いた素描集『欅』(昭和五十四年、三五堂)がある。

1647 子を引越すので親犬の雨の夜

1648 話のいとぐちがほぐれ若《わか》鮎《あゆ》の香が漲《みなぎ》つた

1649 残つた雪搔《か》く爪先きの芝草

1650 最後の話になる兄よ弟よこの火鉢

1651 砂まみれの桜鯛《さくらだい》一々に鉤《かぎ》を打たれた

1652 淋しかつた古里の海の春風を渡る

1653 古《ふる》里《さと》人《びと》に逆《さから》つて我よ菜の花

1651 ○鉤＝先の曲がった金属製の具。

1654 静かに暮すやうに梨《なし》畑花さく

1655 女を側へ袖《そで》触る、桃

1656 槻《つき》の根に巣立ちして落ちてゐる

1657 網元がやさ男であつて草《くさ》餅《もち》盛られ

1658 白《しら》魚《うを》一ふね君の前ながら買つてしまひ

1659 中腰で目《め》刺《ざし》を炙《あぶ》つて戦はんとす

1660 木《ぼ》瓜《け》が活《い》けてある草《くさ》臥《ぶし》を口にす

1656 ○槻＝ケヤキの古名。つきの木。

1661
諏訪丸船長室
牡丹を挿して行きし女なりしやうしろ影

1662
夜濃霧の為め仮泊(一句)
仮《か》泊《はく》してしまつて徐《おだや》かなる南の風よ

1663
西湖
白き日《ひ》覆《おひ》の我舟湖心に浮び出づれ

1664
杭州城内
四月の絹店先に巻くよ地に垂れ

1665
上海義勇隊生活(二句)
軍服脱ぎ捨てゝもう夏なる畳

1666
テーブルの葛饅頭一つ減りて乾けり

1667
北京所見(二句)
槐《ゑんじゆ》の茂りこの中庭にそれ〴〵の室を出る

1661 ○中国へ旅行。四月十二日—七月二十五日(神戸—長崎—上海—香港・マニラ・上海・中国各地を巡り馬関—東京)。

1662 ○仮泊＝船が港または沖合に仮に碇泊すること。

1663 ○西湖＝中国浙江省杭州市の西に広がる数多くの景勝地を持つ天然湖。

1667 ○槐＝マメ科の落葉高木。葉は藤に似て、花は黄白色の蝶形。

1668 中庭の籐椅子《とういす》空いたのがなく旅の大声

1669 客間のうた丶ねのよれ〳〵の白服

1670 合歓《ねむ》大樹いきなりな同胞の親しい言葉

1671 睡眠不足の筆かむ我が歯

1672 ブリッヂにての海図汗落すまじく

1673 ありたけのきのふからの筍をむぐに交れり

1674 刈り遅れた麦で皆んながそれ〴〵に不満なのだ

1670 ○合歓＝マメ科の落葉高木。山地や川原に自生。六―七月、夕方淡紅色の花を球状に集めて咲く。

1675 繭買《まゆ》が乗つて城門に轎車轟《うごめ》けり

泰　山(二句)

1676 牛飼牛追ふ棒立てゝ草原の日没

1677 牛飼の声がずつとの落窪で旱空《ひでりそら》なのだ

1678 お前に長い手紙がかけてけふ芙蓉《ふよう》の下草を刈つた

1679 上陸間際のお前を見出して一重帯が身についいて

1680 子猫が十二のお前を慕つて涙ぐましい話

1681 野羊《やぎ》が私を恐れる枝花の薊《あざみ》立つ哉《かな》

1675 ○轎車＝轎(竹で編んだかご)を車にのせた二輪車で、驢馬に曳かせる。

1676 ○泰山＝中国山東省泰安市にある中国五大名山の一つ。

1679 ○一重帯＝裏をつけない帯。太糸で地厚に織り上げた綴(つづ)《れつづ》織・博多織など。［夏］

1682 嬉しがる声の中芋畑を行く影したり

1683 我顔死に色したことを誰れも言はなんだ夜の虫の

1684 曳《ひ》かれる牛が辻でずつと見《み》廻《まは》した秋空だ

1685 又隣のドラ声の夕べの真ッ白な月だ

1686 子規十七回忌の子供の話婦人達とおほけなく

1687 稲が黄に乾いて踵《かゝと》の泥がイヤにくつゝいて

1688 菊がだるいと言つた堪《た》へられないと言つた

1682 ○根岸子規忌(九月十五日)於子規旧廬。

1686 ○子規十七回忌＝子規の忌日は明治三十五年九月十九日。○おほけなく＝大胆に。

1689 小菊が売れる堅くるしい頭になつて

1690 馬の艶々しさが枯芝に丸出しになつてゐる

1691 酔へないでしまつて秋刀魚《さんま》の腸が出てゐた

大正八(一九一九)年

1692 夜びてごそつく蒲団《ふとん》の襖《ふすま》であつて

1693 弟を裏切る兄それが私である師走《しはす》

1694 正月の日記どうしても五行で足るのであつて

1695 つや〳〵しい鏡餅の粉をはらつてこの手

1696 懐炉《くわいろ》の灰をあけざまの靴でふむ人だつた

1697 君に失望した襟巻なるを濃き色よ

1698 トルストイの書いた羊皮の外套《ぐわいたう》思ふべし

1699 女らエプロンの胸をスチームに投げかけ

1700 古い粉ナ炭が火箸《ひばし》があたる底に

1696 ○懐炉＝ふところに入れて、持ち歩く防寒用の火入れ。

1698 ○トルストイ＝ロシアの詩人・劇作家・小説家。

1700 ○粉ナ炭＝くだけて細かくなった炭。

1701 雨戸《あまど》の旭《あさひ》のぬくもりもろ手かけたり

1702 駅員木《こ》の芽空《そら》のレールの我《われ》をはかなみ

1703 弟いつまで端居《はしい》して木の芽空どんよりな

1704 弟よ日給のおあしはお前のものであつて夜桜

1705 姉の朝起がつゞいて上野の小鳥の木の芽空

1706 姉は茅花《つばな》をむしつてまるめては捨てる

1707 子を亡くした便りが余りに落著《おちつ》いてかけて青麦

1703 ○端居＝室内の暑さを避けて、縁先や風通しのよい端近くで涼をとることをいう。［夏］　○どんよりな＝雲が低く垂れ込めて空が暗いさま。

1706 ○茅花＝イネ科の多年草。白茅の花のこと。晩春から初夏にかけて白い尾状の花序を垂らす。［春］

1708 忘れたいことの又《ま》たあたふたと菜の花がさく

1709 散り残つた梨《なし》の花びらの梨なる白さ

1710 妻に慊《あきた》らぬ袷《あはせ》きる日のねむし

1711 芝桜にそれ〴〵の手を伸べ

1712 棟《むね》上《あ》げをすました冷酒の新豆の三粒

1713 枯れる百日紅《さるすべり》の青空の仰がるゝ

1714 薔薇剪《き》りに出る青空の谺《こだま》

1715 父はたゞ一人なる灌仏《くわんぶつ》に行きたり

1716 梅雨《つゆ》の地面が乾く立ちつくす彼ら我ら

1717 彼ら一斉に口々に叫ぶ合歓《ねむ》は花なし

M子病む

1718 髪が臭ふそれだけを云つて蠅打つてやる

1719 梨売が卒倒したのを知るに間があつた

1720 髪梳《かみす》き上げた許《ばか》りの浴衣《ゆかた》で横になつてるのを見まい

1721 こがりついた塩《しほ》から鮎《あゆ》を離すのであつた

1715 ○灌仏＝釈迦の誕生日といわれる陰暦四月八日にその降誕を祝って各寺院で行われる仏事。仏生会。花祭。

1718 ○M子＝養女御矢子。

1722 葛の花が落ち出して土掻《か》く箒持つ

1723 一葉々々摘む桑の阿《あ》武《ぶ》隈《くま》芒《すすき》

1724 網から投げ出された太《た》刀《ち》魚《うを》が躍《をど》つて砂を嚙んだ

1725 家が建つた農園のコスモスはもう見えない

大正九(一九二〇)年

1726 去《い》ぬることを忘れないで仰向になつて火燵《こたつ》

1727 磧《かはら》の砂とる者らの一日のしごとの冬日

神戸平野和露墅(三句)

1728 肩を病む日頃の蟻も上らぬ畳

1729 葉蘭《はらん》の枯葉がもう立秋の風にまともなのだ

1730 植木の針金が日盛りの日に錆びて

M子逝く五七日

1731 月見《つきみ》艸《さう》の明るさの明《あけ》方《がた》は深し

1729 ○葉蘭＝ユリ科の常緑多年草。葉は長楕円形で生花または料理の敷物とする。

1730 ○「無用の凝視」と註。

1731 ○M子＝養女御矢子。大正九年七月号「海紅」の消息欄に「釈尼芝明紀念」としてこの句を記す。

大正十(一九二一)年

ミモーザの花　ローマにて

木は相応に高いが、あまり大きいのを見ない、日本の合歓位だ。いゝ香りがある。之れから香木をとる
真盛りの時は遠方からでも見へる
何だか人を唆《そそ》る花だ
金モールといふものは之をイミテートとしたのだ

1732 ミモーザの咲く頃に来たミモーザを活《い》ける

1733 ミモーザを活けて一日留守にしたベッドの白く

1734 ミモーザの匂ひをふり返り外出する

1732 ○1749までローマでの作。

1735 ローマの花ミモーザの花其花を手に

1736 ミモーザの花我れ待つてさく花ならなくに

1737 ミモーザ束にしてもつ女よコロンナの広場よ

1738 萎んだミモーザの花の色衰へず

パラチノ丘の夕日の中をさまよひつ、

1739 石の青さのもろ膝の暖かさ触れん

（古代彫刻）

1740 我がふむこの石このかけらローマの春の人々よ

1741 ローマの春の人々の腰してこの石

1736 ○「海紅」（第七巻第三号、大正十年五月一日）では「我れ」は「私」。

1739 ○1742まで二月二十七日の作。

1742 夕日の投げた夕かげの青草の寒む

ローマ　ボルゲーゼ公園をあるく

1743 青草の落葉ふむ音の鳥を我れきく

1744 ローマの春の青草に寝ころび得るよ

写生する人あり

1745 ローマの春の日蒲公英《たんぽぽ》は描かんともせず

三月三日、一日病んで終日閉居す

1746 ローマの春の雨になる空よ窓にすがりて

1747 この窓は春の日もさす時のなく

1748 ミモーザ買はしめて餓ゑて昼眠て

1743 ○1745まで三月二日の作。

1746 ○1748まで三月三日の作。

1749
チ、アンの女春の夕《ゆふ》べのうしろ髪解《かみと》く
チ、アンの模写が言ひしれず私を慰めてくれる

1750
ぎつしりな本其の下のどんぞこの浴衣《ゆかた》
七月半ば巴里の暑気は何十年以来の極点に達した、尤ももう六七十日雨らしいものは降らない

1751
糊強わな浴衣《ゆかた》であつて兵児帯《へこおび》うしろで結べ

1752
浴衣著《き》てあぐらかくそれぎりなのだ
旱《ひで》り枯れした街路樹は黒く黄ばんでゐる

1753
干反《ひぞ》つた落葉ふんで彳《たたず》まねばならぬ

1749　○三月十二日の作。○チ、アン＝ルネサンス期のイタリアの画家。宗教画・神話画・肖像画など幅広い作品を残した。

1751　○兵児帯＝男子または子供のしごき帯。

1753　○干反つた＝乾いてそりかえる。

大正十一(一九二二)年

1754 隣りの梅を見下ろして妻の云ふこと

1755 素肌になる淋しさを訴ふるよすがありて

シ、リー島の夏(二句)

1756 麦秋の馬に乗る皆が長い足を垂れた

1757 野羊《やぎ》一群れが来るわが立つる埃の中に

パリーの夏(二句)

1758 ベッドの下から引き出したまゝの夜の行李

1756 ○シ、リー＝イタリア半島の南端にある地中海最大の島。

1759 メトロを上つた夜の風の葉の音に馴るゝ

故郷に帰りて

1760 姉は生え際の汗のまゝにて

墓参(二句)

1761 我が持つ一桶の水と芍薬《しやくやく》の莟《つぼみ》

1762 柿の花ほろ〳〵こぼれおつる下に参りて

1763 柿の落る音の柿が掃《は》きよせてある朝々

1764 暗く涼しく足の蚊を打つ音を立てた

1765 草をぬく根の白さに深さに堪へぬ

1759 ○メトロ＝地下鉄。

1760 ○姉＝三姉静。松山の小学校教員、稲川元善に嫁した。

1761 ○墓参＝河東家の墓は御幸町在の菩提寺(法華寺)にあるが、虎臣(祖父)以後の墓は朝美町在宝塔寺にある。

1766 清水の広場二人の胡蓙《あぐら》敷いて女らしく

1767 日の出間がある海際《うみぎは》をあるく気になつた

1768 漁小屋の日かげの古壺に凭《もた》れて

右手神経病を病む

1769 垣の穂草蔓《つる》草《くさ》をぬく力を出した

憶波空

1770 長良川落《おち》鮎《あゆ》の水の顔がほてつて

1770 ○波空＝渡辺博。一八八五年生。名古屋市。

碧

大正十一（一九二二）年

久しぶり故里に帰りて

1771 三家族の揃うた朝の新豆むしる

1772 端居して足の蚊を打つ音立てた

1773 二人の胡《ご》蓙《ざ》敷きのべて清水の広場

1774 干す舟にもたれて海のあなたの男を恋ふる

右手神経痛を病む

1775 垣の蔓《つる》草《くさ》をぬくちからを出した

1772 ○端居＝室内の暑さを避けて、縁先や風通しのよい端近くで涼をとることをいう。［夏］

1776 窓から汐《しほ》焼《や》けの顔押し出して姉妹ら

1777 子供ら敷きすてた日南《ひなた》のむしろに上がる

和露の娘操子を想ふ

1778 笑《ゑ》ましげにゐて葉雞頭の束《つか》の間《ま》照りたり

1779 凧《たこ》をおろした夕《ゆふ》凪《なぎ》の積《つみ》藁《わら》の中

1780 工場休みの澄みきつた日の笑ひ声がする

1781 セルに浴《ゆ》衣《かた》を着重ねたのを弱《よわ》々《よわ》しがる

1782 枯草を焼きすててけふの仕事がすんだ

1778 ○和露＝川西徳三郎。一八七五—一九四五。兵庫県。鉄材商。「日本俳句」に投句。「海紅」同人。

1781 ○セル＝オランダ語のセージを語源とする薄手のウール。初夏の和服に用いられる。［夏］

1783 隣の柚子《ゆず》が黄ばんだ雨上りの日でした

1784 藁つむ男離れゐる牛にかかはらず

大正十二(一九二三)年

1785 赭土《あかつち》に立つ裸木の凧あげ場通る

1786 出《で》しなに氷柱《つらら》打ちはらつて往つた若者

1787 吹きさらす磧《かはら》の細道の熊野人ら

1783 ○柚子＝ミカン科の常緑小高木。黄熟した果実は芳香と酸味が強い。

1785 ○赭土＝鉄分を含み、赤く黄ばんだ粘土。

1787 ○熊野人＝熊野灘に臨む、紀伊国東部に住む人。

1788 長火鉢の間の夕ぐれの墨する匂ひ

1789 昔からの三軒茶屋の栴《せん》檀《だん》の実落つる

1790 妻と雪籠りして絵の具とく指

1791 もう雪はなく雪雫《しづく》せぬ庇《ひさし》

1792 風が鳴る梁《はり》の雪明りする

1793 熜《い》ぶる烟《けむり》をいとふ女と二人

1794 橇《そり》を下りたので爪籠《つまご》はかせてくれる

1788 ○長火鉢＝長方形の箱火鉢。ひきだし・猫板・銅壺などが付属し、茶の間・居間などに置く。

1794 ○爪籠＝雪の中ではくもの。藁で作られたものが多く、藁沓ともいう。［冬］

1795 椎《しひ》の木蔭の膝までの夕日

1796 山開きの神《かん》主《ぬし》のひざまづく土

1797 しとしと雪になつて物置を出ぬ父

1798 雪《ゆき》沓《ぐつ》穿きかへた足の榾《ほた》尻《じり》をふむ

ローマ、ツリニータ寺院附近

1799 セロ弾き夕月のもどりをたどる

1800 カナリヤの死んだ籠がいつまで日あたる

1801 接《つぎ》穂《ほ》置きすてた暮れあひの西晴れ

1796 ○山開き＝夏の登山シーズンの初めに各山で行われる儀式。［夏］

1801 ○接穂＝接木をする時、台木につぐべき枝や芽。

1802 一鉢買つたチユーリツプが流しもと

1803 旧正月しに来て一うねの苣《ちしや》畑

1804 素足で防風根でさげて来た

1805 君が病む窓の黒猫が寝てゐる

震災雑詠

1806 松葉牡丹のむき出しな茎がよれて倒れて

1807 蟬がもろ声に鳴き出したのをきく

1803 ○苣＝萵苣(ちさ・ちしゃ)。キク科の野菜。［春］

1804 ○防風＝セリ科の多年草。海岸の砂丘に生え、春の若芽を摘んで刺身のつまなどに用いる。［春］

1806 ○震災＝大正十二年九月一日午前十一時五十八分に発生した関東大震災(マグニチュード七・九)による災害。碧梧桐は牛込加賀町の寓居で遭うが、山の手のため被害少なし。「碧」第七号(大正十二年十・十一月合併号)に「大震災日記」九月一—九日を掲載。「いきなり壁が落ちて来たのだ。気のついた時、私は同じ場所に立つていた。柱につかまつていなければ、立つてはおれなかつた。震動は刻々に強度を増して往つた。私はこの家が潰れるか潰れないかを見極めようとするもの、ように、

1808 投げ出してゐる足に日のあたるまま

1809 ずり落ちた瓦《かはら》ふみ平《な》らす人ら

1810 青桐吹き煽《あふ》る風の水汲む順番が来る

1811 両手に提《さ》げたバケツの空《か》らな

1812 水汲みが休む木蔭にての言葉をかはす

1813 蚊《か》帳《や》の中の提灯のあかりのしばし

1814 夜の焚き出しの隙間をもる火

じっと右左にかしぐ鴨居を睨んでいた」(九月一日)。

1811 ○両手に＝「水はなし、ガスは来ず、生活様式は俄然一変した。凡そ一世紀以前に逆戻りせねばならなかった」(九月二日)。

1815 屋根ごしの火の手に顔さらす夜

1816 焼跡を行く翻《ひるが》へる干し物の白布

1817 米を磨ぐ火をおこす寝覚めである

1818 四谷から玉《たま》葱《ねぎ》の包みさげて帰る日

1819 水道が来たのを出し放してある

1820 塀の倒れた家の柚《ゆ》子《ず》の木桑の木

満洲の作

1815 ○屋根ごしの火の手＝「屋根越しの空は毒々しい赤さに染められて往った。空はぐるっと我々をとり巻く包囲状態に焦がされているのだ。まるで我々は落城間際の寄手に囲まれているようです。とS君がいう」（九月一日）。

大連

1821 枯芝刈る前のあるき貪《むさぼ》る

1822 ぶらんこに遠く寄る波の砂に坐つた

1823 ペチカ鉛《なまり》色《いろ》のけさまだ焚かず

1824 馬を追ふ鞭《むち》を部屋に垂らしとる

1825 ざぼんに刃をあてる刃を入るゝ

遼陽

1826 ペチカうんと焚き込んだ顔しとる

1827 白塔は寒い足どりのうしろに立つとる

1821 ○満州の作＝十一月から十二月にかけて大連―奉天―ハルピン―朝鮮と旅。「碧」第八号（大正十二年十二月）に「満蒙游記」を掲載。○大連＝中国、遼寧省南部の港湾都市。当時（日露戦争後）は日本の租借地。

1823 ○ペチカ＝ロシア式の暖炉。石や煉瓦などで造り、壁の中の煙道を煙が通過する放射熱で暖房するもの。

1826 ○遼陽＝中国、遼寧省中東部の都市。日露戦争の激戦地。

1827 ○白塔＝遼陽白塔。八百年の歴史があり、周囲は八角形、十三層、高さ七十一メートル。壁石・瓦等に石灰を塗って白いため白塔という。

鞍山

1828 豚が腹子をこすりつけとる黍《きび》殻《がら》

撫順

1829 けふ一日ぎりの石炭をすくひ残さず

奉天

1830 埴《はに》輪《わ》の土のつく指さき日の筋

洮《とう》南《なん》

1831 毛深い添へ馬の数がふみすべる雪

1832 オンドルに居ずまうて浴《ゆ》衣《かた》になりぬ

1833 牛が仰向に四つ脚を縛られとる霜

1828 ○鞍山＝中国、遼寧省南部の工業都市。

1829 ○撫順＝中国、遼寧省東部にある鉄工業都市。

1830 ○奉天＝中国、遼寧省の省都瀋陽の旧称。日露戦争での最大陸戦地。

1831 ○洮南＝中国、吉林省北西部にある都市。清朝により設置された洮南府を前身とする。

1832 ○オンドル＝温突。床下に煙道を設け、これに焚き口から煙を送り込んで室内を暖める暖房装置。朝鮮半島・中国東北地方などで用いられている。

大正十三(一九二四)年

1834 肉屋で霜どけの靴ふみはたく

1835 埠頭の荷《に》嵩《かさ》の雉《き》子《じ》の尾に触れ

1836 雞のゐない黄葉の山吹の下を掃《は》く

1837 鳥居によりたかつてゐた夕暮れの子供もゐない

1838 髭《ひげ》がぬれてゐる炉ほとり

1839 父の墓の母の墓の霜どけの土

1840 天幕の中に立つ人々と説教をきく

1841 ポケツトからキヤラメルと木の葉を出した

1842 窓の高さのすく〳〵としてゐる冬木

1843 馬をはだかにしてゐる若者の唄うたふ

1844 博《ばく》労《らう》ぬかるみにおとす銭

1845 海苔舟と下る朝の靄《もや》のうすらぐ

1839 ○父の墓＝墓参のため松山帰省(四月二十四日―五月十一日)。河東家の墓碑は朝美町在宝塔寺の墓地にある。

1844 ○博労＝馬を売買・周旋する人。

1846 休め田にする積《つみ》藁《わら》の水づきをる

1847 町はづれの裸木の峡の風吹きつのる

1848 夕ぐれ渡し舟に乗る水たまりふむ

1849 桜活《い》けた花屑の中から一枝拾ふ

1850 埋立地の橋まで夕《ゆふ》凪《なぎ》に出る

1851 毎日の古本をあさる指さきのよごれ

1852 麦笛を吹く曇り出した風のそひ来る

1852 ○麦笛＝一方に節のある麦の茎の中ほどを破って作り、笛のように吹き鳴らすもの。[夏]

1853 家明け放してゐる藪《やぶ》高い椿の白

1854 桜餅が竹皮のまゝ解かずにある

1855 松ひろく住む家の浜砂のなだれ

1856 温泉により道をして一夜を泊る

1857 蓬《よもぎ》包みをさげてゐる夕《ゆふ》靄《もや》の遠の松原

1858 通りぬけをする夜の人声の筍《たけのこ》時分

1859 穂に出る麦の学校畑の中にをる

箱根丸第六次帰航を迎へて

1860 船腹がよごれてゐる西日があたる

小蛄庵

1861 北吹く若葉の風物言はずをる

1862 温泉から裏道をして戻る大根の花

1863 薔《ば》薇《ら》をけふも書きついで色の淋しく

1864 埒《らち》の外まで苜《もく》蓿《しゅく》の花さきつゞく曇り日

1865 パン屋が出来た葉《は》桜《ざくら》の午《ひる》の風渡る

1866 ユーカリの葉裏吹く風のごみ捨てる

1861 ○小蛄＝亀田喜一。一八八五—一九六七。大阪府生。日本派の俳人。別号糸瓜子または斉女子。「糸瓜」主宰。『碧梧桐句集』(昭和十五年四月、輝文館刊)を編集。

1864 ○1866まで海紅堂俳三昧(六月三—十一日)、第三夜(七日)での作。会者、碧梧桐・藍泉・鬼骨・潟丘・椰子樹・白嵐・あさ女・直得。

1866 ○第五夜(六月十一日)での作。会者十名。○ユーカリ＝フトモモ科の常緑高木。オーストラリアに分布。葉からユーカリ油をとる。

1867 昼酔うて青草に寝ころびぬ人々の行く

1868 砂利置場の日かげる頃の子供らは寄る

1869 昼寝時間の工夫らの寝る中をもどる

1870 山を下り湖《うみ》ほとりに宿とつて一人になつた

1871 イワナ売りが物言はぬ子を連れて来て叱る

1872 時鳥《ほとゝぎす》川上へ鳴きうつる窓あけてをる

1873 昼顔の地を這うてゐる花におしまひの水流す

1867 ○日暮里の会（六月十五日）、藍泉居での作。会者、碧梧桐・忠次郎・笑風・柿園・鬼骨・白嵐・藍泉・直得。○原句は「寝る側を人々のゆく」。

1869 ○1873まで海紅堂俳三昧（七月三―十一日）。第三夜（七日）での作。会者十名。

1871 ○1872と海紅堂俳三昧、第四夜（九日）での作。会者九名。

1873 ○海紅堂俳三昧、第五夜（十一日）での作。会者十名。

1874 猫がかけてはいる桑畑の風つのる朝

1875 簗《やな》番《ばん》とけふも一ト時のすゞみして戻る

満洲雑詠

1876 泳ぐ人影もない磯をあるいてしまふ

1877 海沿ひの芝草に咲くつみためて行く花

1878 掘りすてた砂湯の穴を渡りては行く

1879 酒つくりの奥ある庭の牛も行き驢《ろ》馬《ば》も行く

1880 よべ帰つた雨戸をあける葉雞頭のゆれてゐる

1875 ○簗番＝川の瀬などで魚をとるための仕掛けを番する人。

1876 ○満洲＝八月十二日より満鮮旅行。九月七日神戸に帰着、池田、江崎、名古屋、四日市を経て十二日夜帰京。

1880 ○海紅堂俳三昧(九月十三・十四日)、第一夜での作。会者十二名。

1881 航海日誌に我もかきそへた瓶の撫子《なでしこ》

1882 赤土のなだれの女郎花《をみなへし》咲く窓べ

1883 高くゐる牛が吼《ほ》えて山なみの西日さし来る

1884 牧場から来た女の穂《ほ》芒《すすき》に吹かれ行く

1885 牛を一つによせて坐つて下草の花

1886 稲の秋の渡し待つてゐるどれも年寄りと話す

1887 藪《やぶ》のあちらの磧《かはら》の桑に百舌《も》鳥《ず》のなく朝

1882 ○日暮里の会(九月十五日)、藍泉居での作。会者七名。

1883 ○子規忌、子規旧廬での作。会者四十二名。

1888 木の間に低く出た月を見て戸を引いてしまふ

1889 散らばつてゐる雲の白さの冬はもう来る

1890 ひるから曇る此頃の釣りに行く日なく

1891 退院する君の部屋のベツドにもたれてゐる

1892 中庭の柑子《かんし》色づき来ぬ藁《わら》二駄《だ》おろす

1893 母をみとるよるの機音《はたおと》の絶え〳〵にする

1894 厩口《うまやぐち》の三束の藁のまゝ降りこんでゐる雪

1888 ○海紅堂俳三昧(十月七—九日)、第三夜(九日)での作。会者十名。

1889 ○日暮里の会(十月十五日)、藍泉居での作。会者七名。

1892 ○駄＝馬一頭に負わすだけの重量。三十六貫(一三五キログラム)。

1893 ○海紅堂俳三昧(十一月七—九日)、第三夜(九日)での作。会者七名。

1894 ○厩口＝馬小屋の入口。

玉泉の愛児を悼む

1895 一ひらの雲にかくれ又たあらはるゝ月見つゝ行く

1896 大根を煮た夕飯の子供達の中にをる

六花の亡妻を悼む

1897 菊の鉢を片つけて一杯な夕日になる日

1898 橋の茶店に休む水の面の落葉流るゝ

大正十四(一九二五)年

1899 野茨の実をつむ人のつみあかずゐる

1895 ○玉泉=河口兵之助。一八七六―?。和歌山県生。

1900
水鳥の声さはぐひる頃の木立に入りぬ

三昧

大正十四(一九二五)年

1901 広場に枯れて立つポプラの下をもう三度通る

1902 城の石垣の枯草の原学校へ行く

1903 舟から蜜柑買うて寝てしまふ一人の男

故郷にて

1904 水練場に残る櫨《はぜ》の枯木の年かゞなふる

1905 隣の樫《かし》の枝に手のとゞくよべからの雪かきぬ

1901 ○日暮里句会(一月十五日)、藍泉居での作。会者、碧梧桐・碧童・五春・柿園・忠治郎・鬼骨・鈴華・勇・萬禅子・藍泉・直得。

1905 ○海紅堂俳三昧(二月七日)での作。会者、碧梧桐・碧童・笑風・鈴華・鬼骨・後槻・紅潮・柿園・直得。

1906 工場の建ちひろがる音のけふも西風《にし》の晴れ

1907 裏からおとづれる此頃の花菜一うねのさく

1908 朝のうちあげた藻をかいて貝殻の白く

1909 菜の花を活《い》けた机おしやつて子を抱きとる

1910 雨上りの麦ふく風の空馬車に乗る

1911 瀬戸に咲く桃の明方の明日の船待つ

1912 人々のひだるうさくらちりくる阪下りてゆく

1906 ○日暮里句会(二月十五日)、藍泉居での作。会者十五名。

1907 ○赤い実の会(二月二十一日)、笑風居での作。会者、碧梧桐・藍泉・台水・潟丘・古原草・達二・伸一・鬼骨・椰子樹・信敏・杜宇・五六・笑風・直得。

1912 ○ひだるう＝饑(ひだる)い。ひもじい。空腹である。

1913 岬とびかはす白い鳥の浪間にきゆる

1914 ひとり帰る道すがらの桐の花おち

1915 釣り人のゐた岩までは行く岩に立ちて見る

1916 一もとの折れて菖蒲《あやめ》切り花にする朝の雨ふる

1917 櫂《かい》をたてかけし雨雫《しづく》する夕べの庇《ひさし》

1918 散歩に出た道すがら田に水を引く人とあるく

1919 眠り蚕《かひこ》の名残の数朝まだきかぞへゐる

1913 ○海紅堂俳三昧、第二夜(五月九日)での作。会者十一名。

1914 ○海紅堂俳三昧、第三夜(五月十日)での作。会者六名。

1915 ○日暮里の会(五月十五日)での作。会者十名。

1917 ○赤い実の会(六月二十日)での作。会者九名。

1920 桐の花さく山畑の朝の吹きおろしなる

1921 雨もよひの風の野を渡り来る人ごゑの夕べ

1922 工場休み日の裏の糸瓜《へちま》の棚づくる朝

1923 蚊《か》帳《や》に来た蟬の裙《すそ》のべに一ト鳴きす

八月卅一日於神戸

1924 西瓜《すいくわ》船のつく時分町の日かけをたどりて行く

1925 一ト樽の酒菰《さかごも》のまゝ秋になるいく日を過ごす

1926 干し残るゆふべの藻《も》屑《くづ》尾の白き蜻蛉《とんぼ》のゆきぬ

1923 ○八月二十日、丸亀での作。この年、四月から九月にかけて蕪村研究のため関西はじめ諸方へ旅行。

1925 ○海紅堂俳三昧、第二夜(九月十一日)での作。会者五名。○酒菰＝酒樽を包むこも。

1926 ○子規忌、子規旧廬での作。会者、碧梧桐・六花・碧童・古原草・喜作・椰子樹・冬城・卍禅子・釜村。

1927 壁土を捨てた雨の湿りの蛼《こほろぎ》の出る

1928 沖遠く来ぬオールにさはる水母《くらげ》をすくふ

1929 橋を渡り師走《しはす》の町飾りする見て戻る

大正十五・昭和元（一九二六）年

1930 灯《ひ》近く盆のビスケットの湿りてある夜

栗林公園即事

1931 水べの石夕明りして渡る橋の一つを

1929 ○海紅堂の会、第一夜（十二月十日）での作。会者十一名。

1932 鉛筆でかきし師走《しはす》便りの末の読みにくゝ

1933 寺の甍《いらか》を中に湖《うみ》べ小村の雪ふゞきする

1934 山を出て雪のなき一筋の汽車にて帰る

1935 車中一眠りして一人になりし蜜柑手にふるゝ

1936 牡蠣《かき》も拾はずなりし荒石の白くふみすべる

1937 沖がかりして流れ藻の絶えず舳《へさき》の向く方に

1938 袖《そで》もとほさゞりし綿入れのかたみわけのしつけをとりぬ

1932 ○東京俳三昧稿（東陽寺の会、一月七日）での作。会者二十一名。この年も蕪村研究のため、山陰関西（三―四月）、中国地方（十―十一月）へ旅。

1934 ○海紅堂の会、第二夜（二月十一日）での作。会者七名。

1937 ○東京俳三昧稿（鑑蓮社の会、三月七日）での作。会者八名。

1939 雪解水《ゆきげみづ》のけさあたり橋杭に泡のよりつゝ

1940 灯を見て書きもの、す、みしけふの今少し

1941 雨ふり泡の流る、雑魚《ざこ》の藻につく

1942 あちこち桃桜咲く中の山がひの辛夷《こぶし》目じるし

1943 線路工夫山かげに白き衣木にかけ休む

1944 崖下家々の灯ともる人声の中の赤子泣くこゑ

1945 柱によれば匂ふつゝじうす紫の夜の花なる

1941 ○東京俳三昧稿（赤い実の会、四月十七日）での作。会者八名。○雑魚＝種々入りまじった小魚。

1943 ○東京俳三昧稿（東陽寺の会、五月六日）での作。会者十三名。

1944 ○東京俳三昧稿（海紅堂の会、五月十日）での作。会者十名。

1946 夕べ子供ら岸に寄る藻の水を棹打つ

1947 手すりにも海からの燕とまりては並ぶ

1948 峠にかゝる茶屋にねころべば雞の木にゐる

桜島所見

1949 一笊《ひとざる》の枇杷も盛る住み残る軒を並べ

山形山寺にて(一句)

1950 河鹿石《かじか》にゐる山おろしの風に腹白き見ゆ

伊予川之江

1951 釣船見れば鱚《きす》の釣りたく波足洗ふ

1952 西瓜《すいくわ》冷えた頃留守をもる子猫を膝に

1946 ○東京俳三昧稿(鑑蓮社の会、六月四日)での作。会者五名。

1947 ○東京俳三昧稿(赤い実の会、六月十九日)での作。会者八名。

1948 ○山形三昧句稿(七月二十五日)での作。会者十七名。

1949 ○六月二十四日に鹿児島に入り、五日間滞在。

1950 ○七月二十四日、賢亮・柊坡ら地元の俳人の案内で山寺に遊ぶ。○山寺=山形市山寺にある天台宗の寺。立石寺。

1951 ○大阪三昧句稿(九月十九日)での作。会者十四名。八月二十四日、尾道を経て帰省、二十八日、川之江町へ出、高松・神戸…大阪を経て九月一日、帰京。

1953 留守居する女どこにもゐぬ一間のともし

1954 遠く川の曲りの河原の芒《すすき》桑畑吹きなびく

昭和二(一九二七)年

1955 酒のつぎこぼるゝ火燵蒲団《こたつぶとん》の膝に重くも

1956 春かけて旅すれば白う紙の残りなくもう

1957 炉の火箸《ひばし》手にとれば火をよせてのみ

1953 ○東京俳三昧稿(赤い実の会、十月十六日)での作。会者五名。

1956 ○東京俳三昧稿(海紅堂の会、十二月十日)での作。会者八名。

1957 ○東京俳三昧稿(団栗の会、十二月十五日)での作。会者十名。

1958 温泉に来て三日の晴れ小舟仕立てし相客《あひきやく》夫婦

1959 姉は春菊《しゆんぎく》にまく籾殻《もみがら》の小箱をはたく

1960 西空はるか雪ぐもる家に入り柴折りくべる

1961 マストの上までは来る鷗《かもめ》の一つ眼の玉を見る

1962 車中一寝入りの酒旅なれば雪の大原

1963 橇《そり》にのる靴をうちつけて音の二度まで

大分磨《ま》崖仏《がいぶつ》を見る一句

1964 雪のちらつく山を出はづれて笹を刈る山

1959 ○東京俳三昧稿(鑑蓮社の会、一月六日)での作。会者十名。

1962 ○東京俳三昧稿(団栗の会、二月十五日)での作。会者十五名。

1964 ○大分磨崖仏＝臼杵の磨崖仏は五十九体(石仏)、熊野の磨崖仏は不動明王と大日如来。○雪のちらつく＝「Gぺん」(「三昧」第二十五号、昭和二年二月)で、「別府の暖地すらも雪降り地凍て、旅心を寒からしむ」と記す。

1965 火《ひ》箸《ばし》でつゝく炉ぶち焦げてゐる寝ながら

新津《しんつ》の二日門外一歩を出でず

1966 磧《かはら》の雪一筋足跡づけてゐる子供ら遊ぶ

1967 馬の鼻する店さきの雪一駄《だ》をおろし

1968 東駒に西駒のひだの深くに残る雪　（伊那）

1969 大仏蕨餅《わらびもち》奈良の春にて木皿を重ね

1970 なつかしき花ミモーザの一本に御手洗《みたらし》をはなれ　（神武陵）

塩原潮の湯温泉

1971 杉の伸びのよき河《か》鹿《じか》を遠音

1968 ○東駒＝長野県南部に位置する伊那地方では甲斐駒ヶ岳を東駒、木曾駒ヶ岳を西駒という。

1969 ○木皿＝木製の皿。

1970 ○神武陵＝奈良県畝傍山の東北の橿原にある神武天皇の陵。

1971 ○潮の湯温泉＝栃木県那須塩原にある温泉郷。

鐘釣《かねつり》温泉

1972 岩魚《いはな》活《い》けてある頭の丸く押してならびて

山中温泉

1973 河鹿足もとに鳴く庭石に団扇《うちは》の飛んで

1974 サビタの花その香にもあらずそよつく夕べは

昭和三(一九二八)年

1975 裏から小舟して艪《ろ》をかろき波にのる

1976 もぎ残る蜜柑島の乙女ら凪《な》ぎの日を選《え》る

1972 ○鐘釣温泉＝黒部市宇奈月にある温泉。黒部川沿いには源泉が多数存在する。○碧梧桐は「Gぺん」(『三昧』第三十号、昭和二年八月)で「六月二十二日から、七月一日まで、南に福井、北は黒部の峡谷の間を右往左往していました」と記す。

1973 ○山中温泉＝加賀国(石川県)の代表的温泉地。「おくのほそ道」の芭蕉もここで八泊した。

1974 ○サビタ＝ノリウツギの別名。日当たりのよい山野に生え、高さ二—四メートル。花は白色、時に淡紅色。○「北海道の作」十三句中の一句。

1975 ○東京俳三昧稿(団栗の会、十月十五日)での作。会者十名。

1977 蜜柑木からもいでそのやうに籠《かご》を汐《しほ》ちかく　（鳴戸観潮）

1978 汐のよい船《ふな》脚《あし》を瀬戸の鷗《かもめ》は鷗づれ

讃岐観音寺天神松

1979 松を見に来た砂を手でかく松笠焚《た》くほど

壺音厳父追悼

1980 きさらぎ椿きさらぎ霜の一ト花拾ふ

1981 土筆《つくし》かさ〳〵音を手ざはりを一包み地べた

1982 一艘《さう》は出た艪ごゑ亀島めぐるををちに　（讃岐仁尾）

1983 汐のぼりつゝ鯛を寝待ちの漁《いさ》り火焚くかに　（魚島所見）

1978 ○「Gぺん」（「三昧」第三十六号、昭和三年二月）に「四日徳島に赴き四泊、撫養に出て折節大汐の鳴戸を観、同地一泊」とある。

1979 ○天神松＝香川県観音寺市の七宝山神照院普門寺境内にある天神社の松。

1982 ○「Gぺん」（「三昧」第四十号、昭和三年六月）に「六日観音寺より約二里仁尾町に入り、同地名勝平石に遊ぶ」と記す。仁尾浜にこの句碑がある。

1983 ○魚島＝愛媛県。瀬戸内海のほぼ中央に位置し、周囲は内海唯一の好漁場。

朝鮮

1984 新らし帷子《かたびら》の髯《ひげ》長《な》がな胸もと結ぶ

浦賀雑詠

1985 諏訪神社並木の松は芒《すすき》萱《かや》原《はら》

1986 あらゝか声を筏《いかだ》くむ冷え余り木より来

昭和四(一九二九)年

台中神社

1987 たゝふ水舟させバ離れては鷺《さぎ》のつく森

台湾吟一

1988 下葉刈るやら甘蔗《キビ》の葉ずれの家鴨《あひる》がこゑを

1984 ○東京俳三昧稿(東陽寺の会、七月七日・会者九名、八月七日・会者六名)での作。○朝鮮＝五月十九日より六月十二日まで満鮮へ旅行。奉天出発直後、張作霖爆撃の変おこる。六月五―七日、京城で講演。○帷子＝生絹や麻布で仕立てた夏に着るひとえの着物。

1985 ○東京俳三昧稿(鑑蓮社の会、八月十一日)での作。会者五名。○諏訪神社＝長野県諏訪にある信濃国一宮。

1987 ○東京俳三昧稿(品川の会、十一月十八日)での作。会者十名。○台中神社＝日本統治時代の台湾台中州台中市にあった神社。○十月十五日、神戸より郵船吉野丸で台湾へ、二週間の講演と揮毫の旅。

1988 ○台湾吟＝講演と揮毫のため台湾へ旅行、鹿児島・広島・

伊予今治一

1989 河豚《ふぐ》での酔を一人で待つてたのか墨すりてか

伊予石手寺

1990 手ずれな正月《ハル》は遍路が笠を肱《ひぢ》をよせ松

伊那吟一

1991 一杯《ヒトツ》飲んで阿爺《あや》サ何いふの夕日が斑雪《ハダレ》

1992 泳ぐところゑを上流《カミ》が谺《こだま》の夕べながめ

1993 疲れてあはたゞし我からの思ひ夜となくに雨《フル》

神戸を経て帰京。十―十一月。

1990 ○石手寺＝松山市石手にある四国八十八箇所霊場の第五十一番札所。○このころより「三昧」にルビ俳句顕著となる。

1992 ○東京俳三昧稿(向山荘の会、八月四日)での作。会者九名。

昭和五(一九三〇)年

ローマ回想

1994 チ、アン女像《ヲンナ》にミモーザはローマの春のゆたに挿し

1995 やるせな人々多摩の川原は団座《グルワ》に広ロテ

1996 ポッポ船春去ぬの島から島へ渡すの恋情《オモヒ》

樺太所見

1997 砂まみれなの鱒《ます》のもう死ぬ鱒形《ナリ》の拾ロて

1994 ○東京俳三昧稿(海紅堂の会、二月十二日)での作。会者四名。○チ、アン＝注1749参照。

1995 ○東京俳三昧稿(海紅堂の会、四月二日)での作。会者八名。

1996 ○東京俳三昧稿(鑑蓮社の会、五月六日)での作。会者五名。

1997 ○子規忌(旧子規廬、九月二十一日)での作。会者二十名。○樺太＝七月、北海道・樺太に渡り、大泊、豊原、真岡の各地を歴遊。

昭和六(一九三一)年

上諏訪

1998 尾を鰭《ひれ》を手網に背《シラ》禿げてか一度《ヒトツ》に泡《ア》吹く

破間《アブルマ》川簗にて

1999 簗《オ》落《チ》の奥降らバ鮎《コ》はこの尾鰭《オド》る

庭園小景

2000 紫《し》苑《おん》野分《キノフ》今日《ケフ》とし反《ノ》れば反る虻音《ネ》まさる

1998 ○東京俳三昧稿(海紅堂の会、五月十六日)での作。会者七名。

1999 ○東京俳三昧稿(海紅堂の会、九月十九日)での作。会者七名。○破間川簗＝新潟県魚沼地方を流れる、信濃川水系魚野川の支流にある簗場。

2000 ○紫苑＝キク科の多年草。九月初旬ごろ、うすむらさきの花が咲く。[秋]

俳論

新傾向大要

俳句に不易流行のあることは已に芭蕉が明言しておって、いつ如何なる時代にも一所に停滞しておるということはない。芭蕉自身も「曠野《あらの》」、「猿蓑《さるみの》」、「炭俵《すみだわら》」と順次句風の変遷しておることを認めて「これ折り折りの風情なり」というておる。

今日吾々の作る句も、これを子規生前の句と比較して多少変化しておるということは自然の数で、是れまた決して一所に停滞しておらぬ。「曠野」(元禄二年)、「猿蓑」(元禄四年)、「炭俵」(元禄七年)というように、近々五、六年の間に著しい変化をした事例に考えると、子規歿後約七年を経過した今日の句は子規生前に比して、幾度か変化し推移したものであろうとも推測される。

この時代によって変化するということを必然の趨勢とすれば、その変化の度毎に、大小の差はあろうとも、その先駆となるべき新傾向のあるということは、また疑を挟むべき余地がない。過去のことは姑《しばら》く措いて、今日現在如何なる新傾向があるか、ということに就て多少感ずる所がある。その感ずる所が始めは朦朧としておったけれども、日を追うて稍々《やや》明白になるような心持がするので、以下愚考を陳べる。

が、ここで多少弁じて置かねばならぬことは、句風の変化ということが、何人の目にも判然と映ずるように著しいものでなく、またその変化に気附いたものの目にも、黒白を分つように明らかなものでないということである。たとえば、俳句あって以来元禄程大変化をした時代は無いけれども、その変化が果して天下万人の目に映じたかと言えば決してそうでなかった。依然として貞徳流檀林派を固守した者も沢山あったのみならず、芭蕉の変化に気づいた同人門弟でも、今日の人が認める程明らかに変化を自覚しておらなかった。その多くの著書中に常に貞徳、檀林派を指して「他門」とか、「他流」とかいうておるのを見ても、その消息の一斑を知ることが出来る。まして、大変化後に起った小変化、不易の上に形づくられた流行の如きは、専らその道に携っておる小数の人にのみ漸く認識されるというてもよいのである。

要するに句風の変化は、刷毛でボカした色の変化の如きもので、何処から変化したか、いつから変化したかということを知らぬ間に変化して行くのである。変化前の一成色、変化後の一成色、その相違ある点が一般に認識されるのには多少の時間を要するのみならず、その時代の多数の人は殆ど気も附かずに雲煙過眼視するのである。

しかし世間多数の色盲は姑らく問わず、刷毛でボカした色であろうとも、これを肉眼以上の眼鏡で、仔細に塗抹の跡を検すれば、一糸隻毫のその変化の首《はじ》めもあるべき筈で、決して無中に有を生ずるような漠然としたものではない。この刷痕ともいうべきものに著眼して、早く新傾向を認めるのは、色眼の発達した者、即ち時代の先覚者の事業である。一種の予言者の仕事である。

子規在世中は、この刷痕の機微の発動を見て、よく新傾向の那辺にあるかを指示した。殆ど囊中の物を探ぐるように明快な判決を下した。天才誘掖上にはかくする必要もあったのであろうが、固《もとも》と新傾向というものが、左程に判然と区劃されるものではない。たとえば

夏山やかよひ馴たる若狭人　蕪村

を、「主観客観の合の子のような句は蕪村の創始にして元禄抔《など》には更に無きところである」というておるけれども、「猿蓑」に

荒磯や走り馴たる友千鳥　去来

などのあるを忘れていたかとも疑われる。また

玄関にてお傘と申す時雨《しぐれ》かな　太祇

の「と」を「実に不思議だ」というてはあるが

賞　蘭

お帰りと蘭に手をつく坊主かな　秋航

身にしむと妻や云出て天の川　沾徳

等元禄に先例はあるのであった。かような例はその他にも多少あって、後に子規自らその失言を悔いたこともある。

それら一、二の失言が予言者としての子規に累《わずら》いせぬのはいう迄もないが、子規の活眼を以てしてなおかような誤りのある以上、新傾向を論ずる場合「明治の発明」を断言するのは余程慎重の態度を以てせねばならぬことは明らかである。

以上は岐路の弁であるが、兎に角事実として存在する句風の変化――今日の新傾向――の如何なる物であるか、またその因由する所は如何等の研究をするのも決して徒爾《とじ》ではないと思う。固より予にその痕跡が明快に理解されておるというのではない。羅《うすもの》を透して朧気に見えるようなある物のあるのを説明して、大方の参考に供するに過ぎぬのである。

先ず便宜上二、三の例を掲げる。

大門を押されてはひる桜かな　四方太
遊女町桜植しと覚えける　紗羊
桜植う譃《うそ》に廓のさびれけん　文生
春雨や花見車の戻る時　芳水
花戻り月にまた車返しけり　鎮西郎
桜植ゑて廃れたる寺を興しけり　世南
乱の後寺領安堵の桜かな　坡酔
松風に桜散るなり大悲閣　把栗
松絶え〴〵疎らなる花となりにけり　玉鬼
信州へ越える山路や遅桜　瀾水

峠迄を定めの馬や山桜　俯仰

以上対照した前句は「春夏秋冬」の句で、後句は最近「日本俳句」の句である。題を桜に選んだのは、古来多くの人の詠じた題は、その変化を見るに多少便利な為めである。

かく対照すれば、両句の差は殆ど説明を待たずとも明らかなようで、多少句作に苦心した人は、その差異に就て意見のあることであろうと思う。前句の概ね取材の単純なのに対して、後句の叙事叙景の複雑なこと、前句の叙法の平淡平易なのに比して、後句の調子にも委曲を尽しておること等その著しい差異の点である。

が、それらの概観説以外、ここに研究すべき事柄が無いであろうか。

桜と廓の配合は寧ろ陳腐である、何人の目にも熟しておる。「新俳句」にも「吉原の門をはひれば桜かな」というのがある。吉原の門をはいると直叙したよりも、大門を押されてはいるという方が別の見つけ方で、比較して言えば複雑でもあり、また賑かな廓らしい趣も幾分現われておる。これ「新俳句」に比して、「春夏秋冬」に採録された所以でもあろう。が、一歩を進めて考えれば、大門を押されてはいるというのも、一度大門を潜ったことのある者の眼から見れば、有りふれた事件の直叙で、廓の桜が果して美化されておるや否やも疑問に属する。大門を押されてはいる、ということが、よい感じを引く事柄でない限り、厳密に詩美の構成を論ずると、今少し想化を必用とせぬであろうか。尤もこの句の出来た当時は写生熱の旺盛時代で、何でも写生すればよいという風であったから、これもその風潮上から採られたものと思われる。が、写生ということが、作詩の究極の目的でない以上、写生し得た事柄に就いてもなお詩美の如何を論じなければならぬ。これらは明らかな、議論を待たぬことであるけれども、今日も依然として、この写生——有りふれた何人の目にも馴れた事件の——を事として、俳句の能事了れりとする人がいくらもある。のみならず、この平凡な写生以上に想を凝らし調を練った句を見ると、何か間違った事をしたように批評する者さえある。形式以上に思想の働かぬ人の主張であるように思う。それはさて置いて、かかる普通の事柄を何の想化もなしに直叙したのを、人によっては、外面的事件の単純な描写というて、詩として幼稚な描写法であるともいう。幼稚であるか否かはここに断定することは出来ぬ。たとえ幼稚であるとしても、詩美の如何に依っては、句として価値のあるものが無いとも断言されぬ。ただかかる外面的の単純の描写は、詩として価値のないものに成り易いという事は争われぬように思う。

「遊女町桜植しと覚えける」は表面は抽象的の叙し方で、実在の景を直叙したのではない。自然読者の眼の前に、ある纏った景色を展開せぬ。が、遊廓に桜を植えるという事柄を知り、その光景を目睹《もくと》した者には、その抽象的詞の裏面に、仄《ほの》かに吉原または他の遊廓の光景が聯想される。頭の中に吉原の光景を画きつつ、この句を拈出したもののように解される。わかり易く言えば、吉原の光景を側面から叙したのである。なお一歩踏込んで言えば、この句はある景色の直叙でなくて、ある感想の直叙である。詩は実在の事物の直叙と同じように感想の直叙をすることもある。従来我々の俳句は、外界の事物の直叙を主として、所謂《いわゆる》単純なる写生にのみ偏しておったので、感想の叙写は、これを側面叙法または抽象的描写抔と言い慣わしていたけれども、美なる事物の写生も、美なる感想の写生もその間に何の軒輊《けんち》はない。要するに、作者が外界の事物に趣味を感じたか、またその感想に趣味を感じたかが、直叙側叙具象抽象の岐《わか》れる点であると思う。「吉原にもう桜も植ったろう」と何かの動機で思いつつ、嘗て観たことのある光景――見ずとも話で聞いたか、書物で見たかした――を想像に画きつつこの句を成したのは、実は吉原の光景の側叙でもなく、我が感想の具象的描写――詞は少々無理であるが――である。従来こういうのを純主観の句というてもいた。

この純主観の句を、純客観の「大門を押されて」に比するのは、適切な対比ではない。

為めに議論が区々《まちまち》になって稍々混雑を免れぬが、それらの議論を姑らく不問に附して、単に両句を並べて見ると、人によっては、純客観の単調に飽いて、他に主観の句を求めた結果が、後句の如きものを成したものと解する。多くの帰納的事例に徴すれば、あるいはそう言われぬこともない。俳句の新傾向が其処に胚胎しておると観察する人もある。僅にこの一例のみで、そういう大問題を決するのは早計に失する嫌いはあるが、必ずしも然らずと否定することも出来ぬ。それは未了の問題として、ここに明言出来ぬけれども、何故そういう観察が生れるかと言えば、作者が、廓の桜という一つの纏った詩材中から、他の新たな句境を発見したのに因由する。

他の方面から言えば、かかる純主観の句は古来よりその例は沢山あって、特にこの句において作者の独創と見るべき点がない。どういう点を新傾向というのか、という疑問も呈出される。これも然るべき疑問ではあるが、よし独創、新傾向と明らかに認むべきものがないとしても、廓の桜という、陳腐な取材に幾分新らたな生命を与えたということだけは承認されると思う。

要するに、手段の新旧抔は尽きぬ論議である。ここには「廓の桜」にも種々句作の余地のあることを認定して置きたいのである。

次の「桜植う譃《うそ》に廓のさびれけん」に移る。廓の桜は美しいとか賑やかなとか、人が込み合うとか、太夫が通るとか、いう普通の観察に比べると、桜を植えるというて植えなかった、譃をいうた、ということだけでも尋常の著眼ではない。人が込み合うのも、太夫が通るのも、植える筈の桜が植えてなかったのも、何れも廓の事相という点から言えば、甲乙は無いようなものの、何人も著眼しない点に指を染めるのは、何人も著眼し馴れた点に筆を下すよりか、一歩奥深く踏み込んだ観がある。翻って思うに、廓の賑やかなというのは、廓の一般的性質である。桜を植えぬ譃というのは、廓の特殊的性質である。これを多少学問的にいうと、一は類性的で、他は個性的だというような相違がある。前者を単に輪廓を画いたものとすれば、後者には色彩が施されておる。前者を平面的な水面を叙するものとすれば、後者は立体的な水深を測る趣きがある。人によっては、前者の外面的描写に対して、後者を内面的事相の描写ともいう。

この差別は小説の人物の類性と個性とを論ずると同様に、俳句の上にも重大なことであると思う。

次に、この句は単に桜を植えなかったという事相のみを述べたのではない。「譃に廓のさびれけん」という下十二字に注意すべきである。「さびれけん」はこの場合果を見て因を尋ねる詞で、ここにさびれた廓がある、そのさびれたのは、植える筈の桜を植えなかった為めかも知れぬというのである。これを解剖して言えば、昔は賑やかであった廓が今は如何にも衰えておる、という事相と、桜を植えるというて譃をついたという事相とを、何等か因縁のあるもののように感じて、そを主観的に結合したのである。個性的な廓を捉えて、その事相に対する作者の感想を加味した詩境を形づくったのである。色彩のある事相を、単に色彩を摸写したのでなくて、その彩色の上に更に主観的結構を施したのである。

これを単純な写生、類性的事相の描写に比して幾何《いくばく》の差があるかは多言を用せぬ。「大門を押されて」という事相その物の直叙と、どれ程の軒輊があるかは明白であろうと思う。

題材は等しく「廓の桜」に外ならぬ。そを描写する方法が、従来の慣例を脱しなければ、到底新趣味の句をなすことは出来ぬ。題材の個性を発揮するということは、必ずしも新手段ではない。古今の佳句は多く題材の個性を捕えておる。が、結果の如何は姑く問わず、無意識の句境の探求と、有意識の詩情の結構とは、自然の傾向に多大の差がある。また主観的に詩情の結構事相の結合をするということも、古今多くの人が試みた事である。が、その主観的結合は、宗教的信念——厭世的また楽天的——に基くもの、歴史的感化——懐古、愁傷の類——に基くもの、つまり作者の特性でなくて人間としての通有性に基くものが多かった。ある事相に対する刹那の感想の美を捉えて、作者特有の主観を叙するという方法は、果して多くの人に理解されておったのであろうか。

個性発揮を自覚し、主観的結合をするということも、作者先天の性質と、境遇の差によって種々な情態で現われるということは言う迄もないが、句作の方法として言えば、明らかな進歩で、そうして大なる発展である。もし俳句に新傾向なるものがあるとすれば、この進歩と発展に基くものであろうと推察される。換言すれば、この進歩と発展とのある以上、俳句に新傾向の曙光の見ゆるのも当然である。

以上の愚見によってその他の例もほぼ同じように対照の研究が出来ると思う。句の価値に至っては一概に定めることは出来ぬけれども、句境の探求が、個性の発揮——主観的結合は他の四例にはない——に傾いておることは、何人の眼にも映ずるであろう。

附言。乙字の暗示論には議論として欠点があったけれども、要するに予のいう個性発揮を形に現われた上から観察したのであろうと思う。たとえば「信州へ越える山路や」は信州越えをするということを直接に印象せしむる句法であるが「峠迄を定めの馬や」と言えば、ある山越しを暗示的に印象せしめるという意であろう。自然本体を活現するとか、または暗示するとかいう、乙字の所謂本体なるものが明瞭でないので、活現、暗示の二用語にも種々の迷いを生じたが、その議論は不十分であったけれども、新傾向に著眼してそれに対して具体的の議論をしたのは、乙字を以て嚆矢とする。

以上の数例に就いて、更にこれを綜合的に研究して見ると、題材は「廓の桜」「花戻りの車」「再興寺の桜」「松と花」「山越しの桜」という風に、已に一区劃の定められた範囲内の変化を見ることが出来る。与えられた配合を如何に活用するかという問題の答案とも見える。古人先輩の先鞭を著けた詩材の感興を籍りて、その別趣味を求むるものとも解される。

かかる題材配合が人間到処に存在するものとすれば、必ずしも選択の先鞭後塵を以て上下することは出来ぬ。殊にその個性の研究に任じてその特性を発揮する以上、作者の伎倆は十分認識さるべきである。が、詩人の独創という見地から言えば、一部古人の思想を借用するということは、当然必然の事として、自負し得る事であろうか。世間百般の事、古人の詩材として著眼せなかったことは無いであろうか。先輩の俳句には適せぬとして打捨てた物は無いであろうか。もし与えられた配合中にも箇々の特性を発見して、その趣味に尽きない感じがあるとすれば、古人先輩の指を染めなかった方面は、更に広漠な深大な領域であろうとも想像される。今日迄の俳句の題材は、ある一方面に限られて、その方面のみの踏襲をしておったのでないかとも疑われる。一平原の開拓に気を奪われて、他の荒蕪地を委棄しておったような感じも起る。予は必ずしも俳句万能主義を称えるのではない。寧ろ俳句の特色はある限られた方面にあることを信ずるものである。が、古人先輩の仕事は、その限られた方面中の更に一隅に跼蹐《きょくせき》しておったので無いかと疑うのである。明治俳句の特色は、その描写の方法の進歩と同時に、この荒蕪地に鍬を入るるにおいて益〻明かにせらるるものであろうとも思う。

「廓の桜」は桜の趣味と廓趣味の結合である。「花戻りの車」は桜趣味と戻り車の趣味の結合である。と、かように解して後、その他の古人先輩の句を見ると、桜趣味と他の種々の事物及び感想の趣味の結合は、多様に試みられておる。今仮りに桜趣味と廓趣味の結合を、桜趣味に対するAとし、戻り車の趣味の結合をA^1とするように、その他多くの趣味の結合を図に示して見る。

桜趣味　……a…a^1…a^2…a^3…a^4…a^5…a^6…a^7…etc

――A―A^{1}―A^{2}―A^{3}―A^{4}―A^{5}―A^{6}―A^{7}―ｅｔｃ

已知の趣味の結合と同時に、未知の他のａa^{1}の如き趣味の結合があるであろうと想像される。この未知の領分が如何なるものであるかは明言することは出来ぬ。詩人の独創の力と、明治の特色に志す人との勢力は、自然にａa^{1}…の何であるかを暗示するに到ることを信ずるのである。

附言。予はここで強て「趣味の結合」という。一見「配合」の如くであるが、「配合」という詞は意味が漠然としておる。同じような配合でも、趣味は全く別物の場合があるからである。

今日已にその未知のａが現われておるや否やは予において判然と認め得ぬ。が、予の浅見の記憶に照して

練稚児の親の心や花の雲　六花
川一つ渡る謡《うたひ》や花にまで　天郎
花散るや芝居の雪を見し夜半《よは》に　狐村
大国の小国の桜所望かな　踏葦

などの句を見ると、あるいはａでなくとも、ａに近いものでないかというような思い

をするのである。その他の例

文勢一転すれば則ち桃李媚ぶ　紫陽花
橋掛てより幾人死にし躑躅かな　飛　泉
稼ぎ死魂宿る田や鳴く蛙　濛雨生
使ひ蜂戻らで城は囲まれぬ　巨鬼工
此《この》雛を求めし果ての上府かな　小　魚
火燵奴が別れに風邪をなすり行く　啄木鳥
僧を知りてより宗論や炉の名残　王瓜子
関の連中支考泊めたる暑さかな　八重桜
鉱山《ヤマ》住居一度は病む梅雨かな　六　花
火口原雲の峰より燕来る　行　人
長き夜の筆端人を傷けぬ　桜磈子
古戦記を花野小寺の縁起かな　天　郎
順路とらぬ多武詣で置く扇かな　百花羞
家未だ成らざりし祭る御魂かな　淇　舟

雑収入の部に大根と柿とかな　八重桜
籠居の句がれを柳散りにけり　同
島布に天の与へし芭蕉かな　百花羞
虫更けぬ今頃の野火嘗て見ん　澪筑子
陸行の勝地を舟や浮寐鳥　鹿語
落す梭に機神去なれ給ひけん　桜磈子
火燵にて親馬鹿をいふと思ひけり　玉鬼
猫の年は幼きが年や囲炉《いろ》裏《り》焚く　月隣生
講義半ば譬への歌の時雨かな　春又春
古人誹る夜などなか〳〵雪折す　鹿語
搗味に又た掘る臼や小六月　香舟

以上はその一斑に過ぎず、かつ一々説明の煩を省くが、如何に題材の個性を捉えておるか、また如何に事相に対して主観的の結合をしておるかを研究して貰いたいのである。これらが悉く予の所謂aであるとは決し難い。が、従来の句作の構想上から見て、その出発点を異にするもののある事を信ずるのである。

かかる構想の変化は、単に取材や用語の変化ではない。趣味的観察の根柢の一変動である。取材や用語の変化は何れの時代にもある。かかる根柢の変動は、恐らく今日始めて認められたものであろう。もしこの変動に依って大成する新俳風なるものがあるとすれば、始めて明治の特色を云々するに足るであろうと思う。「明治の発明」を誇るに足るであろうと思う。が、前にも言うた通り、これらの変動が果して多くの旧思想に囚われた人に認識されるや否やは疑問である。

多くの俳人の作句が陳腐で平凡であるというのも、ここに至って如何にも明白であろうと思う。多くの俳人の句作の手段、構想の方法は、前人の教示以上に出ない。前人の選んだ題材を踏襲して、その個性を見ようとはせぬ。まして古人の指を染めなかった他方面の詩美を探ぐる抔は思いも寄らぬ。かくして独創の句を得ようとするのは、木に縁《よっ》て魚を求むるよりも難い、踏襲踏襲また踏襲、ただ活字の重版を見るに過ぎぬ。予は多数の俳人に、単に「探美」などという漠然とした方針以外、題材の個性を探るという消息を会得されん事を熱望するのである。

しかし、個性を探ぐるということに附随する重要な事は、趣味を忘却せぬということである。趣味的個性は、容易く発見されぬということである。個性を探ぐる弊は、難解無趣味に陥るということである。苟《いやし》くも俳句に携わる人、この点に一覚醒を要する。

終りに一言を附す。文学の堕落は多く形式に拘泥するに始まる。その堕落の革新は概ね実在の事相に憑依して起る。換言すれば、形式の美に飽いた時、必ず真に返れの声を聞く。現状を打破する新思想は常に「真に返れ」であるというても過言でない様である。当代の俳句も多数作者の句を見ると、已にある形式に囚われた観がある。陳腐山を為し、平凡海を為す。この現状の打破は矢張「真に返れ」の声より外にはない。個性の研究はやがて事相の真を捕えることである。

（明治四十一年六月稿）

無中心論

人事の葛藤に対する興味は日に日に加わるにつれて、姑《しば》らく忘るるともなく等閑《のどか》にしていた山川草木――ここには便利上単に自然という――の興味が、何時となく一変したように思うた。それを自分に気付いたのは、四十三年の夏九州から四国に移った頃であった。予の如く各地の景色を見てあるく者は、習慣性からいうてもさまで珍らしくなくなる。即ちその興味を訴える感受性が麻痺して仕舞う。「土地の人が激賞する景色に見るに足るのはまアない」と予が各地の同人に向って放言していたのも、一面から言えば、目が肥えておるのであるけれども、他面から言えば、景色に対する感興が精透でなかったのである。自然人をして目を峙《そばだ》たしめる奇景、強く頭を刺戟する布置でなければ、殆んど顧みる勇気さえなかった。これをある人は「景色中毒だ」というた。アルコール中毒者が、刺戟の烈しい火酒を欲するが如きものであろう。が、松山滞在中の事であった。南に二里半許り荏原という村の金平会という同人の招きに応じて往ったことがある。軽便鉄道の森松という駅を下車すると、重信川という石積の広い川がある。幼ない時から、鮎釣鮠釣などに来馴れた所であるので、別に意にもとめずに居たのであるが、木造の釣橋を渡る時、川向うの山のなぞえに広く線を引いて山を開墾したような一劃の跡が見える。その下の方の森の中に、処々白堊で塗った西洋風の家が隠見する。同行した雷死久にあれは何だろう、と聞くと、近来米国から帰朝した何某という人が、永住の策を立てて蜜柑園を開いたのだ、という。内田真香園の果樹園のことには、年来興味を感じていたので、そを聴いた刹那には、その米国から帰朝したという人物に想倒して、かかる片田舎に事業を営む心事を快とした。そうして「その主人は誰にでも会うだろうか」「そりゃア会いましょうぞイ」「若い人だろうな」「まだ三十前でしょう」など問答しつつ、何気なく再びその開墾されたという蜜柑畑を仰いだ。その時までは不問に附していた、その山の青さと、何とも形容は出来ぬその形と、蜜柑畑の赤く墾かれた跡との配合が面白い関係にあると不図《ふと》思うた。山は草山であるけれども、重信川に面した外れには伐り残った松が疎らに立っておる。それもその配合に対して、何の関係ないようで、何となく景情を添える。その山の向う谷は、俗に大森彦七が鬼女を負うて渡った、という口碑の遺っておる所であるが、急斜面に白い砂川が、重信川に落ちておる。その砂の色もこの一幅の画図に一点の生気を与うともいうべきであろうか、と思うて見ると、白堊を包む森、森をなす一本一本の雑木の姿、重信川の岸に並み立つ松、奥の砥部から落ちて来る砥部川と、荏原の奥から来る九谷川の落合に立つ断層の崖、崖の上にはいつか榎村が別荘を建てたいというた青葉の雑木がある。目に入る箇々の物が活き活きとしておる許りでなく、全体として相助け相寄るが如き微妙な生動の気がある。背景に立つ屏風の如き砥部の連山、側景に立つ荏原の大友山《おほど》の参差たる松、その間を綴る青田、藁家等、悉くこの自然の妙を悟らぬかと語り顔にも見える。予は内心窃《ひそ》かに恐怖しかつ戦慄した。約二年来見馴れた山川、平凡尋常として捨てて顧みなかった自然が、何が為めに今かかる黙示を与えるのであろうか。心は戦《おのの》きながら、予は予自身を疑うた。心的情態に変潮を来したのではないであろうかと、当時そを人に語ることを躊躇したのであったが、爾来それ程の強い印象はないとしても、平凡にして何等奇趣なき門外一歩の自然も看過る事が出来ないような気がして、常に自然の妙を讃嘆していた。初めは何の故とも解しなかったのであるが、次第に日を経るに随うて、自然に対する鑑賞の態度が違うて来たのだと知った。従来習慣性によって、または前人の教えた因襲の勢力に覆われていた、我が鑑賞眼が開けたのだ、と思うた。我等の目に訴える自然は拘束し制限されていた。

それが解放され拡大されたのだ。自然の人為的略図あるいは縮図をのみ見て満足していたのが、漸く人為的を離れたその真景に接することを得たのだ。色眼鏡をかけていたのが、その色を撤したのだ。我が道是より開くべし、とさえ思うたこともあった。その後彫刻家ロダンが「何か自然の中で不満足のものがあれば取り替えてやろう、と神様が仰しゃっても、何一つ変えられても困る、今日の自然のままで結構この上も御座いません、と答える外はない」というておるのを見て、先哲我を欺かずだとも思うた。

その時の苦痛は、この鑑賞態度と、我が作る俳句の多く一致せぬことであった。心は既にある物を捉えておる如く感じても口と筆のこれに伴わぬ恨みであった。蓋しその鑑賞の気分はやがて我が芸術に現わるべきだと信じていたからである。

山房清談振ひしが花野素通りす　鵜平
雨の花野来しが母屋《おもや》に長居せり　響也
我が死ぬ家柿の木ありて花野見ゆ　一碧楼
西花野より来る商人に払ひ古る　菫哉
花野来し身を袖すりの枸杞《くこ》の宿　天郎
たゞに見けん樹や奥花野墾く時　鳴秋

花野控へて温泉畳める石の一寺ある　丁　川

等の句を選したのは、まだ四国に居る時であったが、予の言わんと欲する自然が、巧妙に大胆に描かれておる点、平生の渇望に副うものであるが如く感じて遂に為めに「無中心論」(『新傾向句の研究』中の本篇とは別の俳論)を草するに至った。

「無中心論」は、これを簡単に説明すれば、従来の俳句が成るべく季題趣味を抽象的に感じて――たとえば秋風は悲しい淋しいとか、花野は美くしくひやひやするとかいう風に――その感じを助ける為めに自然を借りて来る観があり、かつ一句に纏った後も、全体から他の抽象的感じが出るようにする――たとえば、「秋風に散るや卒都婆の鉋《かんな》屑《くづ》」(蕪村)は悽愴の感があるとか、「紙屋川花野に橋を渡しけり」(田梅)はやさしく美しいとかいう風に――その傾向は本来自然の見方が一の窠臼《かきゅう》に陥っておるに基因するけれども、なおその上に人為的加工を施す部分が多いのに対して、先ずその一句を抽象的感じに纏るのを避け、季題の抽象的感じを助ける為めに自然を借る手段を捨てて、自然を忠実に叙述して、それが季題との交渉を得るようにし、引いては自然の見方の制限的ならずして、解放的なるに基礎を置かん事を欲したのである。「無中心」という詞は妥当ではない。芸術として言えば何等かの感興が一圏内に纏らねばならぬ。感興が纏らない、散漫にして支離滅裂なるものは、如何に自然を直写したとしても、芸術品ではない。が、従来の俳句が、強て抽象的に感じの中心点を作らんとして、そうしてさる用意の有無は不明な場合でも、その製作品が概ね一様の匂いを帯びておるのを「有中心」と言い得べくんば、それに対比して「無中心」とも言い得ると信じたのである。

事は当時の日記にも書し、かつ諸方での論議の種となった。

二十年間の迷妄

私は能楽が好きだ。また好んで謡曲をうたう。一日の中に少しでもヒマがあると、謡本を持ち出して半番でも一番でもうたう。また半日以上のヒマがあると、能楽を見に行く。と言って、他の劇なり音楽なりを見ようとも聴こうともしないのではない。芝居も好き、喜劇も好き、活動も好き、義太夫でも常磐津でも清元でも歌沢でも河東でも乃至端唄、都々逸、八木節、安来節の類《たぐい》何でも好きなのだ。金とヒマさえあれば、何でも見もし聴きもしたいのだ。そうしてまた自分でも実演もし、うたっても見たいのだ。私が特に能楽をよく見、謡曲をうたうというのは、ただ私に近いからなのだ。近いというのは、好ききらいの問題でなくて、親しみの厚い薄いの問題なのだ。親しみの厚薄は、歴史と環境の問題なのだ。

西洋の音楽で私に意味のわかるものは殆んど無いと言っていいのだ。それでも一年西洋をあるいている中の半分は毎晩音楽、活動、芝居、オペラを見に行き聴きに行くのに費した。意味はわからないが、それでも面白くて堪らないのだ。ローマでワグナアのパルシファールというオペラのあった時、百名にも余るかと思う大管絃楽団が、夜のひきあけの空気と気分を、微妙な音色から味わして行く甘さに恍惚としたものだった。ヴァイオリンでも、ピアノでもマンドリンでもセロでもギターでもラッパでも笛でも、オーケストラ以外個々の単奏をきいても、それぞれに興味があるのだ。ポンペイの古跡を見に往って、ホテル・スイスで群がる蠅を払いながら侘しい昼飯を食っていると、田舎廻りの大道芸人という風の男が二、三人はいって来た。一人がいきなりヴァイオリンを単奏し始めた。私は越後の盲瞽女をきくような気で、哀調を帯びたその音色に心からきき入るのだった。その時私はそう思った事をいまだに忘れない、自分ももし五年十年と西洋にいて、段々西洋が自分に近くなって来ると、ヴァイオリンなりマンドリンなり弾くようにもなり、俗謡の一つもうたわずには済まないだろうと。

それほど私は音楽に対する何でも屋なのだ。けれども、無際限に無標準に無規律に、声さえすればいい、音色さえすればいい、というのではない。私は私の耳を信じて、それから享け容れるものを採択し批判し咀嚼して、そうして私の好きな声調なり音色なりを尊重するのだ。私にはそこにカッキリとした明白な標準があって、それ以下のものはドンドン捨ててしまうのだ。意味の本統にわからない西洋音楽に対してすら、その標準を応用せずには措かないのであるから、まして私に近い日本の音楽に対しては、一刀両断的と言ってもいいほど截然とした批判を加えるのだ。

摂津大椽時代の文楽にもよく往ったが、それはただ前代津太夫を聞く為めだった。越路時代の文楽は大抵外題の替り目に往った。それは越路と古靱をきく為めだった。越路歿後の文楽で、古靱の一の谷組打をきいた時は、歔欷《ききょ》嗚咽座に堪えない程だった。どうしてさように悲しく淋しかったのかをあとで考えねばならなかった。文楽凋落の兆、古靱の声調を真に幾人が理解するかの感、彼の不遇、そんなようなことが、私のその時の境遇なり感想なりと一つになって、古靱の為めに泣いた涙は、同時に自分にも濺がれるものであることを自問自答したのだった。

この標準は私のものであるから、何を聞くにしても私から離すことの出来ない絶対性を持っている。けれども総ての芸術の批判は主として相対性のものであるから、その先天性及び伝統性を無視してしまう事は不可能である。だからその先天性伝統性を享け容れる程度によって、標準は区々《まちまち》になる。ただ自分に近いものほど、標準の立てかたが厳格になり、自分に遠いものほど標準の境い目がルーズになる傾きを持つ。私に最も近い謡曲に対しては、私は一歩も人に譲ることの出来ない、それほど自分を狭く小さくせなければならない程の世界を持っている。それと一致しない謡曲は、邪道であり異端であるとさえ断定して憚らないのである。

音楽それぞれの本質を体得して、そこに自己の個性を活かし、全生活を打ち込んだ熱と弾力を持つ、それが第一義である。音楽それぞれの先天性にふさわしい声と音との錬磨された諧調によって、曲目それぞれの精神と感情を活かす、それが第二義である。音楽そのものに趣味性の差等はない。謡曲が高尚であって、追分が野卑である所以はない。要するに音楽の第一義と第二義の渾一に帰した至上境を解したものが尊くて、それを解さないものが卑しいのである。

同時にオーケストラと原始的な音楽の場合にも左様に言い得る。楽器と音の構成に、原始と進化と、単純と複雑の区別はあろう。音楽の第一義第二義を理解した野蛮人の音楽よりも、それを解しないオーケストラは低級なのである。

日本の戦国時代の時代精神の一種の反映として生れた能楽は、その構成法とその演者の伝統性によって、能楽の本質なるものが、次第に変化し推移して往った。奈良の神事の一余興として演ぜられた薪能と、将軍及諸大名の観覧物としてのお能とは、同名異物であった。綜合芸術としての究極の目的は、構成の分子たる各部の諧調が全局として一つに纏るところにある。オーケストラがコンダクターに重任を負わせるのはその為めである。能楽の構成分子たる囃子方(笛、鼓、太鼓)、ワキ、シテ、地謡の各部は、先ずお互いに妥協を求めようとしない、各部の力によって全体を支配しようとする相反撥する力の争いの上に立っていた。その争いの高潮する処に、自ら全局としての雰囲気が打ち出されるのだった。言わば舞台の上には、内面的に一種の戦争気分が流れていたのである。各部がその城壁を固守する献身的情熱に充ちていたのである。相反撥するものの統一、相乖離するものの融合、そういうお能の往き方を知った時、私は始めて能楽精神を会得したように思った。左様な反撥的統一は、どの綜合芸術をも多少は意味づけているのだろうが、それを主題として成立するものは、恐らく唯一の能楽であろうとも思った。プリミティヴなオペラとしての形式の上に能楽の価値づけられる総てがあるのではない、その形式を仕活かす精神の上に価値づけられる偉大なものが潜行しているのだとも思った。そうして我々の詩に向う心の張りも、内面生活にそういう争いが繰り返されているのではないかを顧みもするのだった。

しかしながら、能楽は矢張ある定型律を持った音楽の上に立つ綜合芸術であることを否むわけには往かない。その定型律は、能楽の生れた時代の要求に添う、クラシカルな味を多分に持っているものなのだ。それは時代の推移するに従って、次第に風化し雨蝕する自然の制裁をどうすることも出来ない運命にも立つものなのだ。私は能楽に心酔するほど、その擁護者を以て任じているとしても、この自然の制裁の運命を等閑視するほどの昧者でもないのだ。新らしい空気に触れて、古いものの瓦解して行く自然律を阻止しようとする憤慨者流でもないのだ。伝統的に能楽精神を享けついで来た宝生九郎、桜間伴馬、この二人が死んでしまえば、能楽はもうおしまいです、と予言者めいた事を早くから言っていた私であった。事実この二人者の死んだ後の能楽界は、有り来った惰性を外にして、日に日に沈滞堕落の傾向にある事を認めなければならないのである。それが私にとって当然の事でありながら、また悲しく淋しい事なのだ。

近頃は何らかの期待をもって観るような能がない、時たま観に往っても感激に打たれる場合が少ない。自然観能の足は遠のいて往くけれども、私に纏いついた絆は容易には断てない。追い追いは自分で謡って自分で楽む、というような隠居地味た往き方をするかも知れないのである。

私自らはある程度まで能楽精神を理解していると信じている。またアマチュアながら、自分で謡いも舞いもする。そうして他の音楽よりも肉親のような執着を持っている。どうしてもっと能楽圏内に突入して、自ら享受すると信ずるものを多くの人に頒とうとしないのか。精神の失なわれかけている堕落の傾向を覚醒する事にもなり、また時代に適感する形式を生む土台になるかも知れない。傍観的に、もう滅びかけている、とのみ言っているのは単なる第三者の言だ。第二者として取るべき道は左様に簡単明瞭では有り得ないだろう。

一体能楽というものの起源が、むしろ奇蹟的なもので、その創作者としての世阿弥、音阿弥などという人の仕事は信ぜられない程神に近いものなのである。幸若と言い、神楽と言い、またはくせ舞、をとこ舞、まひまひ、平家と言ったようなものが、前時代に流行していたのであるが、いずれも主として単独演奏または単独舞踊で、音楽と舞踊との綜合されたものも、むしろ意味の単独演奏に近い原始的のものだった。世阿弥のドラマチックな頭は、それら前時代の音楽舞踊を全然参酌しなかったとは言えないが、殆んど平原に噴火山を噴きあげたように、首尾の貫徹した一曲のオペラ、歌詞、所作は言うまでもなく、それに伴奏する音楽音律までを完成したのだった。ワグナアが近代的綜合オペラに成功したと言っても、世阿弥の能楽程に、創造味が濃厚であるや否やは疑問だとも思われるのだ。彼は「高砂」のような神話的のものを組み立てている許りでなく「隅田川」「安宅」のようなドラマ式な曲にも手をつけている。「自然居士」のような当時の事実を想化したものもコナしている。三面六臂と言おうか、その作曲の技倆だけでも驚くべき天才を発揮している。その他笛の譜、鼓の手など、根本を八つ拍子に割って、その上に多くの変化を試み、伴奏各部の手は個々に食い違いながら一つに纏って行く綜合能力に至っては、微妙不可思議なものがある。彼はまた楽器の神様でもあった。その後多くの作曲者も出たが、その綜合音楽の上に一指を加え得た者もなかった。殊に後代の作曲は大抵絶滅してしまって、今日まで世襲的に伝えられているものは、十の八、九皆世阿弥の作であった。

真に架空な想像ではあるが、西洋音楽も輸入されて、音楽界が何らか時代相応なものを生むだろうとの予感を唆《けしか》る現代に、もし世阿弥のような頭と耳の働く人が居たとしたら、足利時代に能楽を無から有にした以上に、驚天動地のオペラなりドラマなり、また他のものなりを創造するであろう。彼の創造的能力は、西洋音楽を咀嚼して、一場の空想、または痴人の夢とも思われている東西両洋を打って一丸とする新たな綜合音楽を、また新たな楽器を実現し得るであろう。イタリーに起った未来派の音楽なるものは、私も一度パリーで聞いたが、耳に訴える音調よりも、頭で判断する音の構成の理論に負けていないかと思われた。かつ従来の音楽に対抗する社会的立場に支配されて、徒らに新奇を衒う嫌いがあった。世阿弥の創造する新音楽は、もっと新たな感情に融け込む優秀性を具備するであろう。

私が能楽界に突入し得ないのは、より強く私を支持する自己の力を信じないからだ。よし世阿弥に匹敵する創造能力でなくとも、喜多七太夫なり宝生新之丞なり、一派を立てるだけの内容性を具備することが、私を支持する力であるというのではない。私はまだ能楽を生命とし、またそれを生活とするまでに至ってはいないのだ。私と能楽を一つにするには、まだまだ多くの距離があるのだ。

つまり遊戯気分なのだ。古人または今人がその全生命全人格を打ち込んだ芸術の匂いを、第三者として呑気に味っていたいというのだ。その渦中に投ずる労苦を避けて、煩累の少ない高みから見物していようというのだ。成るべく伝統の爛熟した甘味に浸って、一時の悦びに満足していようとするのだ。自己の生活を省みる厳粛さから逃れて、低級な環境の支配するままに懐ろ手している気分なのだ。一度安住したことのある概念の世界に、生温るい愛著心を捨て得ない小主観の現われなのだ。

こういう遊戯者流によって「形式は残る、精神は滅ぶ」堕落への歩みの加速度を早めて行く。うっかりした肉眼には見えないが、その転輾して行く迅さは、一瞬の間も猶予はしていない。考えれば真に恐ろしいことなのである。

……私は自分の生命とする詩についての悩みを言う前提として、不図《ふと》能楽と私の関係を言おうとした。それが追い追い思わぬ方面に脱線して、もうとりとめも無くなった。この辺で一廻転して、話を本筋に入れる事にしたい。しかし、詩の悩みと言っても、別に耳新らしい事実や理論があるわけでもなく、多少とも私の消息に通じている人達にはまたかと思われる程度の蒸し返しに過ぎない。そう言えば能楽の話をしている中に、私の言いたい事はもう半分も言ってしまったような気もする。

俳句の問題、私がそれに悩みを持ち始めたのは、明治三十八、九年頃で、明治三十五年に子規亡き後の新聞「日本」の俳句欄の選者になってから、約三年の後だった。三年間「日本」の投書を見ている中に、その余り多きに過ぐる類句——ほぼ同じ程度の心境に立って、ほぼ同じ程度の文字の技巧に囚われたもの——によって、当時私の生命としていた芸術に対する悩みの種が蒔かれたのだ。

同一感激、同一興味、同一刺戟の狭いサークルの中を廻り行燈のようにぐるぐるめぐりをしていて、それで永久の生命の生れよう道理はない。俳句の堕落した前轍をふむ径路に気づかなければ、明日にでも天保調とは別な、その形を変えた明治の月並になってしまう、というのが私の最初の悩みだった。

尤もその頃は、五七五という主題形式や、季題観念という補助感情を絶対視して、それが俳句の憑て立つ素地であると言った先入観に、いろいろの論理を適用して、そこに俳人としての誇りをも持っていたのであるから、悩みと言っても、蛹《さなぎ》が殻の中でうごめく程度の内輪なものだった。

一度蒔かれた悩みの種は、追い追い芽を吹き、また成長して行く。私が全国を行脚している五年間に、「日本」の俳風と言ったものが幾変遷したか知れないが、それは過半私の悩みのある反映に過ぎなかった。今から考えれば、何らの悩みを持たない人達までが、私の悩みに引きずられ、押し籠められ、または仲間から排除されたりした。それは気の毒なことであるよりも、私として独裁的な驕慢そのものだった。

必ずしも私一人でも無かった。当時私の先覚者として尊敬した人々が、私の悩みに先だって、いろいろの説を生みまた創作をも試みた。それが私の悩みを裏書きするものになって、むしろ神経衰弱的な昂奮をも唆った。

始めて光明を認めたような気がしたのは、それまで絶対であった、五七五の定型を破壊し突破する運動だった。つまり私の悩みは、既成芸術の伝統性が爛熟した権威を持つようになれば、そこに自己を無視した概念化が生れ、同時にその滋味に溺れる遊戯化が匂って来る。自己の心情を詐《いつ》わり、自己の要求を抛棄《ほうき》しても、それは詩に対する当然の犠牲だとも考える、その危険性に対する目覚めだった。自己表現の芸術の要諦に立って、我が個性を純化する要求に萌《きざ》していた。一言にして尽せば、真を求むる心だった。五七五の音律の束縛の為めに、どれほど我が要求を抛棄して来たか、我が真を詐って来たか、その束縛から解放されて過去を回顧した時は、それまでの詩に対する罪悪を呵責する心で一杯だった。

所謂《いわゆる》五七五の殿堂的俳句は「日本俳句鈔 第二集」で終りを告げた。「日本俳句鈔 第三集」を作る予定で、原稿の整理もし、その予選をも了ったのであったが、いつか穢土のように捨ててしまわねばならなかった。

裸一貫になって自由に翺翔《こうしょう》する羽翼を得た喜びも、左様に容易く実際の収穫となって現われはしなかった。かつまた、それまでに養われた俳句的約束の羈絆《きはん》は、遂に解くべからざる執着となっていた。

のみならず、真を欲する要求のもとに現われたものは、多くは雑念の混濁した日常生活の断片だった。でなければアフサンを飲んだような、針でついたような、一時の驚きを刺戟するにとどまるものだった。我々の生命に、我々の人格に我々の理想として希求するものに触れるものは、次第に影を薄めて往った。

解放運動は即低下運動だった。

解放の喜びは同時に放縦の悲哀だった。

しかしながら、籠に馴れたものは曠野に放たれて、一応は戸惑いせねばならないのだ。一定の秩序から離脱したものは、先ず無秩序に累《わずら》いせらるべきなのだ。我々の感情と理論が、出発点を誤っていないとすれば、我々の進むべき道は当然開かれねばならないのだ。そんな希望を全く抛擲もしなかった。

「海紅」はそういう騒がしい、また昂ぶった雰囲気の中に生れた。

試みに当時の私の製作を見てもわかる。登山者が霧の為めに展望の目標を失した時のように、木原草原を押し分け踏みにじって、ひたすらに道を得ようとあがきあせっている。内には人知れぬ不安を抱いて、一歩一歩にもおののき顫えながら。

私は当時「努力して月並へ」を書いた。坂へ車を押しあげるつもりでいても、その実坂を下る車のあと押しをしているのでないか、という疑惑と懊悩の声であった。と同時に絶望の叫びでもあった。

対象に対する感激の実体を鋭三角形に譬えるならば、詩はその頂きの尖端を言えばい、その他の実体は、それから聯想的に感ぜられねばならないなどと、幾何学を器用に応用したような理論を構成したこともある。

詩のリズムは、その第一要素として言葉に弾力を持たせなければならぬ。内容はあっても、言葉が弾力を持たなければ、その拡大性が十分ではない、と言葉をゴム鞠のように別な取扱いする考案を立てたこともある。

詩は感激の弾丸である。銃口を離れる時の弾丸に、どう飛ぼうとか、どうしていようとかいうような自己を説明し考慮している余地はない筈だ、と言って約束概念から離れたドグマを価値づけようともした。

それらは皆懊悩絶望の中で、なお何物をか摑もうとする溺死者の心理に似たアガキであった。

正直にいうと、従来の俳句に馴らされた人々の創作は、堅くて冷たくて、肉のない骨に触わるような醜くさがあった。二十歳前後の青年の試作には、柔かみと温かみと、搗きたての餅のような潤いがあった。新人の作でなければフレッシュさが足りなかった。私は自然に当時の生活を呪った。生活の足手まといにしかならない家庭を呪った。そうして最後には、どう生活を革《あらた》めても、再び詩の生活に入る道のあるや否やの自己を呪った。

西洋に出立する日どりもきめた、約二十日前のことだった。不図した係争の関係から、この際総ての家庭羈絆を絶ち孤独赤裸の一書生に還元して、流浪の異国の旅をつづけようとも決心した程だった。

上海碇泊の二日の間に、島津四十起が、約二十年連れ添うて、子供の三、四人も出来た仲の細君の愚劣頑迷さに堪えきれず、二十年間の不平を爆発させて、決定的に離別した話を備《つぶ》さに聞かされた時、さほどに勇気を揮い起し得なかった私自身を嘲笑した。

私が現在のヤクザな家庭を破壊し得ないのは、それがどれほどヤクザであるにしても、その破壊の後に、より健全な家庭を作るか、それとも純な生活に入り得る自信がないからなのだ。女房を去ってから、生活も落着き、安眠も出来、子供に対する不安も除き得たという四十起を羨望せざるを得なかった。

私が現在の家庭に幾分でも落着きを見出して、むしろアキラメの悟りを開いたのは、トルストイの死を早めた家庭の経緯を知ってからだ。小さく弱い、鈍く愚かな私は、もっと家庭的に苦しみ、それによってもっと浄化されねばならないだろうと。

西洋におった一年間は、無邪気で罪がなかった。度々言うようであるがイタリーにいた約五ケ月間は、ギリシア時代のレリーフをあさり、ビザンチン時代のモザイクを探り、ルネッサンス時代の壁画、絵画、彫刻を観てあるく外何事も考えずにすんだ。それらを探尋する心の張りに一分のすきもなかった。私の生活の中で、あれ位緊張して事に当った例は、子規歿後の一、二年とただ二度であったような気もするのだった。

それほど緊張しておったと言っても、主として私の考古癖、審美観の満足に過ぎなかった。ただ一つでも余計にあさろうとする貪欲に似た嬉しさで有頂天になっていた。しかしながら、私がどれほど考古学者のように、骨董家のように、単なる鑑賞に囚われていたとしても、私の個性として、私の詩の問題の坩堝に、その鑑賞から享受したものを打込まない所以はない、と詰問されるならば、私はただボンヤリとこう答え得るであろう、私の心の中に虐げられていた詩的欲求は、ギリシアレリーフによって蘇り、ミケロアンゼロによって新たな息を吹き込まれたであろうと。

よし人間の個性は個々別々であろうとも、現に我々の生きているこの人生、人生をどう過ごして行くべきかの最高の希求、希求に透徹する人生の深み、そこにほぼ共通の直覚を持たない人には、話が面倒くさくなる。ほぼ共通の直覚を持つ場合に、始めて詩の話も芸術の話も楽に出来る。

今更改めて言うことでもないが、論理や形式はどうでもいいのである。内に包蔵するものが、無礙に純にそのままに表現されていれば、詩及芸術の目的は到達しているのである。

無礙に純に、そのままにというのは、詩の言葉とか、彫刻の刀法とか、絵画の筆づかいとかいう、内に包蔵するものから取り離した、言葉そのもの、刀そのもの、筆そのものの用法から割出すのではないのである。個々の内蔵性が素直に誇張なしに実体そのままに打出されている、言い換ればその内蔵性に適応する言葉、刀、筆の謂《いい》である。

人生最高の希求を持つ我々の生活は、最高の希求に到達する道程である今日の生活は、最高の希求でないのと同時にまた最高の希求の一投影でなければならない。つまり今日の我々の生活がなければ、同時に人生もまた無である。

詩も芸術も我々の生活を離れては存在しない。

我々の生活は複雑な体形をなしている。主として官能の刺戟から成る意思、理知、感情の動きは交互に錯綜し混淆している。その複雑な体形をなしている生活の中の大事なもの、人生の希求の投影であるもの、そこに目覚めなければ生活はただ生を貪るものである。醜骸の堆積である。

ここに目覚めている力の強弱は、詩及芸術の内蔵性の深浅に正比例する。ギリシアレリーフがそう教えている、ミケロアンゼロがそう語っている。

ミケロアンゼロを外面的誇張だとして、ドナテルロを推す人がある。ドナテルロの方が、素直に誇張なしに静かに落着いているというのである。そういう人は、ミケロアンゼロの内蔵性よりも、ドナテルロの内蔵性を享け容れる人であると言いたい。しかしながら、そういう人も、彫刻に対する刀法の伝統性、または概念から来る批判標準が絶無であるとは抗弁し得ないであろう。

詩及芸術の批判に、伝統性または概念化の余りに強く匂う時、我々はこれを済度し難いという。

「碧」を創めた頃には、夢から覚めた時のように、どこからが夢で、どこからが現実であるか、意識の朦朧とした分岐点に立っていた。意識が判然として、新たに一光明を認めるまでに、約一年余かかった。

詩とは、短詩とは、俳句とは、という呼び出しのもとに、定義を与えることを知らない私は、その定義によって一切を律することを好まない。

ただ出来るだけこうしたい、こういう往き方をしたいと思うのみである。

刹那的の驚きがどれほど強烈であろうとも、我々の生活中枢、人生の希求に味到しない表現は詩にはならない。たとえば、不意に煮え湯を浴せられた時の痛苦は、どれほど強烈であっても、その痛苦の表現は、生活中枢に遠い官能の世界である。

詩の内蔵性は、言葉やリズムの目新らしさにあるのではない。言葉を求め、リズムを懸念する技巧に囚われる時、それだけ内蔵性は薄められる。

詩の弾力性は内蔵性の張りにある。言葉のみの弾力性は、言葉の遊戯である。

詩情は強烈な刺戟で人を突き刺すよりも、穏やかな流れで人を包むべきである。

日常の些事を、あたりまえの言葉で叙して、そうして大きな内蔵性を持つようにありたい。

内容が張りつめていれば、その表現の言葉の一々が生きて動く。言葉が説明に流れ、誇張に響き、冗漫にきこえるのは、内容の張りが足りないのである。

出来るだけ事相全体を明示すべきである。事相の一片を叙して、全体を暗示するものは多くは謎になる。

暗示化と象徴化には千里の差がある。

詩情がある律動的に動く時、多く咏歎の形をとる。咏歎が詩情の高潮であると即断してはならない。咏歎は絵画の模様化であり、一歩を誤れば詩情の堕落を意味する。

咏歎は多くの場合においてドグマである。

咏歎的言葉によって、内蔵性を深め得たと思うのは、五七五のリズムによって詩情を浄化し得たと考えるのと同一心理である。

詩に対して、先ず耳にきき、目で見ようとするよりも、心にきき心で見ようと努めねばならぬ。

真を求めることは、同時に現実を求めることではない。現実はただ我々の生活に流れている感情の象徴化に役立つのみである。真を求めることは、我々の生活に流れている感情の実体を求めることである。

感情の実体の前には、現実は往々にして詐わり得る。

要するに詩は生活の象徴化である。あるいは人格の象徴化であると言い得るかも知れない。我々の生のある間、生き生きと伸びて行こうとし、つつましく浄化して行こうとする感情の迸発《ほうはつ》であるとも言い得る。

詩の生活に味到しなければならない論理の根拠は、総ての芸術の憑って立つ根拠である。つづめて言えば、人生に意義あらしめ、人生を浄化するが為めに役立つ普遍性に根づけられている。私はただこの平凡な根拠に立ち返る多少の目覚めを感じたに過ぎなかった。

いろいろに言って見ても、どうも私の心持とぴったり合するものがない。甚だじれったい。

あり体に言えば、今日の私の心の喜びは、二十年間さまよって来た懊悩労苦の代償として、漸く私の行くべき道を踏み得たような明るさに充ちていることである。

破壊から建設への階梯に到達したのである。

この道は多くの詩に携わる人々を誤らしめない大道であるとも信ずる。

私はもう今日死んでも遺憾はない。

しかしながら、生活は刻々に流転している。生活の大本に動揺はなくとも、生活を意義づける思想感情は一所に停滞しておらぬ。詩風の変遷は、今日以後の努力の自然に放任すべきである。

——大正一四、二、一一——

解　説

栗田　靖

明治・大正・昭和という三期の俳句をふり返った場合、多くの興味ある俳人が輩出している。そうした俳人の中でも河東碧梧桐の場合は、これまでの評価が極端に肯定的であったり、否定的であったりするという極めて特異な存在と言える。それは、一つには碧梧桐の流れを汲む自由律俳句が、かつての新傾向俳句運動の華々しさにひきかえ、大きく俳壇の片隅に追いやられてしまったこととかかわっていると言えよう。

瀧井孝作氏は『碧梧桐全句集』（瀧井孝作監修・栗田靖編、平成四年四月、蝸牛社刊）の「解説――定型と自由律と」の中で

碧梧桐は、句風に変化を極めて、俳句の変化の面白味を明かにした人だ。俳句の定型と自由律と両方共に、抜群の立派な作品を出した人だ。自由律というものを始めて確立して、俳句の範疇限界をひろげた人だ。……

と、その変化が多種多様であることを指摘している。

したがって、このたび『碧梧桐俳句集』を編むにあたり、碧梧桐の習作時代から晩年に至るまでの作品の中から二千句を選び、その多種多様に変化した俳風の全貌がみられるよう、特にどの時代の作品に比重を置くと言うことなく年代順に配列した。それは、碧梧桐の句風の変化を実感として摑んでもらいたいからである。ただ、例外として晩年の『三昧』時代の俳句のうち、ルビ俳句は少数を選ぶにとどめた。

河東碧梧桐(本名・秉五郎)は明治六(一八七三年)二月二十六日、松山藩の馬廻りの家柄で朱子学派の漢学者静渓(本名・坤)の六男三女の五男として松山市に生まれた。子規より六歳下である。

碧梧桐がはじめて子規を見たのは七、八歳の頃で、その強烈な印象を後日、「横に切れた眼が私を射った。への字なりに曲がった口もいかつい威厳を示していた。私を射った眼が大きくくりくり左右に動いた」(「子規の回想」『碧』大正十三年六月)と記している。

明治の新時代になって碧梧桐の父静渓は私塾千舟学舎を設け、明治十三年から、子規は静渓の添削を受けていた。

碧梧桐は早くから父静渓に四書五経の素読をうけ、六歳で勝山小学校に入学、松山高等小学校を経て、二十年、十五歳で伊予尋常中学校に入学し高浜虚子と同級となる。

碧梧桐が子規と直接関わりを持ったのは、明治二十二年の夏、帰省した子規からベースボールを教わった時で、虚子も翌年の夏、松山城北の演習場で仲間とバッティングをしていて子規と出会っている。後に子規門の双璧をなす二人がそれぞれ野球を通して子規と出会ったのは偶然とはいえ興味深い。

この頃、碧梧桐はすでに漢詩を捨て、俳句を作りはじめており、二十三年三月、初めて子規の許に句稿を送って添削を受けている。

明治二十八年、子規は日清戦争の従軍記者を志願して、三月、戦場に赴くが、旅順を経て金州に入った子規は不幸にも病気が再発し、五月大連より帰路につき、船中で二度の大喀血をして神戸病院に入院する。碧梧桐は子規の母と神戸に赴き、虚子とともに献身的な看病をするが、この時すでに子規はひそかに虚子を後継者と決めていた。

この年の暮、子規は日暮里の道灌山で後継者問題で虚子と手詰めの談判となるが虚子の拒絶にあう。子規はこの日の様子を五百木瓢亭に知らせる書簡（十二月十日頃）の中で、碧梧桐は後継者として失格していることを明かすのである。

ところが、子規は明治二十九年十月二十日の『日本人』に時評「文学」を書き、その中で、「第一に起き来たりしは碧梧桐なり」とし、さらに翌三十年一月、新聞『日本』に「明治二十九年の俳諧」を書き、「俳句が前年に比して進歩したるは著しき事実なり」「この新調は早く幾多の俳人の間に行われつつありといえども、就中虚子、碧梧桐二人の句に於いて其特色の殊に著きを見る」と評し、

赤い椿白い椿と落ちにけり

乳あらはに女房の単衣襟浅き

ほかを挙げて、「極めて印象の明瞭なる句」とし、虚子の「時間的俳句」「人事的俳句」とともに高く評価、改めて日本派のエースとして虚子とともに俳壇の前面に押し出すこととなった。碧梧桐はこの讃辞に、暗黒の地獄から、光明の天国へ一足飛びにせり上げられた思いをするのであった。

このことは、胸中密かに虚子を後継者と決め一度は碧梧桐を見捨てた子規が、思わぬ虚子の拒絶に会い、改めて「文学」及び「明治二十九年の俳諧」を書くことによって、子規・碧梧桐・虚子の関係を子規自身の中で整理すると同時に、子規門の結束を図った

のである。

明治三十年一月、松山から柳原極堂の手によって『ほと、ぎす』が創刊された。子規はこれを在京の子規門俳人とともに全面的に協力することとなり、第四号より、碧梧桐・虚子の二人は揃って課題句の選者となった。二人が子規門の双璧として華々しく活躍するのはこれ以降である。

明治三十一年に『ほと、ぎす』は虚子が主幹し東京に移るところとなり、十月十日に第二巻第一号を発行、これによって日本派は新しい連帯の「場」を持つこととなった。

明治三十四年三月、碧梧桐は虚子居の俳句例会に対抗して碧梧桐居での句会を設けた。これは二人がそれぞれ自分の道を歩もうとする様相を表面化させたもので、碧梧桐居での句会の顔ぶれは、碧童・三子・圭岳・瀾水・孤雁・芹村・浅茅らの青年であった。

明治三十五年を迎え、一月十二日になって碧梧桐は上根岸七十四番地の加賀屋敷と向かい合わせの家に移った。それは子規の看病に便利なところという思いをこめての転居であった。

子規の病勢は九月十一日頃からにわかに悪化し、十八日の朝、

糸瓜咲て痰のつまりし仏かな

痰一斗糸瓜の水も間にあはず
をと丶ひのへちまの水も取らざりき

の三句の絶筆を書き、十九日午前一時、三十六年の短い生涯を静かに閉じた。

後日、碧梧桐は「時の流れが遠く長くなるにつれて、思慕敬仰の情は、日に益々濃かなものがある。其の厳師であり、慈父であり、畏友であった」「其の叱咤の声、銘肝の教訓、和気靄々の軽笑、時には骨を刺す諷刺、或いは待ち設けざる賛辞、煽揚に驕ればそれとなく抑圧し、萎縮退嬰すれば活路の霊を与う。その緩急時に応じての談笑、尚お耳底にあるのである」(『子規言行祿』「序」昭和十一年十二月、政教社刊)と追慕している。碧梧桐にとって子規はまさに「厳師」であり、「慈父」であり、「畏友」であった。

碧梧桐・虚子の宿命的対立の構図は、明治三十五年九月、子規没後、碧梧桐が新聞『日本』の俳句欄を継承し、虚子が雑誌『ほと丶ぎす』の主宰を継承したことによって明確化する。

明治三十八年、百号に達した『ほと丶ぎす』は名実ともに虚子のものとなり、夏目漱石の「我が輩は猫である」の連載をはじめ、俳誌というよりも文芸誌の観を呈し、虚子も小説に力を注いだ。その間、碧梧桐は、三十七年秋より根岸の小沢碧童居で大須賀乙字らを交えて句会を開き、後「俳三昧」と称して碧派の新人育成に努め、虚子との対立をいよいよ明らかにしていった。

三十九年、六月と七月に根岸の自宅(海紅堂)で碧童・喜谷六花らと夏期俳三昧を修し、八月六日、意を決した碧梧桐は全国遍歴の旅に出ることになる。これは大谷句仏、塩谷鵜平らの援助によるものであった。

この旅は第一次(『三千里』明治三十九年八月六日―四十年十二月十三日)、第二次(『続三千里』明治四十二年四月二十四日―四十四年七月十三日)にわたる空前の大旅行で、碧梧桐に新傾向を自覚させ、新傾向運動を全国に拡がらせることとなった。その勢力は俳壇を席捲し、「新傾向に非らずんば俳句に非ず」とさえ称される熱狂の時代を生むこととなる。

明治四十三年の冬、玉島俳三昧で、新傾向の「一帰着点」ともいうべき「無中心論」が碧梧桐によって論じられるが、この論は、要するに、出来事をありのままに取り出している点に興味を感じ、それを季題趣味と関わらせることによって真の写生のあり方を見出し、先人より踏襲した習慣を離れるところに新たなる生命がひそんでいるというものであった。

大正四(一九一五)年三月、塩谷鵜平の『壬子集』を合併して『海紅』を創刊した碧梧桐は実作と評論をもって『海紅』の主導的地位にあり、中塚一碧楼・荻原井泉水らの急進的な動きと、虚子らの守旧派の動きの中での創刊であった。

大正五年には「万有は季題」「であらねばならぬ」とし、「季感を総べての実在から直覚して、其処に詩的感激を発しているのが、俳人の季題感である」という考えを明らかにするなど、五七五の調子と、季題趣味に甕《こう》する問題を中心として、自らの考えを推し進め、大正六年には「強いて五七五調に作り上げようとする技巧は、我の第一印象を鈍らす」として新傾向俳句運動の中心的理論である「無中心論」の帰結点に到達するのである。

大正十二年二月、碧梧桐は個人誌『碧』を創刊。大正十四年三月には俳誌『三昧』と改題し、「凡人礼賛」を提唱、和歌俳句の撤廃を目指す短詩を提唱することとなるが、昭和三年頃からは風間直得の創案したルビ俳句を作りはじめた。これは、当時の詩論を色濃く受けながら、俳句の短さが内容を制約するのをいかに解決し、内容をいかに複雑にするか、その方法の模索であり、年を追ってその句法は複雑なものとなり、碧梧桐はついにはルビ俳句に行き詰まりを自覚せざるを得なくなるのである。

昭和十(一九三五)年三月、京都ホテルで催された還暦祝賀会の席上自ら俳壇の引退を声明した碧梧桐は、昭和十二年二月一日、腸チフスに敗血症を併発して没した。享年六十五歳であった。

終生のライバル虚子が俳句作家として自己の分限を頑固に守り、特殊の文芸たる俳句固有の方法論を追求し完成させたのに対し、碧梧桐は宿命的な時代の促しに激しく動かされ、その理論的追求は俳句の方法論的限界を越え、ついに破綻したと言えよう。しかし、碧梧桐の行動は俳句を近代詩の一形式と考え、その詩の純粋性のみを追求した結果によるものとして評価できよう。

なお、碧梧桐は、単に俳人としてでなく、ジャーナリスト、旅行家、登山家、また、与謝蕪村の研究とともに、書では六朝をもって一家をなすという多彩の人であった。

碧梧桐の作品の収められている句集の特質を知ることによって、凡そその流れを摑むことが出来ると思われる。以下、簡単にそれぞれの句集の特質を眺め、そこに収められている碧梧桐俳句の幾つかを見てゆきたいと思う。

『新俳句』

『新俳句』(正岡子規閲、上原三川・直野碧玲瓏共編、明治三十一年三月、民友社刊)は、明治二十五年から三十年頃までの日本派の俳人六百余名の俳句四千八百五十七句を収めた選句集で、子規は序の中で「『新俳句』は刊行に際する今、已に其幾何か幼稚なるを感ず。刊行し了えたる明日は果して如何にか感ぜらるべき」「『新俳句』は明治に於ける俳句集の嚆矢にして、明治の俳句は此後益変化すべく、第二第三の『新俳句』は続々世に現れんことを希望し且つしかるべきを信ずるなり」と記している。本句集には、子規の五百十九句についで、碧梧桐の俳句は二百八十一句が入集しており、虚子の二百二十八句とともに日本派俳人の中で最も多い。本句集には百句を収めた。

春寒し水田の上の根なし雲　　明治二十九年

瀧井孝作は、「元禄の続猿蓑の惟然の句「更行や水田の上の天の川」に似ているが、惟然の句は凄艶。春寒しの句は処女のように美しい」（喜谷六花編『碧梧桐句集』「解説」昭和二十二年十一月、桜井書店刊）と評した。水田に浮かぶちぎれ雲を「根なし雲」と表現したところに碧梧桐の哀感が色濃く投影されている。

赤い椿白い椿と落ちにけり　　明治二十九年

子規は「明治二十九年の俳諧」（『日本』明治三十年一月）で「只紅白二団の花を眼前に観るが如く感ずる」「印象明瞭」な句とし、写生論の一つの実りとしてこれを高く評価した。

寺による村の会議や五月雨　　明治二十九年

単純な写生句ではなく、村の生活の一面を捉えたもので、「五月雨」に「寺による村の会議」と置いたのは碧梧桐の空想であろうが、絶妙である。五七五調ではあるが、新調の句。

白足袋にいと薄き紺のゆかりかな　　明治二十九年

大野林火は「子規のいう印象明瞭というよりは、むしろ情緒的・瞑想的なうつくしさを持った句である」(『俳句講座六　現代名句評釈』昭和三十三年十月、明治書院刊)と評しているように、白足袋に移された微かな紺のゆかりによって、足袋の持ち主である女性にまで作者の思いが至っている「主観を秘めた句」である。

『春夏秋冬』

『春夏秋冬』(子規選、子規没後は虚子・碧梧桐共選、明治三十四―三十六年、ほと、ぎす発行所・俳書堂刊)は『新俳句』に次ぐもので、子規の唱道した写生俳句の完成と円熟を示す選句集。日本派の俳人三百六十名の俳句三千五百八句を収めており、子規自身「蕪村調成功の時期」とし、全体に定型が守られ、安定感と穏やかな印象を与える。ここでも碧梧桐の俳句は子規の四百六十八句、虚子の百九十三句に次いで三番目の百九十句が入選しており、虚子とともに子規門の双璧としての実力を示している。本句集には百句を収めた。

抱き起す萩と吹かるゝ野分かな　　明治三十年

碧梧桐は子規の唱える写生論の忠実な実践者で、この句も感情の直接表現ではなく物に即した写生句である。しかし、中七〈萩と吹かるゝ〉によって単なる写生を越え、野分に倒れそうな萩の生に直に触れ、それと一体化した作者の生命といったものが描かれている。

愕然として昼寝さめたる一人かな　　明治三十一年

〈愕然として〉という上五七音の字余りが作者の感動をより印象明瞭とするのに効果的に働いている。蕪村の〈蕭条として石に日の入枯野かな〉といった句法を学んだものであろう。

流れたる花屋の水の氷りけり　　明治三十二年

冬の朝、花屋の店先から道の方まで静かに流れ出ている水がすっかり凍ってしまっているというもの。石原八束は「詩心の冷たくきびしく、しかもきらびやかにはなやいでみえる」句であり、「この人の代表的名品といっていい」（石原八束『現代俳句の世界』昭和四十七年九月、中央大学出版部刊）とする見解に従いたい。

笛方のかくれ貌なり薪能　　明治三十二年

題詠とは思わせない鋭い把握の句。子規は「明治三十一年の俳句界」（『ほとゝぎす』明治三十二年一月）を書き、この中で「碧梧桐の老練にして遒勁なる虚子の高朗にして活動せる、共に天下敵無き者、若し此矛を以て此楯を突く、吾人固より其勝敗する所を知らざるなり」と記して、二人を日本派の有力作家として俳壇の前面に強く押し出すとともに、竜虎相搏つ日のあるのを予見するかのごとき言葉を見せている。

『続春夏秋冬』

『続春夏秋冬』(明治三十九—四十年、河東碧梧桐編、俳書堂刊)は、子規没後、碧梧桐の選になる新聞『日本』俳句欄に掲載したものを主とし、俳三昧の所産も加えた選句集である。作家四百三十名、総句数四千百十句。碧梧桐は二百三十六句。碧梧桐は序の中で「春夏秋冬から続春夏秋冬になって、句が如何に変化したか。予はこゝに明言することを得ぬ」「この集を子規子に見せて笑われる所は十分笑われ、誉められる所があれば本統に誉めて貰いたいと切に思うてやまぬ」と述べ、坂本四方太は、碧梧桐俳句の洗練と清新さを序文の中で指摘している。本句集には百五十句を収めた。

から松は淋しき木なり赤蜻蛉　　明治三十五年

秋の日に群れ飛ぶ明るくもはかない赤蜻蛉と、すでに黄葉し落葉しつつあるから松の寂しさを相乗させた碧梧桐の詩人としての素質、俳人としての伎倆は並々ならぬものである。この句が子規の没した九月十九日の翌月十日の『日本俳句』に載った句であることを考えれば、「淋しさ」は碧梧桐の心情と深くかかわるものであることは想像に難くない。

五六騎のゆたりと乗りぬ春の月　　明治三十七年

蕪村の〈鳥羽殿へ五六騎いそぐ野分哉〉に倣ったものであろう。春月の明るくおおらかな感じが〈ゆたりと乗りぬ〉と響き合って、蕪村の句とは対照的な艶なる世界となっている。

馬独り忽と戻りぬ飛ぶ螢　　明治三十九年

海紅堂(碧梧桐宅)で立花・乙字・碧童らと連日連夜修した夏季俳三昧で、季題「螢」で作られた句。楸邨は「静かな「飛ぶ螢」が、この「忽と」を生動させ、この「忽と」がまた反対に「飛ぶ螢」を生動させて、『続春夏秋冬』でも出色の作ということができよう」(阿部喜三男『河東碧梧桐』昭和三十九年三月、桜楓社刊)とした。

空《クウ》をはさむ蟹死にをるや雲の峰　　明治三十九年

雄大な雲の峰の下で、空しくハサミを持ち上げたまま死んでいる蟹との配合は新鮮で、従来の配合趣味を打破している。楸邨は「構成的で野心的な作」(『日本の詩歌 三』昭和四十四年、中央公論社刊)と評している。これも、前句と同じ夏季俳三昧(明治三十九年六月一—三十日)での作。この鍛錬会は、虚子の空想趣味的、趣向派的、伝統派的、保守派的なものと、碧梧桐の写生主義的、技巧派的、現世派的、進歩派的とが対立する中で行われたものであった。碧梧桐にしてみれば「句作の切磋琢磨は客観の研究を第一とせねばならぬ」(「客観」『蚊帳つり草』明治三十九年八月、俳書堂刊)とする客観尊重の姿勢を堅持しつつ、子規時代の平浅淡白な句風から脱却し、複雑清新な新調を模索しようとする実作の場であった。その意味からも、この句が「碧梧桐が進んでゆく傾向の曙光となっている」(『明治秀句』昭和四十三年二月、春秋社刊)との山口青邨の指摘は的を得たものと言えよう。

『新傾向句集』

『新傾向句集』(大正四年一月、日月社刊)は、明治三十九年八月から大正三年九月までの作品千九百四十一句を収める。碧梧桐は序で、「子規を通して出来ておった我は泯びた。已むなく我が我を見ねばならなくなった」「本集はその我を作ることに覚醒した後の努力の片影と言うてもよい」「我が句として真に誇るに足るものがあるとすれば、それは子規生存時代の十余年間の制作よりも、僅に数年間の制作たる本集中に求むべきであると考える予も、窃かに子規の棒喝に会せんかを恐るる」と述べており、新傾向運動の最も盛んであった時期の碧梧桐を知る上に不可欠の句集である。本句集には千句を収めた。

海楼の涼しさ終ひの別れかな　　明治三十九年

碧梧桐の第一次全国旅行の出発の日(八月六日)に千葉の海岸、「海気館」で行われた留送別句会での作。このいわゆる三千里の旅は、関東・東北・北海道を巡り、新潟まで戻って、四十年末に第一次が終わり、四十二年四月に第二次(『続三千里』)の旅を開始し、中部・北陸・山陰・中国・九州・沖縄・四国・京阪・東海道を巡り、四十四年七月に帰京するという、三年六カ月と二十九日にわたる大旅行で、この間の紀行文を新聞『日本』、のち雑誌『日本及日本人』に「一日一信」「続一日一信」と題して連載した。〈終ひの別れ〉は、海気館まで見送ってくれた乙字・六花・観魚・碧童との最後の別れの意である。

思はずもヒヨコ生まれぬ冬薔薇　　明治三十九年

大須賀乙字は、「俳句界の新傾向」(『アカネ』明治四十一年二月)の中で、この句を隠約法もしくは暗示法の句として例示して「一見無関係に見えるヒヨコが生まれた事と、冬薔薇との間に感想上の類似点を見出だし、日和続きの冬の陽気の感じが暗示されている余情余韻に富んだ句であり、碧梧桐の〈赤い椿白い椿と落ちにけり〉といった直叙法(活現法)とは著しい差異が認められる新傾向句である」(要約)とした。この乙字説が新傾向運動をさらにすすめることになった。

蝦夷に渡る蝦夷山も亦た焼くる夜に　　明治四十年

浅虫で約四十日間逗留の後、二月二十四日、青森から陸奥丸で函館に渡り一泊、翌日は十勝丸で根室に向かい、翌々日の昼過ぎ不凍港花咲に着く。馬橇で陸路根室に着いたのは二月二十八日であった。根室には一カ月余を逗留している。この句は根室の小集で「野山焼く」の題で作られたものであるが、海を渡り初めて北海道の山焼きを見たときの感動を詠んだものであろう。碧梧桐の北海道滞在は明治四十年二月二十四日から五月四日までの約七十日間であった。

隔て住む心言ひやりぬ秋の雲　　明治四十年

旅中の横手での小集で季題「秋の雲」で詠んだもの。同時作に〈見えぬ高根そなたぞと思ふ秋の雲〉があり、東京に残してきた妻茂枝への想いを詠んだものと思われる。澄みきった秋の空に白く浮かびゆっくりと流れていく雲は、ひとりぽつねんと夫の帰りを待つ妻への想いを募らせたことであろう。

『八年間』

『八年間』（大正十二年一月、玄同社刊）は、俳誌『海紅』に載せた大正四年二月より同十一年九月まで約八年間の作品千四百八十四句の他に詩一篇を収める。『新傾向句集』に次ぎ、碧梧桐個人誌『碧』と俳誌『三昧』時代につながるもの。碧梧桐は、「強いて五七五調に作り上げようとする技巧は、我の第一印象を鈍らし、同時に我の詞を殺ろす」とし、「第一印象を重んじ、生きた詞を要求する直接表現はやがて形式の破壊となって、最も自由な表現をなし得るようになった」と述べ、「この表現の自由が、どれ程我等の印象感激を赤裸々に露出し、同時に我の持っている生きた詞を臆面もなく推し出さしめたであろう」（「人生観の土台より」『海紅』大正六年四月）とした。したがって作品は、定型・季語から離れた自由律俳句であり、鋭い感性の磨かれた新傾向提唱以来の一頂点を示すものである。本句集には四百二十句を収めた。

立山は手届く爪殺ぎの雪　　大正四年

「蓮華岳（二七九八メートル）頂上眺望」の前書を付す。「立山」は、雄山（二九九二メートル）を中心とする立山連峰。〈手届く爪殺ぎの雪〉は、眼前にくっきりと見える立山連峰の雪渓を言ったもので、山頂を極めた感動が具体的に伝わってくる。

炭挽く手袋の手して母よ　　大正五年

炭をノコギリで切っている母の姿の回想句。家事に専念している献身的な母の姿への同情と敬愛の情が〈母よ〉によく現れている。母せいは松山藩竹村氏の出で、悠揚迫らぬ慎み深い人であったという。碧梧桐は、人間味の匂う句としてこの句をあげて、「季題の持っておる概念を利用するものでなくて、私の摑んだ自然其物が、その場合の情趣を勢いづけるものになっている傾きを示している」「我に親しい人間味の詠われなければならないものが、漸くその可能性を見せている点は、必ずしも私の自賛のみではない」（「人間味の充実」『海紅』大正六年三月）とした。

曳かれる牛が辻でずつと見廻した秋空だ　大正七年

屠殺場へ曳かれていく運命を覚ったかのように辻で秋空を見廻す牛が哀れである。季語は詠みこんでいるが、七・十一・五と二十三音もある定型をのりこえた口語調で、いわゆる自由律俳句である。

ミモーザを活けて一日留守にしたベッドの白く　大正十年

大正十年二月から六月までローマに下宿していたときの作。下宿に帰ると、活けておいたミモーザと白いベッドが私を迎えてくれた。一人寝の寂しさを慰めてくれるミモーザ。旅愁に満ちた句である。

『碧』

『碧』は、外遊から帰国した碧梧桐が『海紅』を去って、自らの活動の場として大正十二年二月に個人誌として発行したもので、作品（詩）のほかに、これまでの自己の生活を反省した「詩と生活」（創刊号）のほか、外遊中に得た資料による「レリーフの研究」「蕪村の書簡」「子規の回想」などのほか、美術研究・社会時評・俳話なども載せている。七号（十、十一月合併号）には「大震災日記」を載せている。十九号で終刊し、『三昧』に発展的解消したが、碧梧桐はこれを「『碧』が『三昧』になるのは一種の成長を意味します」「私人から公人への変化でもあります」（「消息」終刊号）とした。『碧』からは百三十句を収めた。

松葉牡丹のむき出しな茎がよれて倒れて　　大正十二年

「震災雑詠」十八句中冒頭の一句。「震災日記」に地震発生時の恐怖を「全身が揉まれる動揺になった。いきなり頭の上へ鴨居が落ちかゝった。私は壁が落ちた、と自分の意識を強いるように心の中で叫んだ」(九月一日)と記している。

『三　昧』

『三昧』は、大正十四年三月に碧梧桐の個人誌『碧』と『東京俳三昧稿』を合併した形で創刊されたもので、ここからは百句を収めた。『三昧』は碧梧桐が『海紅』の中塚一碧楼と別れて、風間直得を編集人として発行したものである。この『三昧』は、十一号(大正十五年一月)より六十号(昭和五年二月)まで碧梧桐の編集となっていたが、六十一号(昭和五年三月)より再び直得の編集となり、その色彩を濃くし、昭和七年八月、直得はこれを『紀元』と改題主宰することとなる。同年十月、ついに碧梧桐は木下笑風らの『壬申帖』に「私の信ずる芸術の進展につれて、今日まで多くの同志諸君をどれほど落伍者として篩い落してきたでしょう。私情をもって芸術を潰するに堪えない信念から、常に涙を揮って馬謖を斬るの思いでした」「多くの同志を篩い落すことに勇敢であった私は、今日も自身を揮い落す時機に到達したのであります」「三昧発行以来約七年我々の芸術に、論理的根拠の確立性を与え、その論理的根拠の上に立つ今日の創作を進展せしめたことは、我々のマンネリズムに詩的黎明を与えたものとして、明治四十年来暗中模索しつつ左支右伍何らの帰着点をも得なかった疑惑と低迷が三昧発行のために一朝釈然たる解決を得たのであります」「この度三昧を離脱するに就いては、最早や何らの磊魂を留めないのであります」といった内容の「優退辞」を載せ俳壇から身をひく決意を明らかにするのである。

したがって、『三昧』は大正末期から昭和初頭にかけての碧梧桐最後の舞台となった。そして、この期の碧梧桐俳句を特色づけるものが、直得の創案にかかる「ルビ俳句」であるということになる。

「ルビ俳句」というのは、昭和三年頃から『三昧』誌上に見えはじめ、年を追ってその句法は複雑化の様相を呈した。

初期のルビ俳句は、

夜警靴音《ネ》とこは雨をふくみな彳《タ》ちの煙突　直得
きのふ夕《ヨ》空のどんよろなけふはでやかな陽とてくもる　碧梧桐

と言った、漢字の読み、あるいは、その意味から容易に理解可能な範囲で作られたものであったが、

寺の梅ばし逍遥《サマヨ》へるが散り端とな夫婦《フタリ》で　碧梧桐
銭無《シケ》てこのふり恍惚《トロリ》と湯となん心地　笑　風
行道《ホド》を砂塵《サバシ》走る、武蔵吹雪《セブキ》を、家燈《ホビ》添急《ツハツ》　直　得

と、個々の漢字の読みとは関わりなくルビがつけられ、それぞれ独立したイメージを持つルビ語と被ルビ語(漢字)とを組み合わせることによってより複雑な表現効果をねらったものとなり、やがて、古代語(中村烏堂『原始日本語』昭和三年十月、原始日本語刊行会刊)などをまじえてより難解なルビが多用されて、この傾向は『紀元』改題後はさらに強められていった。

本句集中には収めなかった作品に「海紅堂昭和日記」(自筆)中に記載された作品がある。これは昭和七年から同十二年一月二十日まで碧梧桐が随時気ままに記したもので、

内容は日常茶飯事が多いが、旅中でのルビ俳句百四十句が挿入されており、碧梧桐晩年の作句の全てを知ることができる。「海紅堂昭和日記」は瀧井孝作によって『俳句』（昭和三十年八月、三十一年一月、三十三年一月、三十三年三月、三十三年四月、三十四年六月）に翻刻された。

老妻若やぐと見るゆふべの金婚式《コト》に話題《カタ》りつぐ

この句は十二年一月十九日の条に、水木伸一からの錦の丸帯を貰った茂枝夫人が、金婚式に結べると喜ぶのを、碧梧桐がそれまで生きていられるかと冷やかしたもの。「金襴帯《テリ》か、やくをあやに解きつ巻き巻き解きつ」の句と並ぶもの。碧梧桐はこの日記が終わってから間もない二月一日に、腸チフスに敗血症を併発して急逝したため、碧梧桐最後の句となった。

本書には、碧梧桐の俳論三篇を併せて収載した。

「新傾向大要」は、「俳句の新傾向に就て」（『日本及日本人』明治四十一年六月）として発表されたものの一部で、『新傾向の研究』(大正四年六月、俳書堂刊)に収録された。

「無中心論」は、碧梧桐が旅信「続一日一信」(明治四十三年十一月)の中で示した俳論で、文中に無中心の語が用いられていたことから、『新傾向の研究』に収める際に「無中心論」の題を冠したものである。

「二十年間の迷妄」は、俳誌『三昧』の第一号(大正十四年三月)の巻頭に掲載された俳論である。

略年譜

明治六年（一八七三）　1歳（数え年）

2月26日、伊予松山市千舟町七一番戸に生る。父、朱子学派の漢学者静渓（坤）。母、せい（竹村姓）。本名秉五郎。六男三女の五男。長姉與《くみ》、長兄鑑、次兄鎮、三兄鍛（号黄塔、竹村氏を継ぐ）は正岡子規や芳賀矢一の友。四兄銓（可全）は五百木瓢亭、新海非風らの友。五男秉五郎、六男稼《か》六郎は後妻せいの子である。河東家はもと松山藩の馬廻の家柄であったが、父静渓の代に至り、累進して百石を賜り、明治維新の際には松山藩の少参事に任ぜられたが、廃藩後は旧藩主久松家の松山詰家扶をつとめた。

明治一一年（一八七八）　6歳

勝山小学校入学。この頃すでに父から四書五経などの素読を授けられていた。

明治一二年（一八七九）　7歳

初めて木入れの手伝いの子規を父より紹介された。

明治一三年（一八八〇）　8歳

父静渓が千舟学舎を創設。兄鍛（号、黄塔）の友人子規、瓢亭、鼠骨などが学んだ。8月、長兄鑑没。

明治一九年（一八八六）　14歳

松山高等小学校に入学。父、千舟学舎を閉じる。

明治二〇年（一八八七）　15歳

私立伊予尋常中学に入学。高浜清（虚子）と同級生となる。

明治二二年（一八八九）　17歳

帰省した子規にベースボールを教わる。

明治二三年（一八九〇）　18歳

初めて発句を作り子規の添削を受ける。

明治二四年（一八九一）　19歳

3月、伊予尋常中学四年を中退し、上京、一高受験準備のため錦城中学五年に編入、7月、試験に失敗。8月、伊予尋常中学に復校。在京中、虚子を子規に紹介。この夏、木曾路を経て帰省の子規をかこみ句作。

明治二五年（一八九二）　20歳

帰省の子規をかこみ句作。小説を書き子規の悪評を受け、深く自省する。

明治二六年（一八九三）　21歳

※12月、『俳句初歩』（新声社）刊。

6月、伊予尋常中学卒業。9月、虚子に一年遅れて京都第三高等中学入学。吉田町で虚子と同宿。

※7月、『続俳句初歩』（新声社）刊。

明治二七年（一八九四）　22歳

4月、父静渓没。9月、虚子とともに仙台二高に転校。11月、校風を嫌い虚子とともに退学し上京。子規方に寄宿。上京してからも小説を書くが、子規の批評はきびしく、二人は半ば自棄気味になり放蕩生活を続ける。

明治二八年（一八九五）　23歳

4―5月、子規従軍中、新聞『日本』の俳句欄を代選。6―7月、戦地より帰国の途次、船中で喀血し、神戸病院に入院の子規を虚子と共に看護。8月、日本新聞社入社。

※「寓居日記」三月五日―六月一日（巻三―四―五―六の四冊）。

明治二九年（一八九六）　24歳

7月、日本新聞社退社。雑誌『新声』の俳

句欄選者となる。12月、神田淡路町の高田屋方に虚子と移る。

明治三〇年（一八九七）　25歳

1月、天然痘で神田の神保病院に一カ月入院。子規、碧梧桐の句を印象明瞭と賞賛。

明治三一年（一八九八）　26歳

子規庵の蕪村句集輪講はじまり虚子とともに常連となる。5月、京華日報社入社。

※3月、『新俳句』（民友社）刊。

明治三二年（一八九九）　27歳

1月、太平新聞の三面主任、7月頃退社。一時『ほとゝぎす』の編集代行。

※5月、『俳句評釈』（新声社）刊。11月、『続俳句評釈』（新声社）刊。

明治三三年（一九〇〇）　28歳

10月、梅沢墨水の媒酌で茂枝（青木月斗の妹）と結婚。神田猿楽町二一番地に新居をもった。この結婚は月斗が妹茂枝の切なる乞いを容れて、碧梧桐に妹の思慕の情を伝え、妻帯を懇請した結果であった。

明治三四年（一九〇一）　29歳

病状悪化の子規を左千夫・虚子らと輪番看護。2月、兄黄塔没。

※5月―三六年1月、『春夏秋冬』（ほとゝぎす発行所）刊。

明治三五年（一九〇二）　30歳

1月、子規庵に近い上根岸七十四番地へ転居。（9月19日、子規没）。9月、『日本俳句』の選者となる。

※12月、『俳句初歩』（新声社）刊。

明治三六年（一九〇三）　31歳

1月、再び日本新聞社入社。俳句論争を通して虚・碧の対立が表面化する。

※11月、『俳句評釈』（人文社）刊。11月、

『俳諧漫話』(新声社)刊

明治三七年(一九〇四)　32歳

小沢碧童・大須賀乙字らをまじえて句会を開始(のち俳三昧と称せられる)。

※3月、『其角俳句評釈』(大学館)刊。

明治三八年(一九〇五)　33歳

8月、碧童宅、12月—三九年2月碧梧桐宅で俳三昧、積極的に「客観的写生趣味」を説く。

明治三九年(一九〇六)　34歳

8月、全国旅行第一次開始(東京—千葉—木更津—館山—鹿島—土浦—水戸—足尾—日光—白河—郡山—須賀川—東登米—一の関—釜石—盛岡—陸奥)。旅信「一日一信」を新聞『日本』に連載。12月、日本新聞社瓦解、三宅雪嶺中心の政教社同人となり、以後、「一日一信」は雑誌『日本及日本人』(政教社)に連載することとなる。

※8月、『蚊帳つり草』(俳書堂)刊。8月—四〇年6月、『続春夏秋冬』(俳書堂)刊。

明治四〇年(一九〇七)　35歳

十和田湖付近の曙村居で迎年。野辺地を経て浅虫に滞在、2月下旬に北海道に渡る。

2月下旬、新聞『日本』の俳句欄を『日本及日本人』に移し、選にあたる。浅虫滞在中、中村不折より六朝書の拓本を贈られ、その書風を実行し始めた。青森にもどり、秋田、新潟を巡る。12月、長岡で母病むの報を得て帰京(全国旅行第一次終)、直ちに帰郷。

※10月、『新俳句研究談』(大学館)刊。

明治四一年(一九〇八)　36歳

2月、乙字の「俳句界の新傾向」(『アカネ』)により新傾向論高まる。4月、母せい没。11月、月斗の三女御矢子を養女とする。

明治四二年(一九〇九)　37歳

4月、全国旅行第二次開始(甲州昇仙峡—上諏訪—伊那—福島—松本—長野—渋温泉—戸隠—柏原—高田—湯田中—新潟—出雲崎—柏崎—松本—高山—富山—能登—金沢—名古屋—岐阜—福井—城崎—鳥取—米子—島根県赤江)。広江八重桜居で越年。

※5月、『日本俳句鈔 第一集上・下』(政教社)刊。6月、『俳画法』(中村不折画・碧梧桐句、光華堂)刊。

明治四三年(一九一〇)　38歳

山陰地方を経て下関着。7月、九州・沖縄・別府を経て松山へ帰省。11月、四国を巡り玉島に入り滞在(11月20日—12月7日)、一碧楼らと俳三昧、「無中心論」を唱え、城崎時代に次ぐ新風変転の一ポイントを画した。神戸を経て宝塚で越年。

※12月、『三千里』(金尾文淵堂)刊。『続三千里』(大正三年1月刊)。

明治四四年(一九一一)　39歳

旅中二度目の迎春。1月、長嫂蔦死亡のため一時帰郷。4月、奈良・紀伊路をたどり伊勢・大津を経て岐阜に入る。岐阜の塩谷鵜平庵に滞在(4月5日—5月14日)。京都—名古屋—浜松—伊豆箱根を巡り小田原を経て7月13日に帰京(第二次全国旅行終)。

4月、井泉水は新傾向唱道の機関誌『層雲』を創刊。

明治四五年・大正元年(一九一二)　40歳

喜谷六花らと盛んに俳三昧。新傾向の俳句雑誌は当時『蝸牛』『朱鞘』『紙衣』などがあり、『層雲』は漸く別派の旗色を見せはじめた。

大正二年（一九一三）　41歳

7月、白馬山登山。この年、「無中心」を「覚醒的自我による動的自然描写」と言い換える。

※『日本俳句鈔 第二集』（政教社）刊。

大正四年（一九一五）　43歳

3月、一碧楼・鶉平らと『海紅』創刊。（鶉平の『壬子集』を合併）。7月、長谷川如是閑らと日本アルプス登山。10―11月、満鮮へ旅。

※1月、『新傾向句集』（日月社）刊。6月、『新傾向句の研究』（俳書堂）刊。

大正五年（一九一六）　44歳

8月、奥羽地方へ旅。この年「万有は季題」「であらねばならぬ」と説く。

※2月、乙字編『碧梧桐句集』（俳書堂）刊。

6月、『日本の山水』（松本商会出版部）刊。

大正六年（一九一七）　45歳

3月、養女御矢子、三輪田高等女学校に入学。4月、上根岸八二番地へ転居（能舞台がある家）。4月、鳴雪翁古希祝賀能に「自然居士」のワキをつとむ。虚子シテを舞う。

※5月、『碧梧桐は斯ういふ』（大鐙閣）刊。7月、『日本アルプス縦断記』直蔵・碧梧桐・如是閑（大鐙閣）刊。

大正七年（一九一八）　46歳

4―7月、中国へ旅行。7月、駿（月斗三男）を養子とする。

大正八年（一九一九）　47歳

10月、大正日々新聞社入社（社会部長）、兵庫県芦屋海岸に転居。『海紅』は一碧楼専任となる。

※10月、『支那に遊びて』(大阪屋号書店)刊。

大正九年(一九二〇)　48歳

5月、芦屋で御矢子没。9月、大正日々新聞解散。帰京し。牛込に仮寓。12月28日、神戸より渡欧の旅に出る。(上海―香港―シンガポール―コロンボ―ゼノア―ローマ―ベニス・ガルタ湖・メラン・フローレンス―ローマ―シシリー―パリ―北欧を巡り、ベルリン―ブラッセルよりパリまで飛行機―ロンドン―アメリカ―ワシントン・シカゴを経てサンフランシスコ―横浜)。

大正一〇年(一九二一)　49歳

上海、シンガポールを経て、マルセーユ上陸。ローマに至り、イタリー各地巡遊。六月、パリー、北欧各地を巡り、11月、ロンドン。12月、アメリカへ渡る。

大正一一年(一九二二)　50歳

1月21日、帰国。2月、中央新聞社入社。7月、同社解散。『海紅』を一碧楼のものとする旨発表。

大正一二年(一九二三)　51歳

2月、個人誌『碧』創刊。9月1日、関東大震災。牛込加賀町の寓居にて遭うも被害少なし。

※1月、『八年間』(玄同社)刊。

大正一三年(一九二四)　52歳

4月、松山帰省。8月、満鮮旅行。

※『二重生活』(改造社随筆叢書第六篇、改造社)刊。

大正一四年(一九二五)　53歳

2月、『碧』終刊。3月、『三昧』創刊。この頃より俳句を短詩と称しはじめる。

※12月、『子規之第一歩』(俳画堂)刊。

大正一五年・昭和元年(一九二六)　54歳

1―3月、関西・山陰方面へ蕪村研究の旅。
※8月、『画人蕪村』(中央美術社)刊。

昭和二年(一九二七)　55歳
関西・信州・北陸・北海道へ旅。

昭和三年(一九二八)　56歳
京阪・山陰・満鮮・台湾へ旅。12月、京阪・奈良に遊び、帰省。

昭和四年(一九二九)　57歳
上海・青島・黒部・富士・小豆島へ旅。この頃よりルビ俳句を作り始める。
※11月、『新興俳句への道』(春秋社)刊。

昭和五年(一九三〇)　58歳
2月、『三昧』の選を風間直得とする。3月、『三昧』を直得主宰とする。
※10月、『蕪村』(俳人真蹟全集七、平凡社)刊。

昭和六年(一九三一)　59歳
11月、三昧発行所を碧梧桐方から木下笑風方に移す。この年も盛んに各地を旅。

昭和七年(一九三二)　60歳
2月、『三昧』誌上への掲載以後断つ。10月、『壬申帖』に「優退辞」を書き、俳壇の隠退を表明。
※「昭和日記」(昭和七年11月―12月1日(『俳句』昭和三〇年八月、三一年一月、三三年一月、三三年三月、三三年四月、三四年六月に瀧井孝作紹介))。

昭和八年(一九三三)　61歳
2月、銀座花月での還暦祝賀会。3月、『日本及日本人』に「俳壇を去る言葉」を発表。
※12月、『山を水を人を』(清教社)刊。

昭和九年(一九三四)　62歳
※2月、『子規を語る』(汎文社)刊。12月、

『蕪村名句評釈』(非凡閣)刊。

昭和一〇年(一九三五)　63歳

3月、句仏還暦祝賀のため京都へ。この年も各地を旅。

※11月、『煮くたれて』(双雅房)刊。

昭和一一年(一九三六)　64歳

2月、虚子の外遊を見送る。三重県下巡遊。大阪・大垣・名古屋・松山・松本などへ旅。11月、淀橋区戸塚町四丁目五九〇番地に新居を得る。

※2月、『芭蕉研究・蕪村研究』(新潮文庫)刊。12月、『子規言行碌』(政教社)刊。

昭和一二年(一九三七)　65歳

1月、自宅で新居祝賀会。1月30日、腸チフスの疑いで豊多摩病院に入院。2月1日、敗血症併発し永眠。2月5日、下谷三輪の梅林寺で葬儀、宝塔寺(松山市西山)へ埋葬。梅林寺へも分骨埋葬。法名碧梧桐居士。

※7月、『山水随想』(日本公論社)刊。

＊

・亀田小蛄編『碧梧桐句集』(昭和一五年、輝文館)刊。
・喜谷六花編『碧梧桐句集』(昭和二二年、桜井書店)刊。
・喜谷六花・瀧井孝作編『碧梧桐句集』(昭和二九年、角川文庫)刊。
・瀧井孝作監修・栗田靖編『碧梧桐全句集』(平成四年、蝸牛社)刊。
・栗田靖編著『河東碧梧桐』(平成八年、蝸牛俳句文庫20、蝸牛社)刊。

・栗田靖著『河東碧梧桐の基礎的研究』(平成一二年、翰林書房)刊。
・短詩人連盟河東碧梧桐全集編纂室(代表・來空)篇『河東碧梧桐全集』全二十巻(平成一三年—二二年、短詩人連盟)刊。

索　引

- 俳句の初句(上五)と句番号を示した。配列は、現代仮名遣いによる五十音順とした。
- 初句が同一の複数の句は、中七まで示した。
- 「温泉」は、本文中では、「でゆ」「ゆ」で読む場合も、索引では「おんせん」で立項した。

あ

青い実が……一五七〇
青桐吹き煽る……一八一〇
青草の……一七四三
青墓の……三一〇
赤い椿……二一七
明き星……二四六
赤き実や……三二八
赤坂も……一一九
赭土に……一七八五
赤土の……一八八二
赤土よごれ……一四八一
赭土を……一三六〇
赤羽根の……一五四七
秋風や
　去勢せし馬と……八二〇
　道に這ひ出る……二四
秋蚊帳張るまゝに……一三九八
秋雨や……三八九
秋の夜や……二五〇
秋日子供ら……一六一〇
秋夕……一一四七
秋霖雨……一一三〇
明易き
　火焚きをり葉枯れ……一三三八
　物嵩川岸の……九〇九
朝顔の……二一七
朝風に……七三七
朝から酒の……一二五〇
朝曇……二三四
浅茅生や……九一
朝のうち……一九〇八
蘆風の……一〇三六
あぢきなく……七九
紫陽花に……一二一三
紫陽花の……一二三五
紫陽花や……七六四
足ふんだ男が……一六〇〇
蘆間なる……一一一七
蘆芽ぐみ……六四九
足下に……七八五

網代持てば……一一六五
蘆を鳴る……四九六
明日は田植三昧の……一三〇一
明日渡る……六九五
汗を干す……九六〇
新らし帷子の……一九八四
あちこち桃桜……一九四二
嫂との……一五二八
姉の朝起が……一七〇五
姉は春菊に……一九五九
姉は茅花を……一七〇六
姉は生え際の……一七六〇
家鴨遊ぶ……九〇一
虻と蜂の……一一〇
雨乞ひの……一五七
雨戸あけたので……一五六三
雨戸の旭の……一七〇一
雨泊りして……一三六八
網から投げ出された……一七二四
編み手袋の……一六一八
網元が……一六五七
雨上りの……一九一〇
雨さめ〴〵と……一四三三
雨に出しが……七八一
雨に泊れば……三六四
雨の若葉……九〇八
雨晴れ……一二八八
雨彼岸……九七六
雨ふり泡の……一九四一
雨もよひの……一九二一
鮎上らずの……一三三〇
鮎追ふと……一二一〇
鮎落ちぬ……二七一
鮎飛ぶ音の……一四四五
荒削り……三〇一
あらすごの……一七八
あらゝか声を……一九八六
蟻地獄に……一四六九
ありたけの……一六七三
有馬去りし……一一六七
主振り……八四七
あるべしと……六八六
沫雪の……一三五五
沫雪や……八六
淡雪や
　氷跡なき……六二九
　蚕神祭の……六三〇
闇中に……一九五

い

飯綱より……九二四
家明け放してゐる……一八五三
家が建つた……一七二五
家処々に……四一三
筏組む……八九七
凧（いかのぼり）……一四七
衣冠思へば……一一九
行くべかりし……一二六
生垣や……一〇七
池氷る……一四一七
活けし見れば……一一三六
石出づるに……一三九九
石垣に……七八

礎に……一〇七七
石滝に……一三三二
石畳……一四三四
石に命ある……一三八五
石に熬りつく……一二三八
石の青さの……一七三九
石を積む……三六二
何処来て……五八四
五十鈴湖畔の……四三二
伊豆の海や……一三四
伊勢大観……一一九一
磯岩に……一〇六三
頂に……六二
虎杖芽立ち……一五三一
虎杖や
　ガンピ林の……六四二
　古屯田の……六四四
板の間に……一五四八
いち遅き……六六〇
苺摘んで……一三〇九
一度降りし……一〇〇三

市中の……六九
市中や……四三
一番の……六二七
一弁散り……一二八二
一木伐りし……一三九四
一廓の灯や……五四二
一揆潰れ……一〇九三
一行皆……九五六
一宿して……三九九
一艘は出た……一九八二
一天の……一六〇四
いつものこと……一〇九二
いつよりか……五八七
出でゝ伏水……八四九
井戸水に……六一一
糸を繰る……四七三
螽とる……九八四
稲妻や……九六九
稲村に……八二九
古への……五八〇
去ぬることを……一七二六

稲が黄に乾いて……一六八七
稲刈て……三〇八
稲の秋の……一八八六
茨の香や……九二一
いぶしたる……二六六
燻ぶる畑を……一七九三
今頃を……三四三
未だ山を……三九四
芋煮えて……四二九
いよゝの峠にて……一三五七
入らずの森……七三四
入り口は……一二〇二
鰯引く……四一六
岩燕……一〇七四
岩魚活けてある……一九七二
イワナ一尾々々……一三八一
イワナ売りが……一八七一
岩を割く……八九五
隠栖は……八五〇

う

植木の針金が……一七三〇
植木屋の……二八
上の山……五一一
魚活けて……一〇八七
鵜飼三年……一一一〇
浮石の……七一一
萍の……七五〇
雨鬼風鬼……七五七
鶯の……一四二九
鶯や……一〇八二
憂さ晴れて……四一八
牛が仰向に……一八三三
牛飼牛追ふ……一六七六
牛飼の声が……一六七七
牛繋ぎし……一五二三
牛の背に……六
牛吼を……六一〇
牛を一つに……一八八五
牛を吼えて……八八七
牛を診る……九二九
うそ寒み……八三二
内浦に……四六八
鵜つかひや……一九三
卯つ木野良花……一三六八
卯の花の
　さかりか雨の……七〇三
　村麦秋の……七二九
馬市に……八〇八
馬売れて……一〇三九
馬方の……一六三
馬斃れし……一〇九六
馬で来て……一八九
馬遠く……四三〇
馬に乗る……二一九
馬の艶々しさが……一六九〇
馬の鼻する……一九六七
馬独り……三四〇
厩口の……一八九四
馬を追ふ……一八二四
馬をはだかにしてゐる……一八四三
馬を見に行く……四一七
海静かなるに……一二四八
海沿ひの……一八七七
海鳥の……三三五
海なす雪……一三八四
海濁る……九三七
海に浸る……六八〇
湖は一握の水……九二五
海までの……一一五一
海を隔て、……八二六
湖を見て……四三六
梅折つて……一七一
梅三分……五七五
埋立地の……一八五〇
梅に似ると……一三九六
梅干に……一七七
埋れ木を……五三一
紆余曲折……一〇三二
裏からおとづれる……一九〇七
裏から小舟して……一九七五
末枯に……一一四一

末枯の……………………二七四
裏に導けば……………九一五
浦人や…………………六〇二
裏富士の………………六一八
浦辺来れば……………九三四
裏山の…………………四七九
瓜食うて………………三五五
瓜割くや………………七五九
売初や…………………二〇六
瓜積んで………………三五三
売主言ひし……………一一七三
売り値待つ……………七六三
嬉しがる声の中………一六八三
烏鷺に似し……………七三五
上解けの………………六三三
雲樹寺の………………一〇三七
雲板を…………………七四四
雲霧山を………………九七三

え

駅員木の芽……………一七〇三
駅亭の…………………一五二七
駅鈴を…………………六四七
会下の友………………八一三
江差までの……………一二四三
蝦夷に渡る……………六三三
蝦夷人の………………三三六
蝦夷船に………………七三一
枝立つた無花果が……一五七八
枝豆を…………………一六〇三
笑ましげにゐて………一七七八
獲物下ろしつ…………一三三四
縁ありく………………一一七〇
槐の茂り………………一六六七
円卓や…………………一一三五
豌豆盛り………………一四三一
縁日の…………………一五一
鉛筆でかきし…………一九三三

お

老いきわる……………六七
老と見ゆる……………一二六
扇置けば………………一一二九
黄蓍削る………………九七五
扇握りゐたる…………一四六五
追ふて逃げる…………七〇
凹の字に………………四一一
翁を擁して……………五七六
大なる港に……………六三九
大風に…………………二六四
大風の…………………二三五
大木戸に………………四八五
大きなる………………五六〇
大津画や………………一八
大寺や…………………三九
大通りを………………一五七七
大利根の………………三四六
大沼に…………………七一六
大橋に…………………七八七
大船の…………………二三七
丘の町…………………六九四
沖がかりして…………一九三七
沖遠く来ぬ……………一九二八

奥猿に……七〇五
奥白川……一三二六
奥の灘は……八六三
奥峰そゝるに……一三八一
送りいでゝ……五二
遅かりしも……一二二一
落合の……二七七
落ち蝉の……三四四
簗落(ちお)の奥……一九九九
落葉して……四四八
弟いつまで……一七〇三
弟よ日給のおあしは……一七〇四
弟を裏切る兄……一六九三
男三味線……一三〇〇
男山に……一一七八
落し子の……三三二
尾花沢……八三〇
お前が見るやうな……一五五六
お前と酒を飲む……一五六二
お前に長い手紙がかけて……一六七八
お前を叱つて……一五九六
思ひの外……三七七
重き戸に……一四四一
面白う……一
母家普請を……一三〇二
母屋役目に……一二五四
思はずも……四六一
親子連れが……一五八九
親を離れた……一六三七
泳ぎ上りし……一四六八
泳ぎたうなりし……一四六七
泳ぐとこゑを……一九九二
泳ぐ人影もない……一八七六
折りさいなみし……一三六二
居る三日……七六〇
尾を鰭を……一九九八
阿賀川も……四四〇
御下向……一一三
温泉から……一八六二
温泉涸れは……一二七六
温泉烟の……七一三
温泉に来て……一九五八
温泉により……一八五六
温泉の
　里に氷室の馬を……七三三
　里の捨湯も落て……八〇四
御嶽裏道……一二六七
オンドルに……一八三二
女が平気でゐる……一五七四
女なれば……一五八四
女らエプロンの……一六九九
女を側へ……一六五五
御筆の……九五九

か

飼ひ鶯にや……一二七〇
貝殻の……三六七
蚕守る……一三一四
外套著しまゝ……一四九一
街道に……五五
外套の……一六三五
海府便り……八八九
貝掘りの……七七一

開門匆々の……一二五八
海門を……九六八
戒律の……五三五
外輪山に……一〇九七
海楼の
涼しさ終ひの……三五一
松薄霧に……三六八
懐炉の灰を……一六九六
貝を生けし……六二二
櫂をたてかけし……一九一七
返りごと……二二四
返りさく……一四八八
返り咲くや……一二五五
篝焚く……一二一三
かゝる住居も……一二〇〇
牡蠣殻や……一〇八
柿主を……四一九
柿の落る音の……一七六三
垣の蔓草を……一七七五
柿の花……一七六二
垣の穂草……一七六九
柿の村……九八七
柿はちぎり……一二四
牡蠣船に……三一六
牡蠣船の
障子手にふれ……一五一〇
屋根に……一六二七
牡蠣飯冷えたり……一五〇九
牡蠣も拾はずなりし……一九三六
陽炎へる……一四二八
臥牛山の……八六一
矍鑠たる……一五〇
愕然として……一一七
かくて住みし……一〇一一
学問の……二九七
芳しき……二三三
筧浚ふ……一三三二
掛稲の……三〇九
筧跨ぎ行く……一三三八
掛香や……一五五
掛け昆布や……六五五
崖下家々の……一九四四
蔭に女性あり……一〇〇九
貸家に……六五四
河鹿足もとに……一九七三
河鹿石にゐる……一九五〇
泥炭(シガ)舟も……一一一三
果樹の主に……九八〇
風垣をして……五一四
風垣を結ひそふ……六八三
風が鳴る……一七九二
風立てば……六八一
風邪ひかぬ……四九一
風邪ひき添へし……一五一三
我善坊に……九五
片富士の……五三九
片目開いて……七九〇
肩を病む……一七二八
学校の冬木に……一〇一三
学校の窓ガラス……一五四二
学校休む……一四四六
糧を載せて……七七三
門祓ひ……一一四二

門の雪……五四一
門を出て……二三
悲しみを……九七九
カナリヤの
　死んだ籠が……一八〇〇
　夫婦心や……一五四
蟹とれば……九二三
蟹の食みし……一一九二
かねて見し……六一三
蚊の腹白き……一四六四
仮泊して……一六六二
蚊柱や……七七〇
蚊柱を……一二七四
蕪赤き……一〇二六
蕪作る……五〇四
壁土を捨てた……一九二七
壁にペタと……一四七九
構へたる……六八二
かまつかの
　青さびの下葉……一三九七
根倒れし我に……一三九六
釜の銘……二三五
紙入を……一六三九
髪が臭ふ……一七一八
上京や
　万歳はいる……七四
　幽禅洗ふ……一一
髪梳き上げた……一七二〇
紙礫……一〇六九
神業の……七八六
鴨網の……一四九六
鴨の青首の……一四九五
鴨むしる……一四九七
蚊帳に来た……一九二三
榧の木を……一三三五
蚊帳の中の……一八一三
蚊帳の果……七八二
蚊帳干して……一二六三
カラ〳〵な……五七一
唐崎の……一二二二
カラ梅雨の……一三五〇
から松は……二〇二
刈跡の……一三六
刈り遅れた麦で……一六七四
雁鳴くや……八七七
借り主の……一〇七一
仮橋の……八五一
雁見れば……一一三四
枯る、菊……四六四
枯草を……一七八二
枯芝刈る前の……一八二一
彼誰の……二二五
彼ら一斉に……一七一七
枯れる百日紅の……一七一三
川上の……二六二
川霧に……三〇二
川口賑ひ見たさ……一三五八
川口の……八四八
川越えて……四〇八
皮財布……一〇三八
川水の……一二八九
磧の砂とる者らの……一七二七
磧の雪……一九六六

磧雲雀に……一三五三
磧広う……一三七五
磧温泉に……一三四六
寒明きの
　雨の中……一三五八
　大根の……一四二三
寒月に……二一二
寒月や
　笞刑の人の……五一二
　雪束の間の……一〇二七
閑古鳥の……七〇九
元日の……一三五
元日や……七三
寒燈の……三三〇
観音まで……九四二
官命に伐る……七〇四
寒林の……九七

き

木苺の……一二四〇
ぎいと鳴る……四四五
木置場の……六八四
機械場や……三三
桔梗は……二八二
菊がだるいと言つた……一六八八
菊枯れて……一〇五三
菊の鉢を……一八九七
菊の日を……四五四
菊を一廓にして……八五九
奇行聞いて……九〇六
きさらぎ椿……一九八〇
雉子塚残りて……六三六
雉鳴くや
　双棲の教化……一〇七六
　八ツ晴れ機の……一〇六五
奇勝いつまで……一三三六
木調べの匠が……九五三
奇瑞なる……六三八
木曾を出て……二八三
北風に
　魚塩の便り……五三七
　比良のそゝれば……一〇二三
　糞落し行く……二一一
北風や……五三二
北そよと……九六四
北吹く若葉の……一八六一
ぎつしりな……一七五〇
啄木鳥や
　行者の道の……八〇二
　山下り勝の……八一五
木流しの……一三七九
棋に寄ると……九四一
絹蚊帳の……一〇九九
絹なりし……一三〇九
菌干す……四五三
樹の籠る……七三八
君が病む……一八〇五
君淋しと……五九三
君に遇ふ……四八二
君に失望した……一六九七
君の絵から……一六四五
君の絵の……一六四六
君等我等……八二七

君を待たしたよ……一五五四
木もなくて……八五三
客恬淡……七四八
客間の……一六六九
木屋町や……一五
旧正月しに来て……一八〇三
灸にかへて……一〇六二
けふ一日ぎりの……一八二九
行水の
　名残の背や……二五二
　名残の芭蕉……二五三
行水や……三五二
夾竹桃……一五九二
教徒外……一二五三
行徳の……二八六
境に入つて……三〇
橋畔旗亭……九九六
玉砕を……一二三八
曲すみし……一二三〇
霧こめて……一〇一
霧立つや……三六九
桐の花さく……一九二〇
霧晴るゝ……八六四
金園の……一四四四
金華山……五〇〇
金魚飼ふて……一九六
銀真白……一二四九

く

水鶏来し……三三七
空(ウク)をはさむ……三四二
句劣る……二七〇
枸杞の芽を……一一七五
草枯に
　染物を干す……一三三
　立つ垣の山に……一四一四
草枯の
　長づゝみ……一〇四二
　蕨に……一四一五
草刈れば……七七五
草茂る……一一〇〇
草の戸に……二四一
草掃く……一三六六
草花に……三九七
草花や……三九八
草場膨らみ……一四四〇
草瑞々し……一三八二
草餅の……一四三〇
草餅や……一一九八
草をぬく……一七六五
九条まで……六六六
葛の花が……一七三三
屑蜜柑も……一六四二
薬やめしも……七八三
草臥れの……一六三三
下り二艘……二四九
九段一杯な……一五九四
口あいて……一七六
沓ぬぎに……七一七
沓の跡……三七九
句徳無辺……四三五
首洗井の……一一六九
首綱で……五四九

隈濁りして……九三八
熊の来て……六四〇
熊蜂……一四五〇
雲霧や……七八八
雲こめし……四四四
雲高く……七〇二
蜘の子や……四
雲の峰……一四六〇
雲晴れて……三四七
雲を叱る……一〇二〇
位山より……一二八五
暗く涼しく……一七六四
海月打ちつけし……一四〇五
鞍づけの……五〇三
鞍とれば……一三九
栗綴る……四二五
庫裏の煙……一〇五四
栗の花……四一
黒木積む……三〇五
黒谷の……一五九
黒船の……三六
鍬形の……八三七
桑老木……四九三
句を作る……八五五
句を望む……五三六
軍服……一六六五
軍容を……一〇五一

け

関として……五七七
今朝の秋……一六七
下山して……九二八
芥子咲く家に……一三七四
芥子散るや……三五四
下女より……一五八六
削氷や……七六八
夏断して……一八一
偈に似たる……八一九
毛深い添へ馬の……一八三一
毛虫が落ちて……一五七三
毛虫焼きし……一二三九
下呂は阪町……一二八〇
原稿一篇は……一五〇五

こ

公園に休み……一五〇八
公園の月や……二三八
航海日誌に……一八八一
豪家なる……八一三
後宮の……三三二
工事残務……一二四六
工場の……一九〇六
工場も……八六九
工場休みの……一七八〇
工場休み日の……一九二三
工女の払ふ……一四五六
講中詣で……九六三
坑夫の……一四四八
河骨（こうほね）の……三五
河骨も……七六七
蝙蝠や……九四六
閘門を……六六三
高楼の……一四〇六

氷砕く……………………一四一六
子が号を…………………四八三
五月の水の………………一四五八
黄金なす…………………六六一
木枯や……………………三一七
凩や………………………一〇一七
こがりついた……………一七二一
漕ぎ出でゝ………………一八三
小菊が売れる……………一六八九
虚空より…………………三六三
苔青き……………………五三三
苔の花も…………………一三三三
九面(コヽツラ)は………………三八三
小式部の…………………一二
小白ロ木の………………一三九二
故人こゝに………………四二四
故人評論…………………一三四一
買人我を…………………九一九
梢の花……………………一四二四
コスモスの………………四四一
古銭新銭…………………一二四四
火燵が焦げて……………一六二三
火燵出て…………………一五二一
火燵にあたりて…………一五二三
火燵にて…………………五三〇
火燵にての酒選稿………一五二四
火燵の上の………………一五三〇
火燵のかげに……………一五一八
火燵の間…………………五二五
こたび下れば……………八四六
東風吹いて………………六二三
国境の……………………一二七一
五島戻れば………………一三〇四
ことし掻けば……………八二三
ことしの菊の……………一六一五
ことし亦た………………八二五
言づては…………………五一
殊に一樹…………………九〇〇
子供に……………………一五一九
子供の……………………一六四三
小供勉強しすぎる………一五三六
子供ら……………………一七七七
湖南夜話…………………一〇三二
子に高々と………………一五七一
子猫が……………………一六八〇
この家に
　木仏立たすや…………五一六
　若竹と君の……………七四七
この印綬…………………一〇八一
この海の…………………二五一
此頃の……………………一六五
この瀬埋めて……………一一一〇
この流れ…………………一三五六
この二階は………………一五〇六
この願ひ…………………一〇三
この窓は…………………一七四七
木の間に…………………一八八八
木の間の…………………一四三八
この道に…………………五五七
この道の
　富士になり行く………一九八
　三つ渡る川や…………八五二
この山吹…………………一四四九

木挽裸が……一四五三
古碑の……一〇四一
碁布の島……二六一
蚕糞捨てる……六六二
駒草に……一三九一
駒羅(こまぜ)りの……八〇〇
米をつく舟も……三一五
米を磨ぐ……一八一七
小者つれて……四六九
子守があるく……一五四九
垢離場石……一三三〇
狐狸を徳とす……一一九七
鼓楼……一三一〇
五六騎の……一三三一
衣更へて……一三一三
子をあやす……一三四三
子を叱る……九四八
子を亡くした……一七〇七
子を引越すので……一六四七
昆陽みぞろ……二四二

さ

最後の話になる……一六五〇
妻難を……九九九
冴返り……一四二六
囀や
　子安地蔵の……六一七
　椰の熊野に……一一八八
竿昆布に……一一四六
境木の……八四一
さかどりの……四九五
さかどりも……四九七
交かりがさめた……一六二一
交かる中に……一三五九
坂を下りて……四〇九
咲き絶えし……八六〇
砂丘大いなる……一三五四
さきんぜし……一六八
桜活けた……一八四九
桜餅が……一八五四
桜紅葉……四一三
桜山の……九九四
酒ざゝんざ……一〇八五
酒つくりの……一八七九
酒の香を……二八七
酒の中毒の……一五七九
酒のつぎこぼるゝ……一九五五
鮭鱒の……五六五
酒を置いて……一二九
座定まれば……一三五二
笹の中を……一二一九
山茶花が……一四〇二
山茶花に
　あるは霙の……一八五
　梅檀は高き……一四〇〇
山茶花の……一八六
山茶花や
　授戒会……九九八
　謫居の跡の……八七六
　先づ春ける……九九七
挿しあるを……二八〇
座敷開きの……一三一五

砂糖の木を……三五七
佐渡でいふ……八七九
里にかけし……八六六
佐渡の句の……七七三
佐渡振りを……八八六
淋しかつた……一六五二
淋し寒し……四四九
サビタの花……一九七四
座蒲団……一五五八
ざぼんに……一八二五
さみだるゝ……七二七
五月雨に……四〇
鮫汁に……五九一
さもしい次男が……一五五七
左右にある……四七七
さら綿出して……一六一四
猿綛も……七一二
猿酒や……二九五
猿茨の……一六三一
猿に似る……七九九
三家族の……一七七一
三月を……二三
三菊の……八〇六
山寨の……八五八
山荘の……二九九
蚕桑も……五一五
山中に
　滝留し朝を……四三八
　句境開けて……八〇五
産の祝ひ……五〇五
山房の……九八八
散歩に出た……一九一八
三名城の……一〇七三
三里夜道……一五九七
産を破るに至らず……一〇〇八

し

椎の木蔭の……一七九五
椎の実……一六〇六
汐落ちて……二二六
汐烟に……一〇五五
汐干るや……一〇九一
汐照れる……一四三九
汐のぼりつゝ……一九八三
汐のよい船脚を……一九七八
紫苑野分今日……二〇〇〇
鹿穽も……八四二
シカタ荒れし……六九一
四月の絹……一六六四
鹿啼いて……五
鹿を呼ぶ……一一一九
子規庵の……一五七六
子規居士母堂が……一六〇五
子規十七回忌の……一六八六
樒かと……二四三
しぐるゝや
　香に立つ温泉の……四七四
　余談に当時……一〇四六
しぐれてあるく……一四九八
試験勉強の……一五五一
死後の知己を……八二一
四五本の……九三
蜆かく舟も……三一九

詩趣に鮓……………………七四二
静かさや……………………三六〇
静かな隅の間なれど………一五六四
静かに暮すやうに…………一六五四
地すべりの…………………一〇一三
下葉刈るやら………………一九八八
下萌や………………………六二〇
下闇なれど…………………一三四二
七十二峰……………………九五七
失隻脚談……………………一一〇九
しとしと……………………一七九七
師の病………………………七五三
芝居茶屋を出て……………一六一六
芝桜に………………………一七一一
芝平ら………………………九一三
渋鮎や………………………九六六
萎んだミモーザの…………一七三八
島海苔を……………………六一四
島巡りして…………………七二五
島渡り………………………一二一八
清水ある坊の………………七〇〇

清水ある道の………………一四六一
清水の広場…………………一七六六
霜朝の………………………一四〇四
霜凪に………………………四八八
下モの渡し…………………九二〇
石楠木が……………………一五六九
車中
　―寝入りの………………一九六二
　―眠りして………………一九三五
車道岐る……………………一三〇七
三味線や……………………一一一四
砂利置場の…………………一八六八
砂利とるは…………………一一七七
驟雨来る……………………六八八
修忌の蕪……………………一一六〇
舟行百里と…………………一〇八八
秋風秋思……………………三七八
十分に………………………七八〇
集を見て……………………五四五
主僧料理……………………一三三四
十哲の………………………二八一

首里城や……………………一一一六
春月や………………………二三三
正月の………………………一六九四
障子あけて…………………一五一六
情事話頭に…………………一〇八〇
少壮の………………………六七九
城中の………………………一一七六
少年の………………………四〇三
乗馬隊………………………一〇九八
小藩分立……………………七七七
菖蒲太刀……………………一一六〇
上陸間際の…………………一六七九
燭足りし……………………一一五〇
書庫あさりし………………一一〇二
白魚並ぶ……………………一五四四
白魚の………………………一五四三
白魚一ふね…………………一六五八
白樺を………………………一二九八
白川大郷の…………………一三一九
白河や………………………三
白川藁屋の…………………一三四一

四隣より……一一七一
城石垣……一一三七
白馬に……三四九
白き日覆の……一六六三
白足袋裾ずれ……一五〇三
白足袋に……七二
城の石垣の……一九〇二
城山の……二八九
詩話画論……四七二
陣営を……二三八
神事近き……六九六
新蕎麦に……四一四
新蕎麦や……八五七
新亭を……九一一
陣の跡地を……一〇二二
新聞を……一三七二
森林帯……九一七

す

素足で……一八〇四
水害の……六四
西瓜冷えた頃……一九五二
西瓜船のつく時分……一九二四
水晶山の……一二六六
水神と……七〇七
水仙と……九六
水仙の
　間を選ぶ奴婢も……一一六六
　地にへばる花の……一四一三
　葉の珠割く……一四九四
水道が来た……一八一九
水道の……五四三
隧道の……一〇二五
水飯の……五六
水飯一椀……五七
翠微画……一三三一
睡眠不足の……一六七一
水練場に……一九〇四
据風呂に……四七
据風呂や……四五
酢牡蠣の……一五一一
素紙子に……五〇八
素紙子や……五〇七
杉苗を……一一八六
杉の伸びのよき……一九七一
隙間洩る……一四三六
過ぐる舟と……一一八五
頭上鳴く……一四七八
芒枯れし……一一六二
芒四方に……七九八
芒添へて……八六五
煤じまひ……一〇四〇
煤捨てし……一四〇八
煤流る、……一二四九
煤掃の……五六六
すずみし……一四七三
すずみに……一四七五
すずむ雨……一四七四
雀が鶏頭に……一五九五
雀が交る……一五二六
雀葱畑……一五二五
雀蛤と……一一八
硯得しに……九八一

硯を重ね……一六三〇
すたれたる……五六二
巣燕の……一三六四
捨飼ひに……三六五
ストーブを離れ……一六二六
砂明りせし……一〇五二
砂川の……六七四
砂ざれに……一二四七
砂滝の……一三九二
沙田の橋……一四二七
砂の中に……九
砂まみれなの……一九九七
砂まみれの……一六五一
砂を踏む……七一九
簀囲ひの……三一六
簀の中の……三四五
巣の蜂……一四五一
素肌になる……一七五五
すべり落つる……五八
すまじてふ……五〇九
炭市の……一〇〇二
炭つかむ……一四九二
炭積めば……一〇二四
炭挽く手……一五〇〇
菫ばら〳〵に……一三八八
相撲乗せし……一一四八
ずり落ちた……一八〇九
諏訪神社……一九八五
諏訪の水……一一一三
諏訪人と……九〇二

せ

清浄と……一五六
正統を……五一九
精錬所も……七二八
関跡に……八六七
寂然と……八一六
関守の……六七七
摂生の……五九二
瀬戸に咲く……一九一一
背に近く……六五九
瀬全き……一三〇一
蟬がもろ声に……一八〇七
蟬涼し……二三三
蟬早し……一二九〇
セルに浴衣を……一七八一
セロ弾き……一七九九
潜水夫の……一〇八九
洗足は……六五三
梅檀の実を……四
船頭の……四九四
船腹が……一八六〇
千里距る……八七一
線路工夫……一九四三

そ

僧籍の……二三九
造船所……一三〇五
僧の招き……八〇七
送別の
　月寒く酒を……二一三
　爆竹……八〇九
底曇りの……四六三

袖狭きも……六〇五
袖もとほさゞりし……一九三八
素読後の……九七七
その辺で……一六二四
蕎麦うつや……八五六
蕎麦屋を……一六三三
蕎麦湯する……六〇八
橇にのる……一九六三
橇を下りたので……一七九四

た

第一日は……一三三八
退院する……一八九一
退学の……一四八〇
大家族の……一三一七
太祇こゝに……二〇一
醍醐辺……二九〇
大根嚙りて……一四九〇
大根蒔く……二〇〇
大根を煮た……一八九六
大樹の下……七四一
大戦に……一〇一五
大仏蕨餅……一九六九
大仏を……八三
台町や……八〇
大文字や……二九四
田移りの……一三一一
絶えて紀行なき……一〇〇五
高きに上る……二九二
高くゐる……一八八三
高桑に……一二七八
高潮の……二四四
高瀬河原……一三八九
高根より……二四七
抱き起す……一〇四
抱籠や……二二〇
薪能小面映る……一四三
薪能の……一四四
滝澱や……七四三
滝に景は……八九六
滝に摘みし……一三〇六
滝見道……一三三二
滝を下に……九八六
柝過ぎて……五一三
卓の上に……八一
凧糸もつれ……一五三四
凧の尾縄の……一五三三
凧をおろした……一七七九
たゝふ水舟……一九八七
闘ひし……九三〇
畳み持てば……九三三
立岩の……八六八
立寄るや……七四六
田つゞきに……一三六九
竜飛戻りの……一一一四
建網の……二六七
楯囲ひして……九六一
楯に似し……五九四
建て増しの……四五一
立山は……一三九〇
棚落ちて……六〇七
棚田平ら……一三八六
七夕の……三六一

棚雪の……一三九三
谷三郷……一三三九
田螺鳴く……一四
種馬に……六五一
田鼠の……九八三
種揃へして……五九九
種を蒔く
　夫に……一四四二
　夕はろ〳〵に……一四四三
束ね藻の……三三三
旅心……四〇六
旅せし単衣……一三七六
旅労れと……一三四九
旅にして……一五二
旅に裁つ……九九二
旅全からぬ……一一五二
旅痩の……一〇四八
民の訴訟……七八四
多羅葉の……四八一
ダリヤ伸び〳〵……一四七七
樽さげて……四二八
誰が植ゑて……三〇七
誰がさすと……六八五
誰が日傘……一三三一
誰人か……三〇〇
たはれ女の……二九六
田を開き……七四五
短檠や……一二八
断食の……二五八
短日に……三三〇
短日や……四五九
短尺腹立たしく……一五八一
短尺を……二〇三

ち

乳あらはに……七五
チ、アン女像に……一九九四
チ、アンの……一七四九
乳牛の……一六四
父の思ひは……一六〇七
千々の条……九五五
父の墓の
　母の墓の……一八三九
　前そろへる……一四八三
父は梅売を……一五六七
父はたゞ一人なる……一七一五
父はわかつてゐた……一六〇一
千鳥来るや……八七四
千鳥啼て……九八
地に下りし……一〇一六
地に柑子……五一八
茶の匂ふ……八九二
茶店とも……五四八
中腰で……一六五九
厨丁の……九三六
鳥海を……八四〇
ちよろ〳〵と……七
蝶の触れ行く……一三五五
蝶そゝくさと……一一九五
散らばつてゐる……一八八九
散り布きし……一〇五八
散り残つた……一七〇九

つ

疲れてあはたゞし……一九九三
疲れてゐるからの……一五五三
月出で、……一九九
築き替へし……八九三
月の雨……一八四
槻の根に……一六五六
槻の芽の……一三六一
月のよきに……二五七
月の夜の……二一〇
月一つあるも……二四〇
接穂置きすてた……一八〇一
月見艸の……一七三一
月見ても……三八七
月見るも……三八一
土筆かさ〲……一九八一
土筆ほうけて行く……一五四五
づく〲と……二六五
辻能の……二四八
躑躅白き……一五三
つゝじの白……一五六五
堤隔つ……一三三七
都曇てふ……四八九
角鳴て……八八三
燕去んで
　部屋〲ともす……一一四三
　蘆葦雁影に……九六五
妻と雪籠りして……一七九〇
妻に慊らぬ……一七一〇
妻に腹立たし……一四七六
摘草の……一四三五
積藁の
　枯木の霜に……八八四
　三つある庭や……五一七
つや〲しい……一六九五
露に来て……七九五
露の草……四二一
梅雨の地面が……一七一六
露晴るゝ……九九三
露降らす……九九一
強い文句が……一六三四
釣り人のゐた……一九一五
釣船見れば……一九五一
剣岩……六九九
鶴の羽や……一七五
嘴鍬を……一〇一九
釣れそめし……一四八四

て

亭の名を……五九〇
テーブルの……一六六六
手負猪……二
出代に……八二
出代の……八七
出しなに……一七八六
手すりにも……一九四七
手ずれな……一九九〇
手拭を……一五九三
手の跡の……一四二一
出水引いて……三七四
てもなく……一五七二
寺あれば……七七六

寺大破……………………四五六
寺絶えて…………………五三三
寺による…………………四九
寺のある…………………八一
寺の甍を…………………一九三三
寺のする宿は……………一三〇四
寺の床……………………八〇三
出羽人も…………………四九九
手をかざせば……………四六五
天下知る…………………一一二七
天下の句…………………一二三九
点滴と……………………三七二
天幕の……………………一八四〇
天領の
　境に咲くや……………六八七
　銃音慣れて……………三四八

と

峠にかゝる………………一九四八
藤樹書院は………………一二〇三
道人著……………………七五四
燈台に……………………五八六
燈台の……………………六一五
燈台を……………………五八二
道中雛……………………一〇六八
塔に上る…………………六一
動物園にも………………一六〇八
同門の……………………一三一三
蟷螂や……………………二七五
十日路の…………………四〇二
遠く川の曲りの…………一九五四
遠く高き…………………一三六〇
遠のきし…………………四〇四
遠野勢……………………五四〇
遠花火……………………六〇
遠目にも…………………一三七〇
通りぬけを………………一八五八
時明り……………………七一五
とき朝の…………………四六〇
徳本に……………………六〇六
屠蘇鱒汁…………………二〇七
渡台記念の………………一一九六
橡胡桃……………………五六一
橡餅の……………………一三一八
途中三湖を………………一〇〇一
土手道や…………………二五
隣りの梅を………………一七五四
隣の樫の…………………一九〇五
隣の柚子が………………一七八三
どの家にも………………一三五二
飛び〳〵の………………一二九四
鳶の栖みし………………九五四
飛乗りの…………………六九八
富守れば…………………九三一
ともらぬ夜なき…………五四七
吃る末子が………………一五四一
土用稽古…………………一四七〇
土用過ぎ行く……………一四七二
土用果てたる……………一四七一
鳥居に……………………一八三七
雞叫びも…………………九四七
雞のゐない………………一八三六
取りも入れず……………八一四

トルストイの……………一六九八
瀞を来て……………一一八三

な

地震(ゐな)知らぬ……………五三
永き日の……………六七二
中空に……………三三
中庭の
　柑子色づき来ぬ……………一八九二
　棕梠竹よ……………一四八九
　籐椅子空いたのがなく……一六六八
長火鉢の……………一七八八
長良川……………一七七〇
流れあさる……………一〇〇六
流れたる……………一四〇
流れ藻も……………九一〇
亡き人の……………三三五
泣きやまぬ……………一三七
鳴きやまぬ……………二八七
鳴く雲雀……………一三〇六
凪ぐまでを……………七三〇

投げ出してゐる……………一八〇八
梨売が……………一七一九
梨棚を……………一一七九
梨に似る……………一三三五
薺打ちし……………一〇四五
なつかしき……………一九七〇
夏菊に……………七五八
夏木立……………八八
夏近き
　犬の病も……………二一五
　試錐も……………一〇九四
夏近し……………一〇九五
夏羽織……………一七九
夏帽を……………四二
夏痩の……………二一八
撫子も……………九四五
撫子や……………一九七
七浦の……………三六六
何贈ると……………九四四
何煙らす……………一三八四
菜の花に……………二一

菜の花や……………一〇七九
菜の花を
　活けた机おしやつて……一九〇九
　画かばや酒銘……………一〇七八
菜二タ株……………一五〇四
海鼠突き……………五七九
並松も……………五九七
奈良に行きたく……………一六一九
生り年の……………一三三四
鳴滝や……………二八五
馴るれども……………一一一五
苗代と……………一六
縄飛びに……………一三六三
汝獄卒と……………一〇七五
難所なる……………六三七

に

二階に上りし……………一五〇二
二期と聞く……………一一四五
賑やかな……………六二八
肉かつぐ……………一六二八

肉屋で……一八三四
荷車の……一五一四
西空はるか……一九六〇
虹のごと……九六二
西門の……一八八
鰊走りして……一〇二八
日記にす……一一三三
日蝕して……六五
日暮里に……一〇〇
蜷(なに)に寄居虫交る……一五三〇
入学した……一五五五
乳鉢に……一九四
濾か雨も……八三四
韮萌ゆる……六七〇
庭暗し……一三〇
庭杉菜……一三〇七
庭の蘆も……一三一四
仁和寺の……四六

ぬ

盗まれし……五四四
沼移りして……五八九
沼尻の……四八六

ね

葱汁の……一一五九
葱の坊主に……一三〇五
葱を洗ひ上げて……一六二〇
猫がかけてはいる……一八七四
猫柳に……一四二五
根去りし……一三七七
根ツ子焼く……六五六
寝残れば……六八九
涅槃像を……一〇六一
合歓大樹……一六七〇
眠り蚕……一九一九
念者ぶりの……五五二

の

野茨の……一八九九
濃艶の……一〇〇〇
能の残る……八八八
軒落ちし……三二一
残つた雪掻く……一六四九
鋸鈍く……七七
残る蚊も……二七三
残る雪……一七二
野施行や……二〇九
望み絶えし……五八一
望む松……一〇三〇
長閑なる……八九八
野に遊ぶ……六七八
野に出れば……三三四
野は枯れて
　蘆辺さす鳥……三二七
　目にしるき山や……五五八
野ひらけ行く……五五四
幟の影……一三六九
飲みつぎて……四五二
蚤に起きし……一三一七
飲み水を……四〇七
糊強わな……一七五一
乗りて来し……五三四

海苔舟と……一八四五

は

俳諧の……八三一
灰降りし……九七三
俳魔して……四三一
葉芋高き……四五七
葉裏白き……七六九
墓石得しに……一一五七
墓多き……九二
吐せども……三一四
墓と見えて……六三
萩の丘を……一一二四
萩の下葉の……一〇二
白磁さへ……八八五
麦秋の……一七五六
白塔は……一八二七
箔のやうに……五〇六
博物館へ……一五六〇
掃く方へ〳〵……一三七三
博労……一八四四
葉桜の……一五六六
稲架立てしに……九八九
バサ〳〵……一六〇二
端居して……一七七二
橋板に……一三七九
端納涼……六九二
橋名残……一一〇一
橋の茶店に……一八九八
橋開き……八九四
始めて……一三〇三
橋柳と……一〇六七
馬車の居眠り……一五一二
芭蕉の葉を……一五九九
柱によれば……一九四五
歯皓き……五二四
葉白く……七八九
橋を渡り……一九二九
蓮浮葉を……一三四八
蓮枯れて……二〇八
櫨寺の……二九三
畑打の……一〇九
畑打つて……六六五
裸火に……一二二五
裸湯の……八二三
跣足にて……一三二一
機仕舞ふ……五七四
旗手山の……一〇四三
畑に雞……一一三
畑広し……四七八
蜂の立つ……一三〇八
初日さす……二〇
初雷の……一四九
初雷や……一四八
初猟や……八四五
果知らずの……四五八
花茨や……九二六
鼻焦がす……五七八
話のいとぐちが……一六四八
花薄……二〇四
花高かりし……一一九四
花漬を……九〇四
鼻づらを……一四〇七

花なしとも……六六九
花菜上りせし……一三三七
花に酒……一一一
花吹雪……一一八七
はな水や……九九
離れ家……八七五
埴輪の土の……一八三〇
母が亡き父の……一五六八
母と子と……一五三七
母人の……五六四
母をみとる……一八九三
葉柳動き……一四五七
葉柳に……九五〇
早や火焚く……一三八三
薔薇剪りに……一七一四
腹げそと……四〇五
薔薇をけふも……一八六三
葉蘭の枯葉が……一七二九
針山を……五九六
春浅き……一八七
春かけて……一九五六
春風の……八五
春風や
　西鶴は行く……一九一
　道標……一三
春来んと……八三三
春寒き……一〇五七
春寒し……四八
春雨や
　諸国荷船の……六五〇
　何彫る君の……六五二
春霜や……六五七
春と秋は……八七二
春に焼けし……五一〇
春の凪……一一八九
春の水……六一六
春日の……一四三七
春待や
　宿痾に堪へて……六〇〇
　何書を見ても……五九八
春山……一〇七二
晴々と……三〇六
晴を鳴く……三九一
葉山葵を……一三四四
磐梯を……四三七
パン屋が出来た……一八六五

ひ

灯あかき……三四一
東駒に……一九六八
緋蕪の……一五一七
曳かれる牛が……一六八四
彼岸の……一五四〇
牽き晴るゝ……一一三
蜩や
　浦人知らぬ……三五八
　人住まはせし……七七四
　兵村にある……二七二
髭がぬれてゐる……一八三八
日頃通ふ……五五六
膝と膝に……七五五
肱かけて……九三五
避暑に来て……七一八

美人系の……六七三
干反つた……一七五三
飛驒名残と……一三三三
ひた〳〵と……八四
飛驒人の……九八二
灯近く……一九三〇
櫃の見る……一〇四七
秀衡と……五二六
人岩の……三一三
人首と……五二七
一笊の……一九四九
人坐りて……一五〇一
一ト樽の……一九二五
一杯（ヒトツ）飲んで……一九九一
ヒトデ似し……三一六
人何処に……九二三
一眠りせし……一四五五
人の国に……五四
人のふみ荒した……一六一三
一鉢買つた……一八〇二
一葉々々……一七二三
人々の……一九一二
一ひらの……一八九五
人真午……一三三九
一筵……一〇五
灯ともすや……八一〇
一もとの……一九一六
独居の……一一五六
ひとり帰る……一九一四
一人々々……一五九〇
人を見て……一七四
雛市通り……一五三九
雛市に……一二一三
雛の前に……一五三八
避難港に……一〇四四
火に寄りし……一三八七
ひねくるや……五五一
火の映る……五二八
火の患……一四一
火の国も……一〇九〇
日の透る……一五五九
日の出間がある……一七六七
日の出見て……四六二
火箸でつゝく……一九六五
雲雀鳴くにやと……一二五七
雲雀の句……六二四
雲雀水のむ……一五三二
胼の手を……一七三
火も置かず……三九五
紐足袋も……一〇四九
百日目……四七五
ひや〳〵と……二九一
檜山と……八三六
冷やかに……四二〇
冷やかや……九七八
俵装……一一六三
日和見の……八七八
昼顔の……一八七三
ひるから……一八九〇
昼過ぎつ……七六
午過の……一四六
昼寝時間の……一八六九
昼寝してゐた……一五八〇

蒜掘て……一五三五
昼酔うて……一八六七
広場に枯れて……一九〇一
灯を見て……一九四〇
貧の鬚……二五四

ふ

鞴踏む……二〇五
吹革祭……六〇一
笛方の……一四五
不覚なる……五八八
孵化三年……一三三〇
吹きさらす……一七八七
蕗刷りの……一二一一
吹きまはす……五七三
河豚での酔を……一九八九
河豚の文……四八四
分限者の……一八〇
藤棚大きさ……一四五二
藤棚も……九四三
五倍子（しふ）飛木に……一三五九
富士晴れぬ……一三一七
藤二棚……一一三八
不就学の……一三九五
不即不離の……七九二
蕪村村に……二九
ふたかゝえ……一七
豚が腹子を……一八二八
二タ瀬落ちて……一一八四
再びせぬ……一〇六〇
二七日……一五八八
蓋はすれど……八九一
二人いうて……七五六
二人が
　引越す家の図かき……一五五〇
　一人づゝになつて……一六〇九
二人で……一五六一
二人の……一七七三
縁ばかり……七三三
筆筒に……三八
埠頭の……一八三五
布団のび〳〵……一四九三
蒲団二つ……八七〇
蒲団干す……一〇三四
蒲団綿の……一四一八
舟遊ぶ……九六七
船卸しせし……六三四
舟から蜜柑……一九〇三
舟で立つと……八七三
舟に請じて……九一三
船待て……六九〇
舟を約す……七〇一
冬川と……一〇五〇
冬川の……二六
冬川や
　那須の高根の……五六三
　湯田の蟹石……五五九
冬来るや……四九八
冬薔薇……一〇一八
冬空の……五二一
冬空や
　舟行の果に……五二〇
　津軽根見えて……五一三

冬田空……一四一三
冬の生きた……一六三六
蚋の毒……九四〇
冬の夜や……三一九
冬日落つ……一〇二一
冬日さす……一四二〇
冬夜……一六一七
芙蓉咲いて……四二六
芙蓉見て……一六一一
ぶらんこに……一八二三
ブリツヂにての……一六七三
ぶり〳〵に……五〇二
古家や……三三八
古い粉ナ炭が……一七〇〇
古里人に……一六五三
風呂欲しう……八八〇
噴火口に……六六七
噴火後の……七一〇
分水起工……九四九

へ

弊政の……一一六一
兵村の……六六四
瓶の酒……一〇五六
塀の倒れた……一八二〇
隔て住む……八一八
ペチカうんと……一八二六
ペチカ鉛色の……一八二三
糸瓜仏に……三九三
ベツドの下から……一七五八
蛇苺の……一三四三
変がへを……七一六

ほ

穂蘆出て……八五四
法窟の……二八四
砲車過ぐる……一六二
鳳仙花は……三七五
防戦に……五八五
坊に会す……七一四
防風林……五九五
孑々（ぼうふら）や……三一
砲も過ぎしと……九二七
宝物の……四三三
蓬莱や……一三七
朴落葉……八六二
鬼灯や……七七八
朴に雄木の……一二九三
牧牛の……一一四〇
牧場主……四二三
牧場の……六三五
木瓜が活けてある……一六六〇
ポケットから……一八四一
鉾杉は……一三一六
干梅の……二一六
ほしきもの……一一三
干足袋の……一三五一
干し残る……一九二六
墓所に下りし……一一七四
干す舟に……一七七四
螢籠……七三九

螢来し……六九三
螢飛ぶ……一二七七
螢見の……一三四七
牡丹を挿して……一六六一
帆綱浸る……七〇八
ポツポ船……一九九六
時鳥……一八七二
穂に出る……一八五九
ほの明けに……二六〇
ほの暗き……一三八
鰡の飛ぶ……二六八
掘りすてた……一八七八
母衣かけて……六八
ほろ〳〵土に……一四〇九
幌武者の……二九八
母衣を引く……二二七
帆渡りの……五七二
盆栽に……一二九一
本堂より……一四八二
本降りに……四一〇

ま

舞殿や……一一五
毎日の……一八五一
まひ〳〵が……一五七五
真上より……四六六
魔がさすと……七九六
牧場から……一八八四
牧原の……八二四
牧人の……三一二
牧人や……一一一八
間切る帆を……一三三一
幕かへす……六六八
枕辺に……五三八
負力士……一六九
真白い岩に……一五八七
真白くて……七二一
鱒網の……一三四五
鱒突きの……一三一二
マストの上までは……一九六一
鱒の淵も……一三二九
股凹に……五六七
まだ据ゑぬ……七九四
またと言はず……九〇三
又隣の……一六八五
又た水を……九三九
町なす程に……一二六四
町に沿ふ……一四〇一
町に出ても……三七三
町はづれの……一八四七
松の外……三八四
松葉牡丹の……一八〇六
待つ人に……七七九
松ひろく……一八五五
松深く……三五九
待つ船を……七二三
松緑……一二〇八
祭の灯……二六三
松を見に来た……一九七九
窓から汐焼けの……一七七六
窓の高さの……一八四二
間取り図に……一一〇八

蚯蚓鳴いて……一一三
ミモーザ買はしめて……一七四八
ミモーザ束にしてもつ……一七三七
ミモーザの
　咲く頃に来た……一七三二
　匂ひをふり返り……一七三四
　花我れ待つて……一七三六
ミモーザを活けて……一七三三
宮城野の……一一一三
宮の大樹……四九〇
宮冬木……一一六八

む

昔からの……一七八九
麦腐つを……一三六二
麦の風……一一六
麦の毛の……一三七一
麦笛を……一八五二
麦萌えて……八四四
麦やせを……一〇八三
麦稈嵩に……一四六三
虫つゞる……七五二
虫鳴くや……七九七
虫の句を……三七〇
蝕める……四〇一
虫干の……七五一
虫干や……三三一
棟上げを……一七一二
むら芒……三九六
村へ戻らぬ……一五四六

め

明月の……一九
目くるめき……一三三七
目しゐ人……一〇二九
飯の蟻……一三八〇
飯櫃……一四八七
メトロを上つた……一七五九

も

もう雪はなく……一七九一
最上で……四四六
もぎ残る……一九七六
木犀に……二七八
木犀や……九八五
土竜穴……八九九
木蓮が……一一八一
百舌鳥鳴くや……三八二
餅屋無きか……一三四〇
持山の……七六五
餅蓬も……一〇八四
木香まじなふ……一〇一四
ものうくて……八
物積んで……五七〇
物干に……七一
模範農園に……一一〇三
桃さくや……一〇
模様彫……一〇〇四
森の中に……六六
森の楼……九一八
諸爪の……八三九
門いづこ……六四八
門限に……一一〇四

門前の……一一九三
門裸な……一一三三

や

野羊が……一六八一
野羊一群れが……一七五七
焼山が……一二三三
薬玉や……一六六
薬草を……一五八
焼跡も……九七〇
焼跡を……一八一六
焼石に……六四三
焼野来し……六三三
休む間に……五八三
休め田に……一八四六
寄居虫(やどかり)……一五二九
宿乞ひし……七九一
宿せぬを……一三一三
宿帳に……八三八
宿は橋を……九五二
楊(やなぎ)川筋の……一四六二
柳散るや……九九五
簗番と……一八七五
屋根が反つてゐる……一五九八
屋根ごしの……一八一五
藪入の……五〇
藪越しを……一三三五
藪のあちらの……一八八七
藪の梅……一一八〇
藪の中の……六四一
藪の音と……一〇三三
山入口……八〇一
山姥の……八九〇
山囲む……二七六
山霞む……一一七三
山桑の……四四七
山越しに……四九二
山里や……三四
山寒し……一四〇三
山潰えし……三九〇
山寺へ……九三三
山咎めせし……九七四
山にある……六七六
山に多き……三八八
山に圧さるゝ……一四一九
山に伐り……一三五一
山に木を……四二七
山に覚めて……一三七二
山ぬけの……一二三三
山の池の……五二九
山開きの……一七九六
山吹咲く……一四四七
山吹の……九〇七
山紅葉……四四二
山焼けば……六三一
山百合を……七三六
山を出でゝ……四五五
山を下り……一八七〇
山を出て……一九三四
山を出る……四〇〇
病む側に……一一三九
やるせな……一九九五

ゆ

遊園に……四四三
夕顔や……二三六
ユーカリの……一八六六
夕暮の……一一三
夕ぐれ渡し……一八四八
遊女屋の……三八〇
幽叢に……三三九
夕鳥の……六九七
夕日の……一七四二
夕べ子供ら……一九四六
ゆうべねむれず……一五五二
浴衣著て……一七五二
雪明りして……一〇三五
雪卸ろせし……一四一〇
雪掻立て……一五一五
雪沓穿き……一七九八
雪解水
　書架の上より……六一九
　のけさあたり……一九三九
雪チラ〳〵……五五〇
雪の下の……二二六五
雪のちらつく……一九六四
雪晴れの……五五五
雪踏の……一四一一
雪虫の……四七六
雪も処々……一〇六六
雪除を……五四六
雪を盛り……一三九五
雪を渡りて……九五八
楪（ゆずりは）の樫……一三六七
夕立雲……九〇五
百合涼し……七四九
百合の山路……七六一

よ

要害の……四七〇
熔岩の……二八三
酔うことの……一六四四
養生の……二一四
酔うてをれば……一五〇七
酔うて書きしも……一〇六四
酔へないで……一六九一
よき凪を……一三七五
横へし朝の……三五〇
予讃見聞……一一五四
葭切に……九一六
葭切の……一四五四
葭切や……九一四
葭戸にして……一五八五
葭の中に……七三〇
夜仕舞の……三八五
葭村に……七四〇
四蹄白の……六二一
四ツ手毬……三一八
夜びてごそつく……一六九二
四谷から……一八一八
よべ帰つた……一八八〇
読み了つた……一五八二
蓬包みを……一八五七
夜ながら……三七一
夜の焚き出しの……一八一四

喜ばしき……六〇三
夜半に著く……一八二
夜半の花……六七一
夜を寒み
　人語聞えて……一三一
　伽すれば乞ふに……九七一

ら

雷落ちし……一三三四
雷鳥の……一三八六
磊落な……二八八
埒越えて……六二五
埒の外まで……一八六四
蘭湯に……一六一
蘭と菊……四三三

り

律院の……一九二
里平方……一〇五九
留錫の……五〇一
流氷の……六二六
両肩の……一九〇
猟況を……八四三
漁小屋に……一三一五
漁小屋の……一七六八
領境……七九三
両手に……一八一一
料理屋に……三七六
林檎をつまみ……一六四一

る

留守居する……一九五三

れ

霊泉を……四八〇

ろ

臘八の
　旦峨々たる……三三一
　門に汝の……八八二
ローマの花……一七三五
ローマの春の
　青草に……一七四四
　雨になる空よ……一七四六
　日蒲公英は……一七四五
　人々の……一七四一
炉畳の……六四五
六甲下りしを……一三三六
炉に寄りて……四八七
炉の灰の……六〇九
炉の火箸……一九五七

わ

わが庵は……五九
若楓
　大木戸に……一一〇五
　駟馬の秣（まぐさ）の……一一〇六
　隣芭蕉葉……一一〇七
我顔死に……一六八三
我笠と……一一一
吾庭や……二七九
我がふむ……一七四〇
若者を……五六九

湧きあがる……一五九一
脇僧の……一四二
わしが城と……一〇七〇
鷲の羽を……五六八
忘れたいことの……一七〇八
綿入の……六〇四
綿入を著て……一六二三
綿抜きす……一二七三
渡り蚕の……二四五
渡り鳥……四一五
罠なくて……二五九
藁覆ふ……三五六
藁散て……三一一
藁塚の……一六二五
藁つむ男……一七八四
藁積めば……四三九
蕨食うて……一一九〇
我が持つ……一七六一
我ながら……七〇六
吾ならで……七六六
我に迫る……一二九七
我に近く……一六一三
我行くと……七二四
我を恋人と……三八六
我を待て……一〇一〇
我を見て……四六七
椀中の……五五三

碧梧桐俳句集《へきごとうはいくしゅう》

2011年10月14日　第1刷発行
2024年9月13日　第2刷発行

編　者　栗田《くりた》 靖《きよし》

発行者　坂本政謙

発行所　株式会社 岩波書店
〒101-8002 東京都千代田区一ツ橋 2-5-5

案内 03-5210-4000　営業部 03-5210-4111
文庫編集部 03-5210-4051
https://www.iwanami.co.jp/

印刷・三秀舎　カバー・精興社　製本・中永製本

ISBN 978-4-00-311662-3　　Printed in Japan

読書子に寄す

――岩波文庫発刊に際して――

岩波茂雄

真理は万人によって求められることを自ら欲し、芸術は万人によって愛されることを自ら望む。かつては民を愚昧ならしめるために学芸が最も狭き堂宇に閉鎖されたことがあった。今や知識と美とを特権階級の独占より奪い返すことはつねに進取的なる民衆の切実なる要求である。岩波文庫はこの要求に応じそれに励まされて生まれた。それは生命ある不朽の書を少数者の書斎と研究室とより解放して街頭にくまなく立たしめ民衆に伍せしめるであろう。近時大量生産予約出版の流行を見る。その広告宣伝の狂態はしばらくおくも、後代にのこすと誇称する全集がその編集に万全の用意をなしたるか。千古の典籍の翻訳企図に敬虔の態度を欠かざりしか。さらに分売を許さず読者を繫縛して数十冊を強うるがごとき、はたしてその揚言する学芸解放のゆえんなりや。吾人は天下の名士の声に和してこれを推挙するに躊躇するものである。このときにあたって、岩波書店は自己の責務のいよいよ重大なるを思い、従来の方針の徹底を期するため、すでに十数年以前より志して来た計画を慎重審議この際断然実行することにした。吾人は範をかのレクラム文庫にとり、古今東西にわたって文芸・哲学・社会科学・自然科学等種類のいかんを問わず、いやしくも万人の必読すべき真に古典的価値ある書をきわめて簡易なる形式において逐次刊行し、あらゆる人間に須要なる生活向上の資料、生活批判の原理を提供せんと欲する。この文庫は予約出版の方法を排したるがゆえに、読者は自己の欲する時に自己の欲する書物を各個に自由に選択することができる。携帯に便にして価格の低きを最主とするがゆえに、外観を顧みざるも内容に至っては厳選最も力を尽くし、従来の岩波出版物の特色をますます発揮せしめようとする。この計画たるや世間の一時の投機的なるものと異なり、永遠の事業として吾人は微力を傾倒し、あらゆる犠牲を忍んで今後永久に継続発展せしめ、もって文庫の使命を遺憾なく果たさしめることを期する。芸術を愛し知識を求むる士の自ら進んでこの挙に参加し、希望と忠言とを寄せられることは吾人の熱望するところである。その性質上経済的には最も困難多きこの事業にあえて当たらんとする吾人の志を諒として、その達成のため世の読書子とのうるわしき共同を期待する。

昭和二年七月

《日本文学(現代)》〔緑〕

怪談 牡丹燈籠	三遊亭円朝
小説神髄	坪内逍遥
当世書生気質	坪内逍遥
アンデルセン 即興詩人 全二冊	森鷗外訳
ウィタ・セクスアリス	森鷗外
青年	森鷗外
雁	森鷗外
阿部一族 他二篇	森鷗外
山椒大夫・高瀬舟 他四篇	森鷗外
渋江抽斎	森鷗外
舞姫・うたかたの記 他三篇	森鷗外
鷗外随筆集	千葉俊二編
大塩平八郎 他三篇	森鷗外
浮雲	二葉亭四迷 十川信介校注
吾輩は猫である	夏目漱石
坊っちゃん	夏目漱石
草枕	夏目漱石
虞美人草	夏目漱石
三四郎	夏目漱石
それから	夏目漱石
門	夏目漱石
彼岸過迄	夏目漱石
漱石文芸論集	磯田光一編
行人	夏目漱石
こころ	夏目漱石
硝子戸の中	夏目漱石
道草	夏目漱石
明暗	夏目漱石
思い出す事など 他七篇	夏目漱石
文学評論 全二冊	夏目漱石
夢十夜 他二篇	夏目漱石
漱石文明論集	三好行雄編
倫敦塔・幻影の盾 他五篇	夏目漱石
漱石日記	平岡敏夫編
漱石書簡集	三好行雄編
漱石俳句集	坪内稔典編
漱石・子規往復書簡集	和田茂樹編
文学論 全二冊	夏目漱石
坑夫	夏目漱石
漱石紀行文集	藤井淑禎編
二百十日・野分	夏目漱石
五重塔	幸田露伴
努力論	幸田露伴
一国の首都 他一篇	幸田露伴
渋沢栄一伝	幸田露伴
飯待つ間 —正岡子規随筆選	正岡子規 阿部昭編
子規句集	高浜虚子選
病牀六尺	正岡子規
子規歌集	土屋文明編
墨汁一滴	正岡子規

仰臥漫録	正岡子規
歌よみに与ふる書	正岡子規
獺祭書屋俳話・芭蕉雑談	正岡子規
子規紀行文集	復本一郎編
正岡子規ベースボール文集	復本一郎編
金色夜叉 全二冊	尾崎紅葉
多情多恨	尾崎紅葉
不如帰	徳冨蘆花
武蔵野	国木田独歩
運命	国木田独歩
愛弟通信	国木田独歩
蒲団・一兵卒	田山花袋
田舎教師	田山花袋
一兵卒の銃殺	田山花袋
あらくれ・新世帯	徳田秋声
藤村詩抄	島崎藤村自選
破戒	島崎藤村
桜の実の熟する時	島崎藤村
夜明け前 全四冊	島崎藤村
藤村文明論集	十川信介編
生ひ立ちの記 他一篇	島崎藤村
島崎藤村短篇集	大木志門編
にごりえ・たけくらべ	樋口一葉
大つごもり・十三夜 他五篇	樋口一葉
修禅寺物語・正雪の二代目 他四篇	岡本綺堂
高野聖・眉かくしの霊	泉鏡花
歌行燈	泉鏡花
夜叉ケ池・天守物語	泉鏡花
草迷宮	泉鏡花
春昼・春昼後刻	泉鏡花
鏡花短篇集	川村二郎編
日本橋	泉鏡花
外科室・海城発電 他五篇	泉鏡花
海神別荘 他二篇	泉鏡花
鏡花随筆集	吉田昌志編
化鳥・三尺角 他六篇	泉鏡花
鏡花紀行文集	田中励儀編
俳句はかく解しかく味う	高浜虚子
俳句への道	高浜虚子
立子へ抄 ―虚子より娘へのことば	高浜虚子
回想 子規・漱石	高浜虚子
有明詩抄	蒲原有明
宣言	有島武郎
カインの末裔・クララの出家	有島武郎
一房の葡萄 他四篇	有島武郎
寺田寅彦随筆集 全五冊	小宮豊隆編
柿の種	寺田寅彦
与謝野晶子歌集	与謝野晶子自選
与謝野晶子評論集	鹿野政直・香内信子編
私の生い立ち	与謝野晶子
つゆのあとさき	永井荷風

- 濹東綺譚　永井荷風
- 荷風随筆集　全二冊　野口冨士男編
- 摘録 断腸亭日乗　全二冊　永井荷風／磯田光一編
- すみだ川・新橋夜話　他一篇　永井荷風
- あめりか物語　永井荷風
- 下谷叢話　永井荷風
- ふらんす物語　永井荷風
- 荷風俳句集　加藤郁乎編
- 花火・来訪者　他十一篇　永井荷風
- 問はずがたり・吾妻橋　他十六篇　永井荷風
- 斎藤茂吉歌集　山口茂吉／柴生田稔／佐藤佐太郎編
- 鈴木三重吉童話集　勝尾金弥編
- 小僧の神様　他十篇　志賀直哉
- 暗夜行路　全二冊　志賀直哉
- 志賀直哉随筆集　高橋英夫編
- 高村光太郎詩集　高村光太郎
- 北原白秋歌集　高野公彦編

- 北原白秋詩集　全二冊　安藤元雄編
- フレップ・トリップ　北原白秋
- 友情　武者小路実篤
- 釈迦　武者小路実篤
- 銀の匙　中勘助
- 若山牧水歌集　伊藤一彦編
- 新編 みなかみ紀行　若山牧水／池内紀編
- 新編 百花譜百選　木下杢太郎画／前川誠郎編
- 新編 啄木歌集　久保田正文編
- 吉野葛・蘆刈　谷崎潤一郎
- 卍（まんじ）　谷崎潤一郎
- 谷崎潤一郎随筆集　篠田一士編
- 多情仏心　全二冊　里見弴
- 道元禅師の話　里見弴
- 今年竹　全二冊　里見弴
- 萩原朔太郎詩集　三好達治選
- 郷愁の詩人 与謝蕪村　萩原朔太郎

- 猫町　他十七篇　萩原朔太郎／清岡卓行編
- 恋愛名歌集　萩原朔太郎
- 恩讐の彼方に・忠直卿行状記　他八篇　菊池寛
- 菊池寛戯曲集 父帰る・藤十郎の恋　石割透編
- 河明り　老妓抄　他一篇　岡本かの子
- 春泥・花冷え　久保田万太郎
- 大寺学校　ゆく年　久保田万太郎
- 久保田万太郎俳句集　恩田侑布子編
- 室生犀星詩集　室生犀星自選
- 随筆 女ひと　室生犀星
- 室生犀星俳句集　岸本尚毅編
- 出家とその弟子　倉田百三
- 羅生門・鼻・芋粥・偸盗　芥川竜之介
- 地獄変・邪宗門・好色・藪の中　他七篇　芥川竜之介
- 河童　他二篇　芥川竜之介
- 歯車　他二篇　芥川竜之介
- 蜘蛛の糸・杜子春・トロッコ　他十七篇　芥川竜之介

書名	著者
侏儒の言葉・文芸的な、余りに文芸的な	芥川龍之介
芥川龍之介書簡集	石割　透編
芥川龍之介随筆集	石割　透編
蜜柑・尾生の信 他十八篇	芥川龍之介
年末の一日・浅草公園 他十七篇	芥川龍之介
芥川龍之介紀行文集	山田俊治編
田園の憂鬱	佐藤春夫
海に生くる人々	葉山嘉樹
葉山嘉樹短篇集	道籏泰三編
嘉村礒多集	岩田文昭編
日輪・春は馬車に乗って	横光利一
宮沢賢治詩集	谷川徹三編
童話集 風の又三郎 他十八篇	宮沢賢治
童話集 銀河鉄道の夜 他十四篇	宮沢賢治
山椒魚・遙拝隊長 他七篇	井伏鱒二
川 釣 り	井伏鱒二
井伏鱒二全詩集	井伏鱒二
夏目漱石全三冊 新編 思い出す日々 他九篇	小宮豊隆
檸檬・冬の日 他八篇	梶井基次郎
新編 思い出す日々 他九篇	紅野敏郎編
走れメロス	太宰　治
富嶽百景・走れメロス 他八篇	太宰　治
一九二八・三・一五　工場船	小林多喜二
斜 陽 他一篇	太宰　治
人間失格 他一篇	太宰　治
グッド・バイ 他三篇	太宰　治
津 軽	太宰　治
お伽草紙・新釈諸国噺	太宰　治
太陽のない街	徳永　直
黒島伝治作品集	紅野謙介編
伊豆の踊子・温泉宿 他四篇	川端康成
雪 国	川端康成
山 の 音	川端康成
川端康成随筆集	川西政明編
三好達治詩集	三好達治
詩を読む人のために	大槻鉄男選
小林秀雄初期文芸論集	小林秀雄
近代日本人の発想の諸形式 他四篇	伊藤　整
小説の認識	伊藤　整
中原中也詩集	大岡昇平編
ランボオ詩集	中原中也訳
晩年の父	小堀杏奴
夕鶴・彦市ばなし 他二篇 木下順二戯曲選II	木下順二
元禄忠臣蔵 全三冊	真山青果
随筆滝沢馬琴	真山青果
みそっかす	幸田　文
古句を観る	柴田宵曲
俳諧随筆 蕉門の人々	柴田宵曲
右大臣実朝 他一篇	太宰　治
真空地帯	野間　宏
日本唱歌集	堀内敬三 井上武士編
日本童謡集	与田凖一編
至福千年	石川　淳

岩波文庫の最新刊

永井荷風著／中島国彦・多田蔵人校注
断腸亭日乗(一) 大正六―十四年
永井荷風(一八七九―一九五九)の四十一年間の日記。荷風の生きた時代が浮かび上がる。大正六年九月から同十四年まで。(総解説＝中島国彦、注解・解説＝多田蔵人)(全九冊)〔緑四二‐一四〕 定価一二六五円

蜂飼 耳編
吉本隆明詩集
詩と批評の間に立った詩人・吉本隆明(一九二四―二〇一二)。初期詩篇から最終期まで半世紀に及ぶ全詩業から精選する。詩に関する「評論」一篇を併載。〔緑二三三‐一〕 定価一二二一円

ガリレオ・ガリレイ著／田中一郎訳
新科学論議(上)
一六三八年、ガリレオ最晩年の著書。三人の登場人物の対話から「二つの新しい科学」が明らかにされる。近代科学はこの一冊から始まった。(全二冊)〔青九〇六‐三〕 定価一〇〇一円

今月の重版再開

久松潜一・久保田 淳校注
建礼門院右京大夫集
―付 平家公達草紙―
〔黄二五‐二〕 定価八五八円

ボードレール作／福永武彦訳
パリの憂愁
〔赤五三七‐二〕 定価九三五円

定価は消費税 10% 込です 2024.7